L'INTÉRIMAIRE

BRIGITTE LOZEREC'H

L'INTÉRIMAIRE

JULLIARD

ISBN 2-266-01223-1

A mes trois grands frères
et nos deux sœurs aînées.

Quand on a beaucoup et longuement souffert, on ne se souvient plus que de soi ; l'infortune personnelle est une compagne un peu froide, mais exigeante ; elle vous obsède, elle ne laisse de place à aucun autre sentiment, ne vous quitte point, s'empare de vos genoux et de votre couche.

CHATEAUBRIAND,
Mémoires d'outre-tombe

1

Ce n'est pas l'amour qui me fait peur, ce sont les hommes. Ce n'est pas le travail qui me fait peur, ce sont les bureaux, les carrières, l'entreprise, l'organisation, la société. On dit que je n'ai pas d'ambition. La foule aussi me panique.

J'ai peur. Je me cache au fond de moi comme je peux. Tous les artifices sont bons. Des pitreries les plus extravagantes qui attirent l'attention sur moi aux silences angoissés qui ne me font pas passer inaperçue, je navigue plus ou moins aisément avec au fond de la gorge le goût âcre de la culpabilité. Je sais bien que je ne suis pas à ma place, mais je ne sais pas quelle est ma place. Je n'ai qu'une crainte, c'est d'être fondue dans un mouvement de foule, un mouvement de pensée, une mode, un troupeau qui sort d'un même métro pour entrer sous différents porches d'une même rue et monter des escaliers, pousser une porte, saluer des collègues et s'asseoir à un bureau pour huit heures. Je vois là quelque chose de si profondément triste, que je refuse d'en être. Si cela m'arrive, du moins que ce soit accidentel. Que je puisse dire « Je ne fais qu'un remplacement... » De même, je me sentirais mal si j'étais prise en flagrant délit de coquetterie dans un vêtement à la pointe de la mode, ou dans un courant de pensée très prisé, mais qui ne fera que passer, comme bien des modes... Je me protège. Je me cache, je trace autour de moi de fausses pistes pour qu'on ne me retrouve pas. Les erreurs de jugement sur mon compte me font pourtant très mal, mais je m'en sens rassurée parce que je peux toujours me dire « ils ne savent pas qui je suis, ils se contentent des apparences que je leur laisse... » J'ai un petit mouvement de fierté, d'orgueil... Je me sens au-dessus, ou à côté, mais surtout pas parmi eux. Et puis tout d'un coup, à des moments inattendus, l'angoisse me serre la gorge, la panique me saisit, je voudrais marcher dans des manifestations en tenant le bras d'un voisin avec qui je rirais en scandant des mots d'ordre, je voudrais moi aussi rentrer chez moi où m'attendraient un mari et des enfants, comme mes cousines de mon âge, mes voisines de bureau, mes amies d'autrefois. Les sanglots me surprennent, je sais bien que je n'existe pas, que dans cette société aux engrenages assez bien huilés, « je compte pour du beurre », comme disaient les petites filles de l'école quand elles me rejetaient de leurs jeux à la récréation. J'ai mal d'être en dehors, mais j'aurais horreur d'être fondue en dedans. Comment exister ?

2

POUR bien des raisons j'aimerais mieux être un homme. Une fois pour toutes, du berceau à son lit de mort, il est Monsieur Untel. Il existe par lui-même, marié ou non. Moi, c'est dix fois par jour qu'on me demande de préciser ma vie privée. Madame ou

Mademoiselle ? Je n'arrive pas à répondre. Cette indiscrète et terrible question me rend agressive. Dire que je suis Mademoiselle, ce serait avouer mes échecs sentimentaux et les donner en pâture à celui ou celle qui me questionne ainsi. Madame ou Mademoiselle ? Je n'ai jamais accepté ma solitude. Je n'ai jamais accepté d'être une amoureuse que l'on fuit au bout de peu de temps ou qui fuit celui qui veut s'installer dans son cœur. Je vis cela comme une tare parmi mes autres tares. Je me protège en répondant que je suis « Madame ». Aussitôt, comme le bon ange que j'avais la certitude d'avoir jadis pour protecteur si je faisais bien ma prière, un homme bienveillant habite ma vie dans le regard d'autrui. J'ai besoin de ce fantôme. Je m'accroche à lui pour faire face aux gens, aux commerçants, aux employeurs, aux collègues de bureau. Je protège cet inconnu en ne répondant pas aux questions sur ma vie privée qui ne manquent pas au bout de deux ou trois jours d'intérim. Je me fais mystérieuse, et déjà on commence à me regarder avec des sentiments mêlés dans lesquels la curiosité prédomine. Qu'on ne me demande pas pourquoi je n'ai pas d'alliance, je vais mordre ! Qu'on ne me demande aucune précision sur son métier, sur son sport favori, sur la couleur de ses yeux, mon fantôme se dissiperait et je redeviendrais « Mademoiselle », c'est-à-dire que je serais seule, affreusement seule, devant l'organisation de la société qui me fait peur. Je ne veux pas lire la pitié dans les regards.

Il y a encore quelques années, je coupais court à tout questionnaire (et c'est fou ce que les gens ont besoin d'en savoir sur vous...) en affichant une vocation de célibataire. Nul ne devait savoir le prix que me coûtait cette apparente aisance. Je riais du mariage et je montrais du doigt mes amies transformées en esclaves par cette cérémonie. Je ne ris plus, trop de vacances et de dimanches sont passés sur ma solitude que je fuyais le plus souvent en allant chez une de mes sœurs mariée. J'oubliais l'angoisse en m'occupant de ses enfants. Sinon, je restais chez moi, figée, hypnotisée par un grand vide. J'ai parlé aux fantômes plus souvent qu'à des amants. Je redoute qu'on le lise sur mon visage et dans mon regard. J'ai donc peur de répondre à ce qui est pour moi à trente ans la plus indiscrète des questions : « Madame ou Mademoiselle ? » Et pour affranchir les autres infirmes de l'amour qui sont célibataires comme moi, je leur dis d'office « Bonjour Madame ». Quand l'une d'elles me remet dans sa vérité par un : « Je ne suis pas mariée, je suis Mademoiselle », je lui réponds avec une indifférence extérieure : « Ça ne me regarde pas, Madame ! » Et je pense avec envie à ces hommes marginaux, pédés, infirmes ou impuissants que l'on n'embête pas à longueur de journée avec la rengaine « Monsieur ou Damoiseau ? »

J'ai peur de tout, je suis timide, mais je peux avoir toutes les audaces si je suis menacée dans mes droits, ou si l'on piétine tant soit peu ma toute petite plate-bande. La peur au ventre, secondée par mon insolence naturelle, je suis capable, tel David, d'affronter Goliath.

L'autre jour, j'avais l'âme combative. Je suis arrivée pour un remplacement d'intérim dans une gigantesque banque et, au lieu de demander Mademoiselle Dubois, comme on me l'avait dit, j'ai dit à l'huissier que je devais me présenter à Madame Dubois. J'attendais de lire mon erreur dans son regard honnête qui rend aux choses leur place. « Ce n'est pas Madame, c'est Mademoiselle Dubois. » Satisfaite, d'un air distrait je réponds : « Qu'importe, Monsieur, s'il s'agit de la même personne. » C'est à la vue d'une femme d'une cinquantaine d'années que j'ai senti mon indignation se préciser. Est-ce qu'on a besoin de poursuivre une personne du sexe féminin toute une vie durant avec un « Mademoiselle » qui nous informe si elle est ou non passée chez monsieur le Maire ? Et si on en faisait autant aux hommes ? Et de dire Damoiseau à un homme qui aurait des cheveux blancs... Et cette femme ne semblait pas se révolter sous cette appellation qui est pour moi comme une terrible dénonciation. Elle me pose sans aucune gêne la question fatidique, comme s'il était normal d'être indiscrète. Madame ou Mademoiselle ? Et sur mon même ton de la confidence, je réponds seulement Brigitte Mauduy. Elle me regarde étonnée, le stylo suspendu à deux centimètres au-dessus de la feuille où elle doit m'inscrire. « C'est Madame ou Mademoiselle ? » insiste-t-elle. J'ai envie de lui demander si je ressemble à un autobus, à un dinosaure, ou à une bicyclette, et d'un air évasif, je réponds : « Mettez Madame... » Elle est rassurée. Me voici classée. Non parmi la catégorie des femmes en général, comme il se devrait, mais parmi les dames mariées. Je commence mon imposture. A son coup d'œil sur mes doigts, je lis un certain étonnement. Mais de nos jours, nombre de femmes de mon âge sont divorcées ou ne porte pas leur alliance...

On me dit d'aller me présenter au chef de service de l'étage où je vais travailler, dans un autre bâtiment. Au quatrième étage, un huissier m'accueille. J'annonce que je suis l'intérimaire que Monsieur Petit a demandée pour l'un de ses secrétariats. « Quel est votre nom ? » me demande-t-il. « Mauduy », dis-je. L'homme reste perplexe. Il allait écrire mon nom sur la fiche de messages qu'il devait déposer sur le bureau du patron pour m'annoncer. Comme je n'ai pas dit si j'étais Madame ou Mademoiselle, il me regarde avec l'air un peu abruti qu'il doit avoir quand son petit écran se brouille soudain. Il est devant un mystère. Comme s'il ne me verrait clairement que lorsque j'aurai précisé si je suis Madame ou Mademoiselle. Alors il reprend, interrogateur : « Vous êtes Madame... ? » « Mauduy ! » redis-je en épelant mon nom. Je m'amuse de voir qu'il n'ose pas préciser sa question. Sur la petite feuille, il gribouille une suite de Mmmm et va frapper deux portes plus loin.

On m'invite à entrer. Un homme à grosses lunettes d'écaille se lève et me serre la main en me souriant. Je prends place dans le fauteuil qui lui fait face. Il a des petites formalités à remplir avant de me faire connaître les personnes avec qui je vais travailler. Quel est mon nom, mon prénom, mon adresse ? Je me nomme, je me prénomme, je me situe géographiquement dans la capitale, mais manifestement, il lui manque une information sans laquelle il semble qu'il ne peut continuer à m'adresser la parole. Je goûte sur ma langue une saveur acide qui m'excite un peu plus. Aujourd'hui, j'ai envie de les mettre tous dans l'embarras. Ils sont trop nombreux depuis ce matin à me blesser insidieusement et sans le savoir. Sa question est enfin formulée. Je dois encore dire si oui ou non je suis passée devant monsieur le Maire. Je réponds que c'est mon problème et qu'il choisisse l'appellation qui lui plaît le mieux. « De toute façon, ce sera faux », ajouté-je. Il ne sait pas s'il faut en rire, si je ne me moque pas de lui, si je suis en train de jouer à un jeu qu'il ignore. Madame ou Mademoiselle ? Tout de même, ce n'est pas lui qui le sait, mais moi ! Ses yeux qui cherchent une alliance à l'annulaire voient un serpent doré qui s'enroule autour de mon majeur. Il ne sait plus que dire. Après un silence que je prolonge exprès, je viens à son secours en disant « je suis Madame ». Nous pouvons donc passer à l'étape suivante. Il appelle dans son interphone une secrétaire qui va me conduire devant ma machine à écrire. Nous traversons une grande pièce où travaillent six à huit personnes et, dans un brouhaha, elle présente Madame Mauduy. Personne n'a entendu et c'est sans importance. J'ai l'habitude de faire des remplacements. Parfois je suis bien accueillie, souvent mal. Les gens n'aiment pas les intérimaires. Moi non plus.

3

J'AVAIS une amie. Une amie intime depuis des années. Une amie vers qui j'allais pour essayer d'exister, par qui j'essayais de me retrouver, moi qui me sens constamment égarée dans ce monde organisé. C'est la page blanche sur laquelle j'écrivais. Une amie qui me faisait peur, elle aussi.

Voilà dix ans que je faisais un livre, que je parlais de lui, qu'il me réveillait la nuit et m'accompagnait dans mes voyages, et voilà dix ans que ce livre, comme le reste, me faisait peur sans que je sache pourquoi. Je venais à ma machine à écrire comme on va gravement vers une amie à qui on voudrait dire le plus intime et le plus lourd secret. Mais aussi vrai qu'on quitte souvent l'amie sans s'être livré, des années se sont écoulées avant que j'arrive à écrire autre chose que des histoires que je trouvais jolies et qui me rassuraient. Depuis ma petite enfance, un épouvantable secret, un secret honteux me rongeait. Je n'imaginais pas pouvoir l'écrire. Je l'effleurais du bout de la plume. Sous mes doigts, les mots appropriés se dérobaient, d'autres surgissaient qui me faisaient moins mal, mais qui n'étaient pas ceux qu'il fallait. Mon livre me restait étranger. Je ne compte plus le nombre de fois où je me suis retrouvée devant un paquet de feuilles dactylographiées, prêt à aller chez un éditeur, n'importe lequel. J'ai eu la grande chance il y a quatre ans, à force d'avoir frappé à bien des portes, de rencontrer un des auteurs de la plus grande maison d'éditions de Paris. Il y occupe même un bureau. C'était pour moi une porte ouverte presque inespérée. Ce vieil ami romancier m'a donné des conseils pendant des années et je me mettais au travail, l'espoir vrillé dans tout mon être. Il m'avait dit que j'avais du talent. Cela m'a aidée longtemps à supporter les mornes journées de travail, les temps de chômage, les incertitudes même, concernant cet amoncellement de papier sur lequel j'avais étiré des phrases et des phrases dans l'espoir de faire un vrai livre.

Mon paquet de feuilles devant moi, je sentais pourtant l'angoisse étreindre ma respiration. Je savais, au fond de moi, que ce n'était pas un livre. Je sentais bien que j'étais passée à côté. Je blêmissais, je chancelais dans le vide de ma vie et j'avais mal du temps qui était passé. Tout cela pour rien. J'étais devant des pages et des pages noircies de mes mots, je ne les feuilletais pas, j'en regardais le tas, la peur au ventre. Je les portais quand même à mon ami écrivain. Pendant des années, il me les a rendues avec des encouragements. Je m'y remettais avec entêtement, avec je ne sais quel nouvel espoir, avec l'énergie du désespoir. J'avais besoin de la page blanche, mon amie qui me faisait peur. Mais rien n'avançait, les conseils n'étaient pas les bons.

4

JE n'avais pas vu François depuis une douzaine d'années. Il m'a tout de suite demandé « Que deviens-tu ? » Question banale qui me laisse sans réponse. Rien. Je suis à la trentaine celle que j'étais à dix-huit, puis à vingt, puis à vingt-cinq ans. Célibataire, pas d'enfant, pas de situation, pas de domicile fixe. Ce n'est pas un métier que d'être intérimaire. Une sueur froide glisse sur mon front quand je rencontre par hasard les témoins de ma jeunesse. En peu de temps, François a fait le tour des amis que nous avions en commun. Isabelle est ingénieur, mère de trois enfants, épouse de Michel, lui-même ingénieur. Cécile est dans la presse, mariée, mère de deux fillettes. Gérard a quitté le commerce et cultive des asperges. Il est avec Joëlle et ils ont deux enfants... Et la liste se déroule. Tous font quelque chose. Et moi ? On lui a dit que j'écrivais un livre. Est-ce vrai ? Oui, François, c'est vrai... Et je parle de mon besoin d'écrire, inlassablement, comme il me parle de sa femme et de leurs deux gosses. Leur vie repose sur du concret, la mienne sur la seule idée de réussir mon livre. J'ai peur car je n'ai rien d'autre au monde. Il est fini maintenant, il va paraître. Est-ce que je vais exister vraiment ?

Et ma pléthorique famille ? me demande-t-il. Mes cinq frères, mes quatre sœurs, mes quatorze cousins, mes douze cousines, mes sept tantes et mes trois oncles, comment va-t-elle, cette famille nombreuse ? Il en était resté à deux nièces et à un neveu. J'ai maintenant seize neveux et nièces. Comment va tout ce beau monde ? Je m'en suis exclue. Je n'en parlerai que quand j'aurai terminé mon livre... A peine si j'ai encore du contact avec certains de mes neveux et nièces. Il y a comme ça quantité de conversations que je ne peux aborder parce que mon livre n'est pas paru...

François et moi sommes au restaurant, et je sens bien que si je ne parle pas de mon livre comme ces femmes qui n'ont pas d'autre sujet de conversation que leurs enfants dont elles nous donnent des nouvelles dans les moindres détails même si cela ne nous intéresse pas ou peu, je n'ai rien d'autre à lui dire. Je me sens toujours très mal quand le vide de ma vie vient me cerner ainsi. Je m'en détourne en multipliant les mots qui racontent ma frénésie d'écrire, mon désir d'être écrivain reconnu un jour... J'en ai honte, mais je me laisse quand même retomber dans mon ornière devant François. C'est trop accablant de n'être rien devant lui qui représente les amis d'autrefois, qu'il n'a jamais quittés, lui. Il paraît que de loin en loin mon nom est prononcé dans leurs conversations. C'est doux à entendre, on ne m'a pas oubliée. Mais comme par hasard, il a une odeur de soufre, ce nom, et on survole vite l'évocation du passé que je représente. Je n'ai pas pu ne pas me distinguer parmi eux, et j'ai laissé trop de souvenirs ambigus, ou carrément mauvais. Je sais qu'il en existe de bons, mais on n'ose pas les évoquer. François leur dira-t-il qu'il a déjeuné avec moi? Non, me dit-il, sauf peut-être à Gérard. On m'efface encore, même douze ans après. Il vaut mieux pour eux que je compte pour du beurre, sinon, que se passerait-il?

Dans les traits épaissis de François, je cherche ceux d'un beau garçon de vingt-deux ans qui m'avait séduite. Nous étions en vacances dans l'Isère, un groupe entre dix-huit et vingt-cinq ans qui reconstruisait un village abandonné : Châteaubois. Les chantiers s'ouvraient à chaque vacance scolaire. Quand j'y suis venue pour la première fois, c'était les vacances de Pâques. Je revois la splendide chaîne de montagnes qui barrait l'horizon au-delà de la vallée du Drac au bord de laquelle s'accrochait Châteaubois. Je n'ai pas oublié la masse majestueuse du Mont-Aiguille dont les teintes variaient en passant du bleu pâle de brume aux roses les plus intenses quand venait l'heure du couchant. Il me semble qu'il y a eu du soleil chaque jour de ce chantier. Je sais pourtant qu'il a plu parfois. A l'heure de la pause-goûter, nous nous retrouvions tous autour d'une large cheminée où brûlaient de grosses bûches. On se donnait des nouvelles du travail en cours, on chantait, on plaisantait, on montrait fièrement des ampoules dans les paumes. En majorité filles et fils de bourgeois, nous coulions des dalles de béton pour le plaisir. François et moi trouvions des prétextes pour être dans la même équipe. Nous nous embrassions dès que nous étions seuls, ce qui était rare. Nous évitions prudemment de nous retrouver trop longtemps ensemble. Il était fiancé et la promise était parmi nous. Alors les autres garçons me croyaient libre et pour masquer mon sentiment coupable pour François, je montrais de l'attirance pour Gérard ou pour Michel, ou pour Jean-François. Je les aimais bien tous les trois, mais ne privilégiais aucun particulièrement. Chacun croyait que j'étais à l'autre. Lequel ? Même François m'a avoué qu'il avait imaginé une idylle entre Jean-François et moi. On me croyait facile et on n'arrivait pas à me prendre. Les filles ne savaient pas quelle amie j'étais et je n'avais d'admiration que pour celles qui n'avaient pas de liaison apparente. J'aimais la fiancée de François, en espérant qu'elle ne devine jamais qu'un flirt me liait à lui. Personne n'a su que je n'ai été la maîtresse d'aucun d'entre eux. Ils m'ont tous demandé un jour ou un autre auquel j'appartenais. Ils m'ont raconté ce qu'ils avaient imaginé et les suspicions que j'ai éveillées. Certains avaient deviné que j'aimais François, d'autres pensaient que c'était Michel. D'ailleurs, au bout d'un an ou deux d'amitié amoureuse avec tous, je ne savais plus moi-même qui j'aimais, qui je voulais. Je ne voulais personne en particulier, mais je rêvais d'amour quand même et me suis décidée à m'afficher avec Michel. C'était effrayant d'être aimée, c'était effrayant d'essayer d'aimer. J'ai rompu nos relations quand ma mère a commencé à me vouloir mariée avec lui.

François s'est marié l'été qui a suivi. Comme pris d'une maladie contagieuse, tous se sont mariés dans les deux ans. Michel a épousé Isabelle et j'ai pleuré à leur mariage. Non pas parce que je regrettais Michel, mais parce que j'enviais Isabelle de savoir aimer et d'oser choisir l'engagement. Michel ou un autre, pour moi c'était pareil, je ne pouvais pas aimer, j'étais épouvantée d'inspirer un sentiment doux et même tendre. Je ne me livrais pas, et on me quittait sans avoir vraiment fait ma connaissance. J'ai cessé de faire partie des rencontres hebdomadaires du groupe à Paris. Les regarder vivre me faisait mal. Le temps était passé où ils me tournaient autour, ils avaient chacun sa chacune.

« Et toi ? tu ne t'es jamais mariée ? » C'est honteusement que je réponds « Non, François, je ne me suis jamais mariée. » Je me sens coupable de quelque chose, je voulais esquiver cette question. Sans le savoir, il vient de toucher une blessure qui suinte depuis trop longtemps et que je ne sais pas soigner. Elle me dégoûte et je m'en détourne par mes clowneries ou mes larmes abondantes. « Et tu vis seule ? » C'est comme s'il me mettait au banc des accusés. Aucun amant ne m'a assez connue pour imaginer d'établir sa vie avec moi. J'ai mal. J'ai envie de me justifier, d'expliquer et même de refaire l'histoire. Mais surtout, ne pas avouer que je vis seule dans une chambre de bonne à Montmartre. Ne pas avouer que je ne supporte plus d'acheter du beefsteak pour une personne et que je fais mes courses pour deux parce que j'ai dit aux commerçants du coin que j'étais « Madame ». Je mange tout en double. Même repas le midi que le soir, ou le jour et le lendemain. Il ne faut pas perdre la viande ni les légumes, sous prétexte que j'ai inventé ma vie pour le boucher et l'épicier d'à côté. Ne pas avouer que je passe presque toutes mes nuits seule dans l'immense lit qui envahit ma chambre. Comme s'il voulait, lui aussi, me narguer. Je n'ai que mon livre, et je dors avec lui.

5

Me voici loin de Paris, au soleil printanier de la Côte d'Azur. On m'a prêté un studio à Saint-Tropez et, moi qui ne pars plus en vacances depuis des années, faute d'argent et de compagnie, j'ai quand même accepté. Je suis entre deux intérims, rien ne me retient à Paris, j'ai emporté ma machine à écrire et mes feuilles blanches.

De Paris, depuis qu'on m'a remis les clés de ce studio, j'ai rêvé. Je me voyais marcher longtemps dans la presqu'île de Saint-Tropez, je me voyais fureter dans les petites boutiques, je me voyais chercher le meilleur coin de plage où m'étendre pour me dorer un peu la peau. C'était compter sans ma peur. Cette peur de la foule, de la nouveauté, de la solitude et des hommes. Et c'est sur le port qu'elle m'attendait, ma redoutable solitude. Saint-Tropez est déjà envahi comme si c'était l'été. Dans la foule qui déambule, je m'accroche à mon sac de plage comme je le faisais jadis avec mon cartable en allant loin de la maison par le train de banlieue. Les gens se baguenaudent et ils ont pourtant l'air de savoir où ils vont. Dans ces premières lumières de la saison, les femmes me semblent ordinaires et les hommes désossés. Les enfants sortent d'un catalogue de mode. Des jeunes casqués et caparaçonnés enfourchent des bolides à deux roues dans une grande pétarade. Des artistes peintres qui viennent tout droit de Montmartre exposent leurs poulbots et les vendent. La mode crie partout son entrée avec les beaux jours. A la terrasse de la crêperie du port, un groupe chante des paillardises sur le rythme d'une guitare. Ils ont la vingtaine, et ils rient juste un peu trop fort pour avoir l'air réellement joyeux. Tout le monde épate tout le monde. La peur s'infiltre doucement dans mes veines, dans ma peau, dans mes viscères. Si la foule de Paris me fait peur au point de ne me faire sortir de chez moi que pour des courses précises ou pour des rendez-vous, ce n'est en rien comparable avec la foule en vacances. J'ai un peu l'impression qu'à Paris, les fauves sont en cage. Ici, un magicien a ôté les grilles et ils grouillent autour de moi. Leur liberté, leur oisiveté, leur appétit devant tout ce qui se consomme, leur frénésie à chercher la distraction, tout cela m'effraie. Je n'ose pas prendre une démarche de vacancière parce que je suis seule et que j'ai peur qu'on m'accoste : « Toute seule, mignonne, pour regarder la mer ? On peut la regarder ensemble... » Ça, c'est effrayant. Alors je marche comme si je voulais faire des courses. Mais que fais-je sur le port, si je veux faire des courses pour midi ? Il n'y a pas de ravitaillement. Ce ne sont que des étalages de vêtements, ce ne sont que des terrasses où les gens sirotent le temps avec une paille, ou bien le nez dans un grand verre. Je ne les regarde pas quand je suis seule, ça m'a valu trop de situations où je perdais toujours des plumes. J'en ai conclu que ma solitude se lisait sur mon visage et qu'on savait que personne ne viendrait me défendre. Et si ce n'était que cela, ce ne serait peut-être pas si grave, mais ma peur, ma peur animale de tous ces hommes qui flânent en quête d'une aventure, je sais qu'elle se devine. Rien n'est plus angoissant. Je redoute qu'un homme croise mon regard apeuré. Je sais que cela provoque l'agression. C'est comme les chiens, si vous en avez peur, ils vous mordent. Je me demande parfois si je n'ai pas plus peur des hommes que des chiens. J'ose approcher ma main d'un chien qui aboie en lui disant « il est beau, le toutou, le gentil chien... Là, là, le bon chien... » tandis qu'un homme inconnu qui me parle dans la rue me ferait presque faire pipi sur place. J'essaye de braver ma peur et il perçoit mon effort. Soit que ma voix soit juste un peu trop faible et mon regard fuyant, soit qu'au contraire, elle soit un peu trop cassante et mon regard tranchant. De toute façon, elle est fausse et mon sourire est vide de sympathie. Il a compris. Brusquement, ça lui donne une dimension à laquelle il n'avait peut-être pas songé et il se permet une plaisanterie. Je ne sais plus si je dois rire — ce qui pourrait l'inciter à continuer, ou montrer mon mécontentement — ce qui ne manque jamais de m'attirer des réflexions sur mon mauvais caractère. Je n'ai qu'une idée en tête, c'est de me débarrasser de ce gêneur. Je ne sais pas le faire. Mon exaspération est si disproportionnée avec la taquinerie que je déclenche une véritable hostilité. Il a lu dans mon regard et dans ma voix que je n'ai aucune défense. Je le sais et j'ai réellement peur, là, au milieu de la foule.

Dans leurs pantalons, ils ont une bête souvent mal dressée. Ils croient qu'ils la tiennent bien en laisse alors que c'est elle qui les tient au bout de la laisse, comme ces chiens énormes qui tirent leur maître où ils veulent. On entend bien le maître crier après son molosse, mais on voit que l'animal n'écoute pas. Il a été mal dressé. A tout moment peut se cabrer ou s'élancer ce fauve que je redoute et dont on devine à peine la forme dans le pantalon. Il paraît que nombre de femmes en sont flattées, moi, je me sens insultée. Je voudrais d'abord qu'on me regarde l'âme. Qu'on apprivoise la biche terrifiée qui ne cesse de guetter en moi pour se défendre à temps, même si je ne sais pas le faire. J'aimerais tant que les choses se passent autrement. J'aimerais tant que les hommes soient mes amis.

Je ne sais pas reconnaître la frontière qui sépare la plaisanterie du réel danger. Souvent, plus il me fait peur, plus j'essaye de me faire gentille, voire câline ou rieuse avec l'homme. Je me dis que c'est le meilleur moyen de m'en faire un ami. Mais le résultat n'est presque jamais celui que j'attendais. On commence à me caresser les cheveux, puis l'épaule, on me dit que j'ai de beaux seins et la peur qui vient me mordre les entrailles me soumet un peu plus. M'esquiver maintenant peut fâcher l'homme. Je ne pense qu'à ça. C'est ce qu'il faut éviter. Alors, il faut rire pour ne pas montrer la peur. Je ris jaune, mais je ris. Si je repousse la main baladeuse, c'est timidement, c'est en faisant quand même ami-ami du regard. Je sais qu'il faut faire quelque chose, mais quoi ? Il m'est souvent arrivé de partir subitement à ce moment-là et de me faire traiter d'allumeuse. La honte parfois m'a fait rebrousser chemin et pour n'être pas mal vue pour cause d'allumage, je me faisais mal voir pour cause de facilité. A quel moment aurais-je dû freiner les transports ? A quel moment aurais-je dû mettre le holà ? C'est toujours ce que j'ai ignoré et que j'ignore encore.

6

POURTANT, je voudrais être comme tout le monde sur ce port. Après tout, est-ce qu'ils sont tous deux par deux ? Pourquoi est-ce que je prends l'image de ces couples en vacances avec une douleur au ventre ? Peut-être qu'ils s'ennuient à deux, ces gens-là ! Oui, mais la femme n'a pas peur en regardant les bateaux, elle n'a pas peur en s'installant à la terrasse d'un café le temps de se désaltérer. J'en reste immobile, la dévisageant presque impoliment. Elles ont toutes une recette, ces femmes qui n'ont pas peur, ces femmes qui tiennent le bras de leur mari ou de leur amant. J'ai envie de pleurer au milieu de la foule. J'évoque le passage d'un livre que j'ai relu dernièrement. Une fillette se promène avec ses sœurs et son père dans une forêt de sapins. Elle a peur des sapins qu'elle prend pour des géants. Elle n'ose pas relever la tête, les géants sont trop impressionnants. Alors elle glisse sa main dans la forte poigne de son père qui la lui tient. Quand sa main est dans celle de son père, elle n'a plus peur des géants et elle ose les regarder. C'est simple, mais moi, ça me fait pleurer. Jamais je n'ai été en promenade avec mon père et, pis encore, jamais je n'ai dominé une seule peur ma main dans sa main protectrice. Je les ai accumulées, mes peurs, jusqu'à ce qu'elles me mutilent. Dans la foule, je sens ma jalousie monter devant toutes ces fillettes qui bravent les géants la main dans celle de leur père. Je n'ai jamais pu guérir de cette douleur-là. Elle est presque aussi ancienne que ma mémoire.

Tout de même, je refuse de capituler et je vais m'installer au soleil, à la terrasse de la crêperie. Je pose mon sac de plage à mes pieds comme un chien fidèle à qui je dirais « couché là ». J'ai du mal à le lâcher. Les rires et les bruits du port me sollicitent et me rejettent tour à tour. Je me sens ridicule. Tout le monde est en groupe sauf moi.

Je me résigne sans me résigner. Tant qu'elle me fait mal, cette solitude, elle est anormale. Mais quand je veux la briser, je le fais avec une telle maladresse que c'est rapidement vers elle que je reviens trouver refuge. En mangeant ma crêpe au milieu de l'agitation je n'ai plus qu'une hâte, c'est de revenir à ma machine à écrire portative dans ce studio de passage au-dessus des toits du port. Pourtant, je me suis juré de marcher tous les jours un peu. Alors, il faut que j'aille au moins jusqu'à la plage.

Elle n'est pas bien loin du centre, la petite plage, mais comme je ne vois plus de maisons en me retournant, je me demande si c'est bien nécessaire d'aller jusque-là comme pour relever un défi. Personne ne saura que j'ai fait demi-tour avant d'atteindre le but. J'ai envie d'aller taper à la machine. J'ai besoin d'écrire. Ma machine m'attend dans son coffret de plastique vert et à partir de maintenant tant que je ne serai pas assise devant elle, je serai comme égarée à Saint-Tropez. J'ai honte, mais c'est là ma vraie liberté. J'ai parfois la même culpabilité en sortant cette machine de sa boîte que jadis en baissant ma culotte pour me masturber loin des regards. Écrire, c'est un plaisir solitaire et coupable. Je m'y donne à longueur de journée.

C'est dommage qu'une machine à écrire crépite. Ça devrait murmurer, ça devrait ronronner, ça devrait crier et rire, ça devrait pleurer. Une machine à écrire, ça devrait être comme un instrument de musique. Selon l'âme et le talent qu'on aurait, ça vibrerait. Il y aurait un échange entre l'instrument et celui qui s'en sert.

J'ai une crampe au poignet. C'est à force de serrer mon sac de plage dans lequel il n'y a ni maillot ni serviette de bains. Je marche vite le long du cimetière. Au-delà des tombes blanches, des voiles glissent sur la baie. C'est beau, mais cela ne m'empêche pas d'avoir envie de faire demi-tour. Pourtant j'obéis à une voix qui me dit d'aller jusqu'à la petite plage. Alors seulement j'aurai le droit de revenir à mes pages blanches qui m'attendent et sur lesquelles j'ai envie de m'étaler de tout mon long. J'ai envie d'y faire l'amour, j'ai envie d'y retrouver des amis, des plaisirs, des haines et des souffrances qui m'appartiennent. Mon seul bien.

Pour qu'il soit avouable, ce besoin d'écrire, je l'appelle « mon travail ». Mais au fond de moi, il est une fuite coupable, il est mon renoncement à vivre. J'ai peur de ressembler à mon père, cet ingénieur toujours enfermé dans son bureau.

Je ne veux pas ressembler à mon père, je ne le veux pas ! Pourtant, comme lui, je ne fais rien d'autre que de m'isoler pour noircir du papier.

7

LA forteresse à attaquer, c'était son bureau. J'y entrais comme en un sanctuaire, avec un léger goût de sacrilège dans le fond de la gorge. Rien dans cette pièce ne me concernait, rien ne m'y appelait ; chaque chose y avait une place appropriée. Quelque chose d'immuable à mes yeux donnait cette ambiance presque sacrée aux lieux. Comme un prêtre célèbre des rites religieux avec les mêmes gestes et les mêmes paroles, mon père semblait obéir à une loi surnaturelle en manipulant ses objets de travail, en les sortant de leur tiroir, en les disposant avec méthode sur sa table, en s'asseyant dans son fauteuil, l'esprit déjà absorbé. « Ne reste pas là, mon petit, disait toujours ma mère, tu vas déranger ton père. Laisse-le travailler tranquillement. » La cérémonie était réservée aux grandes personnes, sauf quand mon père laissait sa porte entrouverte. C'était rare. Je le regardais comme si je commettais un sacrilège. Il y avait quelque chose qui me dépassait et que je croyais d'essence divine.

Je profanais les lieux en son absence. C'était mystérieux et vivant dans une immobilité un peu effrayante. Je n'aurais pas été surprise que sa bibliothèque me dénonce, par exemple. Tout ce qui était l'objet de sa méthodique attention avait à mes yeux la valeur d'un vin de messe, que ce fût sa gomme ou ses livres alignés derrière la vitre de sa bibliothèque, que ce fût son compas et ses dossiers bien rangés dans son tiroir du milieu, que ce fût ses tableaux qui représentaient en coupe quelques houillères du Nord et qui habillaient les pans de mur de part et d'autre de la fenêtre, ou bien la grande carte du monde dont les océans étaient décorés de caravelles d'une époque que je n'identifiais pas. Au-dessus du bar, la photo encadrée des six bourgeois de Calais sculptés par Rodin alourdissait encore le poids de tout ce qui se voyait, se disait, se faisait dans cette pièce. J'ai toujours aimé voir l'air consciencieux de mon père pour remettre à l'horizontale un de ses cadres qu'on avait dû déplacer en faisant le ménage. A le regarder faire, on eût dit que tous ses gestes avaient une inestimable valeur. C'était avec le même air concentré qu'il décachetait une lettre, secouait sa cigarette au-dessus du cendrier, remettait un livre dans sa bibliothèque, dévissait le capuchon de son stylo pour se mettre à écrire, et traçait des lignes et des lignes sur du papier blanc. Tout cela m'inspirait du respect, voire de l'admiration. C'était même apaisant.

Je profitais de son absence pour faire sa connaissance. Avec la même peur que j'avais eue enfant en touchant les objets sacrés dans la sacristie de la chapelle du couvent de ma tante à Quimperlé, avec le même frisson et la même impression de braver dieux et diables, j'ouvrais les tiroirs l'un après l'autre et faisais l'inventaire des objets qu'utilisait mon père pour accomplir sa messe. Il me semblait fouiller dans son âme et j'étais souvent bien déçue. Rien qui révélât des petits travers, un peu de laisser-aller, le moindre caprice. Tout avait l'air nécessaire, mais sans plus. En ouvrant des documents j'avais peur qu'il se passe quelque chose de terrible dans le bureau, tout comme j'ai frémi un jour de toucher une hostie qui par bonheur n'était pas encore consacrée. J'ai eu peur que la Sainte Vierge descende de son cadre en pleurs, j'ai redouté que la chasuble brodée d'or s'anime et que le Christ habillé des vêtements du prêtre me fasse des remontrances… J'ai redouté je ne sais quoi tout en continuant à inventorier le plus de choses possible pendant les deux petites minutes où on m'avait laissée à la sacristie.

Et s'il y avait quelque chose à lire dans les papiers de mon père, ce n'était pas des lettres compromettantes, ce n'était que des textes scientifiques ou politiques auxquels je ne comprenais rien. Dans son tiroir de droite, il y avait un double fond et c'était ce qui me plaisait le plus. J'ôtais le premier étage partagé en quatre par de fines lattes de bois sombre, et je plongeais la main dans la profondeur du tiroir comme je l'aurais fait dans une malle de grenier où l'on aurait entassé pêle-mêle de vieux vêtements, des livres, des jouets et je ne sais quoi encore qui excite l'imagination. Il y avait un chiffon maculé de taches d'encre. L'encre noire se mêlait à la bleue qui elle-même débordait sur la rouge pour faire des masses violacées. Mon père se servait de ce chiffon quand il remplissait ses stylos. C'était la seule chose qui faisait désordre. En dessous, il y avait les bouteilles d'encre. Insatisfaite de ma pêche, je remettais le premier étage du tiroir qui était presque fantaisiste avec ses quatre compartiments. Les trombones, les épingles, les coins, les gommes et la colle blanche y avaient leur place. C'était là que nous nous servions quand nous n'avions plus de colle ou de gomme. C'était là que nous venions fouiller quand il nous manquait un crayon. Tout y était et, si mon père ne voyait pas d'inconvénient à prêter ses affaires, il est évident que nous devions remettre chaque chose où nous l'avions prise. La maison tremblait quand la voix paternelle criait d'en bas, vers les étages : « Qui a pris ma colle et ne l'a pas remise à sa place ? » Ce n'était pas une question, ça résonnait comme une menace. Et à chaque fois, mon père prenait le temps d'expliquer, tout en tonitruant, qu'il n'était pas opposé à prêter ses affaires pourvu qu'on les remît en place. Le coupable descendait les marches quatre à quatre, le petit pot de colle en avant comme un flambeau, espérant calmer le plus vite possible la voix en colère.

Et puis je lisais et relisais les titres des livres alignés derrière la vitre de la bibliothèque. J'aurais voulu en prendre un et me plonger dedans, mais la lecture me faisait peur. Pourtant, mon père souhaitait que ses livres servent à ses enfants. Je le savais. Mais la seule idée qu'il y avait lui-même passé des heures, me remettait à ma place d'inculte. Il était bien évident que je ne serais jamais capable de comprendre ce que mon père comprenait. Alors je me contentais de retenir les titres, d'en être séduite ou rebutée, de confondre les auteurs et d'avoir peur. Mais de quoi encore ? C'est que j'y voyais quelques auteurs qui étaient « à l'index ». C'était dans mon esprit comme si dans un coin des braises rougeoyaient sans cesse et qu'à tout moment le feu pût s'emparer de la maison. A l'école on nous avait souvent répété que des lectures pouvaient nous perdre à jamais et maman ainsi que sa mère tenaient à veiller sur les miennes. Dans ce domaine, je leur étais tout à fait soumise. Mon père avait beau dire et redire que personne n'avait le droit de décider ce qui était bon ou ce qui était mauvais pour son semblable, il avait beau s'élever contre la censure, je me protégeais d'un mal inconnu en ne lisant que ce qui était permis par ma mère. Lire une multitude de titres dans le bureau de mon père, c'était frôler des dangers, c'était déjà s'en croire rescapée. J'aimais surtout lire les vies de saints, même si je me trouvais infiniment petite devant eux. Quelques rares livres d'aventure furent ma seule pâture jusqu'à l'âge de dix-huit ans. J'ai gardé cette peur d'ouvrir un livre, de sombrer dans le monde d'un auteur contre lequel je ne suis pas assez forte pour revenir ensuite dans le mien. J'ai aussi longtemps considéré la lecture comme une activité malsaine. Je n'aimais pas cette façon de vivre par auteur interposé. Je me disais que mon père lisait de belles descriptions de fleurs et de massifs mais qu'il ne se penchait jamais sur ceux de notre jardin. Je préférais faire l'inverse.

Personne, jamais, n'avait osé pénétrer l'univers de mon père. Personne ne l'avait remis en question depuis sa plus tendre enfance, pas plus sa propre famille que sa belle-famille ensuite. Il était regardé comme un génie depuis l'époque lointaine où il brillait à l'école, passant à quinze ans son baccalauréat avec dispense, et sortant vers vingt-deux ans de l'École supérieure des Mines. De tout temps ses enfants respectaient aveuglément ce qui le touchait et craignaient avec respect sa personne, j'allais dire « sur ordre d'en haut » (j'ai failli écrire « de Dieu »).

8

QUAND on me demande pourquoi, passé mes trente ans, je suis toujours intérimaire, je réponds que c'est parce que je n'ai pas d'ambition.

Ma seule ambition c'était d'arriver à écrire ce livre, d'y trouver ma vérité, d'y exorciser mon secret. Qu'il se vende ou pas, je resterai intérimaire.

Au début de ma vie active, à vingt et un ans, je croyais ce qu'on m'avait dit, qu'il fallait entrer dans une entreprise et y faire son chemin. Je sortais d'une école de jardinières d'enfants, et je ne me posais pas de questions sur les promotions généralement briguées dans une vie professionnelle. Le monde de l'enfance me passionnait et j'étais huit heures par jour dans une crèche de l'Assistance publique du treizième arrondissement. J'aimais mon travail et pourtant, je sentais qu'il me manquait quelque chose. J'avais de subites crises de larmes qui se transformaient en sanglots épuisants, puis en crise de nerfs. La directrice de l'établissement me laissait son bureau pour que j'appelle mon psychiatre, que j'allais voir régulièrement depuis mes dix-huit ans. Au bout de deux ans, j'ai décidé de quitter ce poste par peur d'être nocive pour les enfants et par appétit pour je ne savais quoi. Il fallait que je connaisse le monde, il fallait que j'entre dans le cercle des adultes. J'ai appris en trois semaines la dactylographie et me suis présentée dans une agence d'intérim, sans rien savoir de ce qui se passait dans les bureaux. Tout fut pour moi matière à m'étonner, à me heurter avec l'entourage. On me disait de mettre des « pelures » en trois ou quatre exemplaires quand je tapais du courrier et je ne savais pas ce qu'étaient des pelures. Me doutant bien qu'il ne s'agissait pas de légumes ou de fruits (je me savais ridicule même d'y avoir songé), je n'osais pas demander ce que c'était et je tapais le courrier sans pelures. On me faisait des réflexions. Je ne connaissais pas davantage les « bordereaux ». Avais-je même entendu déjà prononcer ce mot-là ? Je me le demande encore en me disant que je ne pouvais pas ne pas l'avoir entendu, et pourtant il m'était totalement étranger. Alors je demeurais stupide quand on me disait de remplir des bordereaux. Et le jour où on m'a dit d'aller chercher le double du protocole d'accord passé avec telle ou telle entreprise, je me suis demandé quel langage on me parlait. J'ai osé interroger le patron qui m'a regardée avec un étonnement mortifiant. « Qu'est-ce que c'est qu'un protocole d'accord ? » Il me l'a dit et je me suis sentie coupable de mon ignorance comme devant un professeur à qui je n'aurais pas su dire ce qui s'était passé en 1515.

Après quelques mois d'intérim, j'ai pensé qu'il fallait me faire embaucher dans une société pour suivre une vraie carrière sur le conseils pressants de la mère d'une de mes amies. La dame qui m'avait appris la dactylographie chez elle, pendant que ses enfants allaient crier après les patrons sur les barricades en mai soixante-huit. Je me suis fait embaucher un grand nombre de fois en peu d'années. Devant « l'employeur », vidée de moi-même, je ne désirais aucune promotion, ne comprenant pas les chances qui m'étaient offertes, quand on me détaillait les différents débouchés auxquels je pouvais prétendre pour peu que je m'accroche. Une sueur froide me donnait presque des frissons quand on me parlait des avantages, des congés auxquels j'avais droit, et, pire que tout, des points pour la retraite. A l'heure de mon embauche, je désirais partir à toute vitesse de là, vers des champs immenses survolés d'oiseaux qui planent en décrivant des arabesques dans le ciel. Mais je restais devant l'employeur et je faisais ce qu'il fallait faire et je disais ce qu'il fallait dire. On retenait ma candidature parce que je parle bien et que je présente bien. On faisait mon malheur et celui du service qui allait m'employer. Je ne restais pas plus de quelques mois. Et je quittais la place après avoir noué des liens d'une sorte ou d'une autre avec au moins une personne. Attachement superficiel et trompeur puisque toujours mon souci est de ne pas me laisser percer à jour. Si je sentais qu'on me devinait au-delà d'un certain seuil, je partais bien vite avant qu'on fasse vraiment ma connaissance. Il est arrivé que ma décision prise, je me retrouve dans la rue une heure ou deux après. C'était grisant. L'air parisien soudain avait un parfum de liberté, la lumière tombant du ciel me semblait féérique, et je marchais des heures dans la ville le rire dans la gorge, et des exaltations diverses dans la poitrine. Les gens paraissaient en vacances, et je me croyais riche pour longtemps puisque avant de partir, on m'avait donné en argent ce qui m'était dû de congés annuels et de fraction de treizième mois. Les soucis seraient pour plus tard, j'étais toute à la joie de toucher la liberté. Sur un pont de la Seine, je chantais à tue-tête en éclaboussant ma rétine des couleurs multiples reflétées par la surface de l'eau.

9

DANS toutes mes tentatives de recherche d'une situation stable, c'est assurément Sophie qui m'a le plus marquée. Je ne vois plus jamais une fausse rousse sans avoir envie de lui faire un clin d'œil, sans avoir envie de reprendre nos interminables palabres. Quelque chose n'est pas fini entre nous.

J'ai reçu un choc qui agit encore sur moi si je repense au premier égard que j'ai posé sur elle. J'avais vingt-sept ans environ et elle trente-deux. Je l'ai aimée et redoutée aussitôt. Dans le hall de l'hôtel particulier où étaient installés les locaux du Comité des Expositions de Paris, j'attendais assise, flanquée de ce garde du corps dévoué et merveilleusement fou que j'avais rencontré lors d'un précédent remplacement d'intérim. Je l'appelais Mimi-Pinson et lui m'appelait Petite-Fleur. Un directeur avait compris en trois semaines que je n'étais pas faite pour travailler. Il m'avait laissé libérer mon imagination sur les feuilles blanches de son secrétariat avec la machine électrique qui aurait dû servir propablement à taper son courrier. Mais il voulait m'aider à me fixer, à m'insérer dans la société. Il avait téléphoné à un autre directeur de sa connaissance, Monsieur Marais, pour lui dire de m'embaucher sans attendre de moi plus que des lumières passagères, peut-être efficaces. Il pensait que Monsieur Marais était le seul patron qui pouvait me correspondre.

C'est le chef du service Promotion qui devait me recevoir et me présenter ensuite (si je lui convenais) à Monsieur Marais. Et le chef du service Promotion, c'était Sophie. J'ignorais tout de la Publicité et de ses coutumes. Comme toujours devant l'inconnu, devant l'écrasante perspective de me faire embaucher, j'avais peur. Pour me faire tenir debout, Mimi-Pinson, habitué aux rendez-vous professionnels, ne me quittait pas. Il me donnait les derniers conseils et je lui obéissais. Il fallait à tout prix que ma candidature fût agréée. Pas question pendant une heure de l'appeler Mimi-Pinson comme d'habitude. Notre démarche avait une couleur trop solennelle. J'avais tant ri en trois semaines avec lui que son sérieux ressemblait à un abandon, et avait quelque chose de triste qui m'imposait de la retenue. La salive me manquait, j'étais aphone. Le danger était partout. Je regardais les va-et-vient avec la même curiosité inquiète que j'avais jadis, chaque fois que j'arrivais dans une nouvelle école et que des adultes traversaient la cour en se parlant en groupe, tandis que j'attendais assise sur un banc près de ma mère qui me donnait des conseils pour être une bonne élève. Dans ce groupe qui passait, qui serait la maîtresse de ma classe ? Serait-elle gentille ? Serait-elle jolie ?

Ici, au Comité des Expositions de Paris, Mimi-Pinson et moi cherchions dans chaque silhouette Sophie Daridanne. Elle était en retard. Mon ange gardien en profitait pour me débiter ses ultimes conseils : « Surtout, Petite-Fleur, ne mets plus tes blue-jeans, il faut que tu deviennes coquette... Maquille-toi tous les jours. Un peu seulement si tu veux, mais montre-toi élégante. Quand tu voudras faire relâche, tu n'auras qu'à me donner un petit coup de fil et on sortira ensemble. On fera les fous dans Paris, au restaurant, où tu voudras. En attendant, essaye d'entrer dans cette boîte et d'y faire ta place. Il faut maintenant te mettre sur des rails, tu as plus de vingt-cinq ans et c'est le bon moment... » Ce qu'il me disait là était plutôt inquiétant, mais comme c'était pour moi qu'il perdait une heure et qu'il utilisait ses relations, je faisais un grand effort pour m'assouplir. Je l'écoutais comme j'ai écouté maintes et maintes fois ma mère qui allait me présenter à une nouvelle directrice. J'étais anéantie et en même temps pleine d'espoir. Je promettais tout ce qu'on me demandait avec la meilleur volonté du monde.

En même temps que moi, Mimi-Pinson a vu une jeune femme enceinte monter les marches du perron, de l'autre côté de la porte vitrée de l'entrée. Elle était encadrée par deux hommes qui se sont empressés devant elle pour lui tenir les deux battants de la porte. Majestueuse, féminine à vous couper le souffle, elle dégageait une force qui nous a mis, Mimi-Pinson et moi, immédiatement à sa merci. Pourtant, si on la détaillait, elle n'était pas jolie. Ses cheveux raides et maigrichons qu'elle teintait en roux étaient resserrés sur sa nuque par une barrette d'où sortait comme une petite balayette de paille brûlée. Ses yeux durs étaient un peu trop grands et cernés d'un trait de crayon foncé, mais surtout, sa bouche bien dessinée éclairait son visage. Une voix de faubourg en sortait qu'elle essayait de raffiner. Elle séduisait. Tout dans son être était dynamique. Elle était une invite à l'action. Elle était là comme pour réveiller les esprits endormis, les tire-au-flanc. En la voyant arriver, rien de précis ne nous permettait de dire que c'était elle et pourtant, nous en avons eu la certitude l'un et l'autre.

La beauté de l'hôtel particulier, dont l'entrée était vaste, claire, et rendue majestueuse par le grand escalier qui arrivait presque jusqu'en son milieu, plus la séduction de Sophie emportèrent ma décision. Dans notre entretien, j'ai dit ce qu'il fallait que je dise. Bon genre, bonne éducation, voilà ce qu'il fallait qu'elle pense. Et c'est ce qu'elle a pensé.

Mimi-Pinson s'est éclipsé. J'ai suivi Madame Daridanne, qui me conduisait à ce fameux Monsieur Marais que j'étais curieuse maintenant de connaître. Pourtant, dans les pas de Sophie, j'ai eu envie de faire demi-tour sans bruit. Elle aurait continué de marcher dans le petit couloir coudé à angle droit, avec son air supérieur et sa majesté de femme enceinte, croyant m'épater un peu plus encore qu'elle ne l'avait fait jusque-là, et en se retournant, elle n'aurait même pas vu son ombre car il y avait des rampes de néon qui couraient le long du plafond. Seule, Madame Daridanne ! Plus de secrétaire modèle. La perle de secrétaire que venait de vanter Mimi-Pinson serait en train de rattraper sa perle d'ex-patron dans les embouteillages et lui ferait une belle scène de ménage pour avoir fait celui qui ne connaissait en moi que les qualités professionnelles. Et, pour qu'il se fasse pardonner, nous aurions trinqué à cette embauche manquée où il en était pour ses beaux effets de phrases...

10

QUAND je suis venue prendre mon service, j'ai tout de suite su que Monsieur Marais était craint et aimé, et que Sophie était crainte et détestée. Elle n'était pas là, mais en congé de maternité. Monsieur Marais en a profité pour me prendre à son secrétariat, alors que j'avais été embauchée pour être au service de Sophie. Je n'entendais dire sur elle que des choses fâcheuses. Elle n'était qu'une salope, une faux jeton, une autoritaire, un rouleau compresseur capable d'écraser n'importe qui pour arriver. On me prévenait de me méfier de ses gentillesses qui cachaient son côté calculateur et intéressé. On me disait que son snobisme était sans limites et qu'elle ne manquait pas une occasion de vous rabaisser et vous tourner en ridicule. Elle ne s'intéressait qu'à elle, elle n'aimait qu'elle et n'était attirée que par ce qui brillait.

Absente, elle me fit réellement peur. Je redoutais son retour. Même si je ne devais pas travailler directement sous sa coupe, je redoutais de l'affronter, moi la secrétaire débutante d'un patron intimidant dont elle était le bras droit. J'avais très peur qu'arrive avec son retour la désillusion de Monsieur Marais sur mon compte. Si jamais Sophie essayait de m'ébranler, de me dominer, de me rabaisser, elle y arriverait si vite et si bien, au moment où j'essayais de mon mieux de me construire et de donner satisfaction à Monsieur Marais, que je ne saurais plus remonter la pente. Nos bureaux étaient assez loin l'un de l'autre, mais je voyais bien que la collaboration entre Monsieur Marais et Sophie était constante et la rendait presque physiquement présente.

En attendant son retour, c'était Christine, son assistante, qui agissait sous sa dictée grâce à de nombreux échanges téléphoniques. Christine venait à longueur de temps voir Monsieur Marais, quand ce n'était pas lui qui se rendait dans son bureau.

Il fallait que je tue cette peur de Sophie avant son retour. Alors je suis allée la voir à la clinique où elle avait eu une fille par césarienne, et j'ai découvert un personnage dont on ne m'avait pas parlé. Muette à côté de Christine qui faisait cette visite par pure politesse, j'écoutais notre Chef du Service Promotion bêtifier d'une voix mélodieuse, penchée sur le berceau. L'émotion de cette jeune mère de trente-deux ans me fascinait. Plus que bouleversée, je la contemplais. Cette voix chaude qui ressemblait à la plainte d'un cuivre dans un orchestre de jazz n'était en rien comparable à la voix faussement raffinée, trébuchant parfois dans des accents de faubourg, qu'elle avait eue lors de notre première rencontre. Elle parlait à son bébé le plus tendrement du monde. Je ne pouvais pas m'empêcher de penser à ma mère qui avait le même âge quand elle m'a mise au monde. Je ne pouvais pas m'empêcher de penser à ma mère qui, de son propre aveu, n'avait pas eu un regard émerveillé sur moi, lasse qu'elle était de donner le jour pour la sixième fois. J'ai senti un petit pincement au cœur en me rappelant ce qu'elle répétait souvent : « J'ai tout oublié de la naissance de Brigitte, je ne sais plus si c'était le jour ou la nuit... Il me semble que je l'ai attendue plus d'un an et que je l'ai accouchée deux fois puisqu'elle a été conçue à un retour de fausse couche, avant même que j'aie revu mes règles. Je me demande comment j'ai pu la porter jusqu'au bout. Je pensais que je n'avais plus rien à lui donner. Le pire c'est qu'elle a été suivie immédiatement de Pierre et moins d'un an après Pierre, de Fabien. » Combien de fois notre mère nous a-t-elle dit : « Ah, là là là là ! J'aurais mieux fait d'aller acheter un pain de six livres ! » Et j'étais sûre qu'elle le pensait. Je n'ai jamais accepté de n'avoir pas eu la beauté d'un miracle dans le regard de mes parents.

Je suis sortie de la clinique pleine de l'amour de Sophie pour son petit miracle, et c'est cette femme-là que j'espérais rencontrer à son retour au Comité des Expositions de Paris, en faisant sa connaissance, surtout pas la chef du service Promotion.

11

QUAND Monsieur Marais m'appelait pour me dicter du courrier, j'essayais d'être une bonne secrétaire. Je prenais mon bloc et un stylo. Je n'entrais jamais dans son bureau sans être saisie d'un petit froid dans le dos. C'étaient la sobriété du mobilier et la nudité des murs qui le rendaient austère. Seule une grande photographie en noir et blanc du Parc des Expositions de la Porte de Versailles vu d'avion ornait l'un des murs. Sa fenêtre ouvrait sur un jardinet charmant. C'était tout ce que j'aimais dans cette pièce. Près de la fenêtre, une table basse avec deux ou trois sièges bas où s'installaient les visiteurs à qui je servais une boisson fraîche, un whisky ou du Martini. La grande table de Monsieur Marais était juste encombrée du dossier qu'il traitait, d'une corbeille où il le déposait pour que je le range dès que terminé, d'un téléphone relié au standard et d'un autre qui était une ligne directe avec l'extérieur, et enfin d'une lampe sans style. Si Monsieur Marais n'avait pas eu les yeux si bleus, j'aurais peut-être eu moins froid devant lui. Face à son bureau, il y avait une chaise sur laquelle je m'asseyais pour prendre des notes sous sa dictée.

Je m'applique. Cette fois, je vais prendre sans hésitations la lettre que je lui rendrai sans une faute de frappe avant la fin de la matinée. Je pose mon bloc sur sa table et je commence à écrire. Tout à coup, ma main à plat devant moi devient grande, trop grande parce que j'ai oublié de la camoufler. C'est pourtant ce que je fais automatiquement pour qu'on ne voie pas mes ongles rongés. Il me semble que j'ai l'onglée parce que Monsieur Marais l'a regardée. Je referme mon poing... Qu'a-t-il dit pendant ce temps-là ? Ça y est, je vais rater mon pari, je vais être obligée de lui demander de recommencer à partir de « ... si vous estimez nécessaire... ». S'il vous plaît, Monsieur Marais, pouvez-vous reprendre ? Il regarde ma main droite, et je me sens rougir. Il reprend là où je lui ai demandé. Sa voix ronde et basse de gros matou est agréable. Elle me caresse et réveille en moi je ne sais quelle nostalgie. C'est plus fort que moi, je n'ai plus vingt-sept ans quand on me parle ainsi, lentement, pour être sûr que j'ai bien suivi ; je redeviens une très petite fille. Je rétrécis si vite que je n'ai pas le temps d'en prévenir Monsieur Marais. Je regarde ses mains qui sont presque toujours griffées parce que d'une fin de semaine à l'autre, il n'a pas le temps de cicatriser les écorchures que lui font ses rosiers et le reste des plantations qu'il entretient les samedis et les dimanches. Pendant qu'il dicte son courrier, il gratte légèrement ses petites éraflures avec un trombone qu'il a complètement déformé. Je le regarde et je pense à son jardin où il passe des heures, paraît-il, dans la banlieue ouest où j'ai vécu une partie de ma jeunesse. C'est comme si je partageais un secret avec Monsieur Marais à son insu. Nous avons humé la même terre et aimé la même boucle de la Seine à une époque où nous ne nous connaissions pas. Si cela est très important pour moi, je sais bien qu'il s'en moque complètement. Je regarde ses mains griffées comme par un chat. Il arrive qu'une épine ne parte que le mardi ou le mercredi. Ses mains sont de grosses mains qui auraient appartenu à un paysan, il y a quelques générations. Mon père a les mêmes, mais jamais je n'ai vu une épine dans ses doigts, jamais une éraflure des buissons ou des rosiers de notre jardin.

J'ai rétréci au moment où Monsieur Marais m'a dit d'un air attentif : « Avez-vous bien compris ? » Ma jupe a changé de couleur, mon corsage aussi et mon pull-over aussi. Je suis toute petite dans mon uniforme bleu marine et blanc de l'école religieuse de Saint-Germain-en-Laye. J'ai honte depuis toujours de me montrer dans cet uniforme de couvent. Monsieur Marais, je n'ai que dix ans, je ne connais ni la sténo, ni la dactylo, prenez-moi la main, faites-moi faire votre tour de propriétaire en m'expliquant vos travaux de jardinage. Votre voix me donne envie d'entendre tout sur les variétés de rosiers, parce qu'elle est basse, ronde, et que vous parlez lentement. C'est toujours comme ça, je ne peux pas prendre correctement plus d'une page en sténo devant ce patron-là. J'ai quelquefois envie de lui couper la parole parce qu'une question de première importance se met en travers de ma pensée : j'ai envie de savoir s'il a des animaux chez lui. C'est pour moi si important, que je crois cette question d'une grande indiscrétion. Elle ne franchit pas mes lèvres, mais pendant ce temps, il a continué à dicter et je me suis perdue dans un jardin qui est devenu une jungle. Si je lui demande encore de recommencer à partir de « ... la surface de votre stand... », il va perdre ce calme qui me rassure et m'inquiète en même temps. En toucher la limite me terrifie. J'incline la tête vers mon bloc et je me donne un instant à tout ce qui concerne les expositions de la Porte de Versailles. Ouf, je l'ai échappé belle, il ne s'est pas énervé ! La peur me tient sur mes gardes.

Pendant presque un an que je serai au service de Monsieur Marais, j'aurai envie de pleurer chaque fois qu'il me dictera du courrier ou des rapports.

C'est terrible, le besoin que j'ai de glisser ma main dans la sienne pour aller marcher en uniforme bleu marine et blanc dans des allées d'un jardin qui est à Saint-Germain-en-Laye. J'ai bien conscience d'être grotesque et la honte m'accable, mais c'est ainsi, je ne peux pas m'empêcher de rétrécir, surtout depuis que j'ai appris son grand regret de n'avoir que des fils. Et je me dis que si les gens savaient que je viens de rétrécir parce que Monsieur Marais m'a parlé doucement et que je viens de courir dans un jardin en sautant à la corde et de lui lancer un ballon, je ne remettrais pas les pieds ici de honte. J'ai rétréci toute ma vie dès qu'un homme se penchait un moment sur moi et me parlait doucement. Quand il écoutait mes réponses avec attention, voire avec intérêt, je voulais me ficeler à lui et le suivre dans sa maison. J'ai rétréci souvent. Ces pères n'étaient que de passage et je n'avais été leur fille parfois que le temps d'un après-midi. Ils ne l'avaient pas su. Qu'emportaient-ils de moi ? Je désirais tant qu'ils prennent de mes nouvelles et qu'ils ne m'oublient pas ! Ces petits moments n'avaient en général eu d'importance que pour moi. Le drame, c'est que quand je rétrécis, je ne comprends plus rien de ce qui m'entoure. Il ne faut me parler que de choses vitales pour que les mots simples s'acheminent doucement vers leur but. C'est l'heure de manger, il fait froid, donne-moi ça, attrape ça... Le reste, je ne l'entends pas. Je suis en boule dans un coin à côté des chats.

12

DANS ma tête, il y a une maison. Elle est au moins bicentenaire. De hauts murs de pierre capitonnés de lierre et de glycine en protègent le jardin. On dirait un ancien presbytère. De l'autre côté de la haie qui barre le fond, il y a un potager et je m'y vois penchée une demi-heure par jour environ. Je surveille mes plantations, je désherbe, je rehausse la terre des légumes qui s'effondre après la pluie. Je laisse monter en moi mes origines paysannes qui ne sont pas bien loin. En revenant jusqu'à la maison, j'ai l'impression de traverser des provinces de France. La végétation y est luxuriante et variée, et s'il y a des ombres, c'est que je ne vois cette maison que sous le soleil ou la pleine lune. Les arbres ne sont pas hauts, sauf un. Ils sont tous épais. Les pelouses bien grasses sont éclaboussées de mille pâquerettes. Derrière la maison il y a un clapier et une petite basse-cour. J'aime l'agitation des animaux à mon approche. Je leur apporte à manger et ils le savent. J'ai fait cela dans ma prime enfance et je me sentais indispensable un moment sur cette terre, face à ces becs et à ces museaux affamés. Je rentrais fière et droite comme un I chez nous, le panier vidé de ses pissenlits et le seau de sa pâtée. Je venais d'accomplir quelque chose de très important. Je comprenais alors le sens de ce qu'on me demandait. Ce n'était jamais une contrainte, c'était naturel comme de donner le biberon à mes petites sœurs plus tard, pour aider ma mère. Je ne savais pas que les grandes vacances avaient une fin et que mon avenir devait se construire dans des écoles de la banlieue parisienne.

Je n'ai jamais plus compris ce qu'on me demandait et aujourd'hui encore, je reste étrangère à la vie de bureau. Rien n'y est vraiment important, je ne suis nulle part indispensable, il n'y a pas de quoi rentrer droite comme un I chez moi, le soir, après avoir recouvert la machine à écrire de sa housse jusqu'au lendemain.

Dans la maison qui est dans ma tête, il y a des gens. Ce sont en majorité des femmes et des enfants. Je ne vois que quatre hommes qui puissent y circuler à l'aise. Je les accepte, je les aime même. L'un d'eux a la même voix que Monsieur Marais, un seul aura été mon amant, aucun d'eux n'est mon père. Ils ont entre vingt et trente ans de plus que moi sauf un. Lui, je n'ai jamais su comment il s'était glissé dans ma vie intérieure. Il a presque trois ans de moins que moi et son existence me réjouit encore.

S'il y a tant de femmes, c'est probablement parce que la femme a l'instinct de la vie et que tout peut arriver entre une femme et moi, de toute façon, je l'aimerai, même quand je serai fâchée avec elle. J'ai connu peu d'hommes qui avaient le sens de la vie et qui savaient la protéger. C'est le point commun que je reconnais aux quatre qui se baladent dans ma maison et dans mon jardin. Aucun d'eux n'est indifférent aux enfants, aux animaux et aux plantes. Je n'ai pas honte de mes attendrissements devant eux. C'est bon.

Cette maison-là, faute de la posséder, je la promène

dans ma tête en changeant de métro, en montant les escaliers mal éclairés de chez moi, en écoutant chaque lundi, un couteau dans la poitrine, les voisines de bureau qui reviennent de leur maison de campagne.

13

LES maisons de mon enfance n'ont presque rien de commun avec celle qui est dans ma tête. Mon père n'a jamais ressemblé aux hommes qui s'y promènent. Je ne l'ai pour ainsi dire vu que le samedi dans son bureau pour lui faire signer mes bulletins scolaires, et aux repas du soir quand je ne mangeais pas à la cuisine avec les petits, sous le regard de la bonne.

A table, moment solennel où il est en présence de ses enfants, moment solennel où les enfants sont priés de ne pas couper la parole, mais d'écouter ce que dit le père (« taisez-vous, les enfants, votre père parle, voyons ! » répète ma mère inlassablement avant que son mari ne finisse par hausser le ton, excédé subitement, « combien de fois faudra-t-il vous répéter de vous taire ? Votre mère vient de vous demander un peu de silence. Je parle, tout de même ! »), à table donc, c'est presque chaque soir une revue de presse qu'il nous fait. Pas n'importe laquelle. De sa voix monocorde, il nous endormirait si entre nous, les plus jeunes, nous ne nous tenions éveillés par nos codes silencieux qui nous mettent tout au bord du fou rire. Les choses de la vie défilent sur ses lèvres avec gravité. C'est sûrement une autre vie que la vraie, celle de tous les jours, celle des petits nains que nous sommes. Il évoque un monde où je ne veux pas entrer. Un monde privé de joies simples, de rapports simples. La guerre d'Indochine, la décolonisation, le statut des objecteurs de conscience, la libre expression, le scandale de la censure, la dangereuse bêtise de l'armée et l'anachronisme de ses coutumes. Le rejet de l'uniforme quel qu'il soit, le refus de la force de frappe, le socialisme qui est le seul avenir possible... J'entends parler de gauche, j'entends parler de droite, et si je suis bien incapable d'en parler moi-même, je sais que la gauche est l'antichambre du paradis. Dans la gauche il ne peut y avoir de gens malhonnêtes, il ne peut y avoir d'abus de pouvoir et d'abus de confiance, dans la gauche on pense aux pauvres et on veut améliorer leur vie. La gauche, c'est le côté des humbles, c'est le côté des désintéressés. Ceux de la droite sont si matérialistes, si soucieux de préserver leur richesse, capables de tant de vilenies pour garder le pouvoir et faire passer leurs intérêts avant le bien public, que je remercie le ciel de m'en avoir protégée jusqu'alors. En effet, au Vésinet où nous habitons, je n'ai jamais rencontré de gens comme ça. C'est pendant les dîners que j'apprends des bribes de données politiques que je n'approfondis pas, parce qu'elles me semblent trop compliquées et trop peu en rapport avec la vie quotidienne. Je les emmagasine pêle-mêle. J'en oublie beaucoup. Je retiens entre autres que le Christ a été le premier socialiste, que de Gaulle se prend pour le Père éternel, tandis que Mendès France est le plus pur de tous les hommes politiques actuels. J'entends tout cela en bruit de fond, je mélange les noms bien souvent, mon attention très vite se lasse. A l'école, quand j'ai dit fièrement que mon père avait voté contre de Gaulle en 1958, les fillettes horrifiées se sont écartées de moi en disant : « C'est une fille de communistes !... » Les religieuses vouaient le communisme aux feux éternels et l'on m'a regardée de travers.

Heureusement que par une visite à mes religieuses, ma mère a su dire ce qu'il fallait pour apaiser l'hostilité. A-t-elle évoqué ses deux sœurs religieuses, dont l'une missionnaire en Indochine ? Je ne sais pas. Je n'ai jamais osé vérifier si nous étions communistes ou non. J'aimais bien ma belle banlieue, comme j'aimais bien mes camarades.

Souvent aussi, mon père parle de la condition féminine. Là, c'est presque plus compliqué encore. En quoi le fait d'être une femme peut-il se discuter ? Décidément, je ne comprends jamais les choses importantes qu'il explique avec son vocabulaire difficile et son air grave. Il s'indigne contre les hommes qui utilisent les femmes comme des objets. Que peut bien être cette fameuse femme-objet ? Il y a en tout cas une femme qui écrit des livres sûrement extraordinaires pour mériter tant d'admiration de la part de mon père. Une femme qui a donné, dit-il, un bon coup de pied dans la bourgeoisie française. Une femme qui a osé dire de fracassantes vérités. Son nom, je le retiendrai comme un message à ne pas oublier, un message qui me sauvera peut-être un jour. Elle s'appelle Simone de Beauvoir. « Es-tu fou de dire des choses pareilles devant tes propres filles, s'indigne ma mère. Simone de Beauvoir est une femme dangereuse et moi, je maintiens que toute vérité n'est pas bonne à dire ! » Mon père et ma mère ne sont jamais d'accord quand Simone de Beauvoir passe ainsi parmi nous. Le féminisme, la dignité de la femme, le respect de l'individu, la Vérité coûte que coûte, tout cela est à l'honneur pendant nos dîners patronnés par Madame de Beauvoir. Il y aura même un jour, vers 1960, un scandale mis au clair par Simone de Beauvoir, à propos d'horribles traitements qu'aura subis une jeune femme appelée Djamila Boupacha, en Algérie. Faire éclater les scandales deviendra presque un leitmotiv pour mon père indigné, ulcéré, et admiratif une fois de plus de cette Simone de Beauvoir qui fit tout ce qu'elle put pour que rien de cette affaire ne reste dans l'ombre. Djamila Boupacha avait été violée, torturée, en Algérie. Il fallait, disait mon père, que toute la vérité éclate au grand jour et que réparation soit faite dans la mesure du possible. Mes aînés s'enflammaient avec lui.

De tout cela je ne retenais en somme que la passion dans le débat. J'enviais mes deux grandes sœurs de savoir tenir une conversation avec les parents. Surtout l'aînée. Elle passait pour une impertinente qui ne craignait personne dans des discussions. Son intelligence était, disait-on, très brillante et bien affûtée. Cela compensait son manque de beauté, disait ma mère, la comparant à mon autre sœur. Elle avait de bonnes connaissances en littérature et en politique, ce qui lui permettait une belle aisance. Mon père en montrait une certaine fierté. Bivon, la seconde, plus nuancée, plus effacée, plus douce, plus jolie aussi (comme le soulignait ma mère), parlait moins et avec moins de brio.

Après les deux grandes sœurs, il y avait les trois grands frères. Marcel, le premier des garçons, osait quelques avis et s'émerveillait d'être écouté. Il redisait, et presque sur le même ton, les mots de notre père, mais avec un certain désordre dans le comportement, les gestes et la voix. Son trop-plein d'énergie débordait sans cesse, il avait quelque chose d'angoissé dans son regard et dans ses intonations.

Les autres, ce sont les empêcheurs de parler en rond. Il y a Ischelaz, mon frère vénéré, adulé, celui qui exerce sur moi une fascination diabolique, aussi loin que remonte ma mémoire. Il ne s'appelle pas Ischelaz, mais c'est ainsi que je l'ai surnommé et que je l'ai emprisonné en moi dans cette appellation mystérieuse que personne d'autre ne prononce. Il est beau, presque trop beau. Aucun adolescent n'est plus ambigu que lui. Il séduit les dames mûres et les plus jeunes, il séduit certains hommes, il envoûte les enfants. Il s'aime éperdument et s'admire dans les glaces. Je participe au culte avec enthousiasme. Il peut être démoniaque avec ses frères et sœurs. Il aime nous faire du mal, surtout à Marcel et à Fabien, le plus jeune des garçons. Il laisse punir Marcel à sa place en ricanant, et Marcel ne sait pas se défendre. Il lui est même arrivé de convaincre Marcel que c'était lui qui avait lancé une godasse dans l'armoire à glace, brisant ainsi le miroir, alors que c'était faux. Marcel devant le tribunal des parents n'a pas su dire qu'il était innocent et a écopé d'une bonne punition. Il ne savait plus s'il était coupable ou non. C'est bien des années plus tard qu'Ischelaz a dit que c'était lui. Ischelaz aime bien nous tourmenter quand on est privé de dessert. Il commente bien haut la saveur des fruits ou du gâteau. Nous ne devons pas attirer l'attention quand nous sommes punis, aussi ne pouvons-nous pas le faire taire sous peine de nous faire remettre à notre place. « Tu oses te faire entendre quand tu es puni ? Tu ferais mieux de te faire oublier », piaille la voix maternelle. Et pendant ce temps-là Ischelaz laisse traîner un quartier de fruit tout près de l'assiette vide de celui qui doit se contenter de regarder les autres manger le dessert. Il nargue, il ricane, il insiste jusqu'aux larmes du puni. Et tout cela n'a jamais ôté l'admiration que nous avions pour ce frère tyrannique. Dieu de mon enfance, il a cinq ans de plus que moi.

Ensuite, il y a Francis qui me précède de deux ans et demi. Lui, il aime à se tenir en dehors du groupe familial. On dirait qu'il en a honte. Il n'aime pas être sur des photos où nous sommes en troupeau autour d'une mère qui donne à chacun sa place, voire sa position. Il ne veut pas marcher parmi nous quand nous allons à la messe tous ensemble le dimanche. Il va sur l'autre trottoir malgré les remontrances de ma mère ou bien il fait semblant d'avoir oublié quelque chose à la maison (livre de messe, par exemple), et court dans l'autre sens en disant qu'il nous rejoindra. On ne le retrouve qu'à la sortie. Sa chaise est restée vide pendant tout l'office. Ces dérobades-là sont à mes yeux des actes de bravoure, des exploits enviables. Francis me fait l'effet d'être un héros devant les parents à qui il échappe parfois. Il joue les durs et passe dans notre rue à toute vitesse sur la mobylette d'un camarade. Il fait ronfler le moteur exprès en passant et repassant devant la grille de notre jardin derrière laquelle nous sommes, Pierre et Fabien, mes deux petits frères, et moi. Il ne nous regarde pas. Il aime nous faire sentir que nous sommes « les petits ». Même après la naissance des deux dernières petites sœurs, nous resterons longtemps « les petits ». Cela nous fait toujours rager. On fait souvent manger les petits, Brigitte, Pierre et Fabien, à la cuisine avec Paulette, la bonne, on envoie les petits se coucher avant tout le monde, on baigne les petits dans la même eau et en même temps.

Moi qui suis la sixième, je me crois héritière des rêves des aînés, et responsable des plus jeunes jusqu'à la tyrannie. A table, je suis attentivement ce qui se passe entre chacun de nous. La voix de mon père n'est souvent qu'un bruit de fond auquel je suis incapable de prêter attention sans m'ennuyer très rapidement.

14

SOPHIE et moi avions créé un rituel qui reste un de mes meilleurs souvenirs de ce temps-là. Nous commencions la journée par des tartines grillées et un café au petit bistrot du coin. Nous rétrécissions ensemble en évoquant nos deux jeunesses, tellement dissemblables que c'en était fascinant.

Dès son retour au Comité des Expositions de Paris, nous nous sommes cherchées à toutes les occasions. Il y avait une attirance réciproque, il y avait une méfiance réciproque. En l'écoutant parler de son bébé, je savais que je ne pouvais que m'en faire une amie. Je n'avais pas besoin de la prier. De là à parler de notre jeunesse, de nos aspirations, de nos déceptions, il n'y avait qu'un pas. Allégrement nous le franchissions. Sophie était fille unique d'une famille juive d'origine yougoslave, je crois, ou bulgare. Elle avait adoré ses parents, mais à quatorze ans, elle avait perdu son père et à vingt sa mère. Elle n'avait dans ce bas monde que son mari qu'elle avait épousé juste avant la mort de sa mère.

Je bois ses paroles qui ne sont qu'amour pour les siens. Ses souvenirs sont bons à entendre, ils sont ceux de quelqu'un qui a connu la presque pauvreté, ils sont ceux de quelqu'un qui s'est juré de ne pas rester dans le besoin. Ils sont ceux de quelqu'un qui a toujours peur de se retrouver seule, brusquement, pour continuer à vivre et à élever sa fille. Ils sont ceux de quelqu'un qui ne compte que sur elle-même pour franchir les étapes vers le bien-être matériel qui lui a beaucoup manqué. Son mari a le même âge qu'elle et change un peu trop souvent d'employeur à son gré. Elle a peur de beaucoup de choses, mais au lieu d'en être paralysée, elle en est comme galvanisée. Elle aime rire et ne cherche que les gens qui l'amusent. Même pour travailler, elle a besoin près d'elle de quelqu'un qui dit des bêtises à longueur de journée. De ces bêtises qui vous font lâcher de gros rires.

J'ai franchi le seuil qui me séparait de cette force de vie et d'amour dont je la sentais capable. En deux ou trois mois, Sophie m'a montré sa vérité, sa blessure, sa force, et je l'aime. J'espère de toutes mes forces la payer en retour par une même franchise, mais je ne peux pas lui montrer ma véritable blessure. J'ai au fond de moi un secret qui me ronge et dont j'ai envie pourtant de me libérer en lui parlant. Jamais encore une personne ne s'est découverte devant moi comme Sophie. Elle m'a même invitée à dîner et à coucher chez elle. Malgré les commentaires et les avertissements des collaborateurs du Comité des Expositions de Paris, j'ai accepté et je me suis retrouvée tout intimidée dans un appartement intime où babillait un nourrisson, où vivait un couple comme je n'en avais jamais vu. Ils avaient l'air d'être deux voyous qui ne savaient se parler qu'en argot et en se criant dessus, mais avec au fond de la voix et du regard un attachement profond l'un pour l'autre. J'ai mis longtemps à comprendre que leurs empoignades n'étaient pas des scènes de rupture, mais de simples conversations ou échanges de vues. Ce n'était pas pour moi un comportement courant.

J'aurais voulu pouvoir me montrer moi aussi dans ma vie privée, mais je n'en avais pas et comme je ne voulais pas qu'on le devine, je remplissais mon vide de mots et de grands effets de phrases qui séduisaient, je le savais par expérience. J'espérais être en mesure de parler de moi à Sophie après notre soirée chez elle, mais je reculais ce moment tous les jours. Pourtant, tous les jours, j'osais parler davantage de moi, et, à ma grande surprise, Sophie ne jugeait pas, mais essayait de comprendre. Elle qui ne pouvait parler de ses parents qu'avec amour, ne s'offusquait pas de m'entendre dire que je désirais les miens morts. Surtout qu'ils ne souffrent pas, mais qu'ils soient morts tout bonnement comme d'autres sont blonds aux yeux bleus. Ce serait leur état civil. Et plus Sophie me laissait proférer de tels aveux, plus j'étais tentée d'aller jusqu'à l'aveu final, l'accouchement, si j'ose dire, de mon secret.

15

TOUT dans la vie nous séparait. C'est peut-être ça l'attrait que nous éprouvions l'une pour l'autre. Elle s'est refabriquée en entrant dans la vie active juste au moment de son mariage. Elle a changé son prénom. Nicole, c'était pour le passé. Je me disais quelquefois que c'était la voix de Nicole que j'entendais quand vibrait sa voix chaude. A moins que justement ce ne soit Nicole qui parle par la voix des faubourgs. Dès qu'elle a eu de l'argent, elle s'est fait refaire le nez et ses cheveux n'ont jamais été naturellement roux. Tout cela finalement est l'expression d'une liberté avec soi-même que je trouvais fort enviable. J'en aurais été incapable. Seule sur la planète avec un mari et un enfant, elle recherchait le groupe, la bande d'amis, la foule. Pour avoir grandi dans une famille trop nombreuse, pour m'y être perdue, je ne supportais plus les rassemblements. Tout nous séparait, Sophie et moi, et surtout l'ambition. Elle en avait à revendre. On pouvait toujours lui rajouter du travail, elle l'acceptait comme du gâteau. Le service était en pleine expansion et il n'était pas question qu'elle fût maintenue à l'écart du moindre projet, de la plus petite innovation. Elle aimait côtoyer les Présidents-Directeurs Généraux, les journalistes en vogue, les jeunes cadres supérieurs ambitieux auprès de qui elle mesurait je ne sais quoi en elle-même. Elle voulait être à la hauteur à tout prix. Moi, surtout pas. D'emblée je préférais me dire que nous n'avions pas la même toise pour nous mesurer. Je me mettais en marge, je me réfugiais dans le refus de reconnaître la moindre hiérarchie. Je montrais une indifférence peut-être un peu forcée, mais cela, Sophie ne semblait pas s'en rendre compte. Ne pas m'aplatir et ne pas mâchonner du « Monsieur le Président » comme elle soulignait devant elle mon appartenance à ce milieu et le dédain que j'en avais. Pour moi, rien n'était plus sec que cet univers-là. Pour Sophie, c'était comme une étendue d'herbe grasse et riche. Je n'y voyais que de la rocaille. De temps en temps elle me montrait une certaine jalousie. « Tout de même, ma petite Maimaine, moi je serais née parmi eux comme vous, je ferais mon chemin en les utilisant joyeusement ! Vous avez une chance inouïe et vous n'en faites rien... Vous avez tort. » Je faisais l'enfant capricieux qui fait la moue devant ses beaux jouets. J'étais sincère. Jamais je n'aurais voulu construire ma vie avec ces gens-là d'une manière ou d'une autre. Soit en me dépassant comme Sophie pour accéder à leur estime, soit en épousant l'un d'entre eux comme l'avait fait ma mère.

Depuis ma plus tendre enfance, soit dans les soirées que donnaient mes parents, soit dans les soirées de leurs relations, je vois ce beau monde faire la roue les uns devant les autres comme les paons du Jardin des plantes. Au bout de tant d'années, ils sont encore si nombreux à s'épater entre eux et même à éblouir leur propre femme, que je les trouve risibles. Non, je ne peux pas les prendre au sérieux. Leurs diplômes en avant, leurs titres et hautes fonctions comme des cuirasses, ils n'ont presque plus de rapports d'individu à individu, même avec leurs proches, mais de chef de service à subordonnés (quand on n'est pas aussi bien nanti) ou bien de supérieur à supérieur (quand ils se rencontrent entre eux, entre diplômés), même le dimanche sur les pelouses de leurs propriétés, sur les courts de tennis, au bord des piscines... Ces gens-là m'ennuient et Sophie en reste un peu bouche bée. J'ai toujours envie de rire devant eux, et dans mon travail, je ne m'en prive d'ailleurs pas. « Tout de même, Maimaine, c'est le Président... », me dit Sophie sur le même ton qu'aurait pris ma mère indignée et presque superstitieuse. Comme si j'avais touché une hostie consacrée. « Et alors ? », lui dis-je.

16

AVEC les signes avant-coureurs des premiers beaux jours, je ne pensais plus qu'au jardin de Monsieur Marais qui n'était qu'à quelques kilomètres de celui de mon enfance. Une vertigineuse nostalgie me prenait.

Une partie de moi n'a jamais quitté cette banlieue et ne la quittera jamais. Si mes démons y sont probablement nés, des souvenirs bouleversants de douceur y sont rattachés qui me font suffoquer. La première image de notre jardin qui me revient se situe toujours au printemps. La féerie m'éblouit inlassablement. Ma mère a planté toutes sortes de fleurs dans les plates-bandes qui longent les pelouses. Les arbres fruitiers sont en fleurs, des piaillements impatients sortent de chaque buisson et nous sauvons des griffes du chat les oisillons tombés du nid. Dans les allées bien ratissées, j'entends des pas qui font crisser le gravier. Quelqu'un vient et mon cœur bondit. J'ai toujours l'impression d'offrir le meilleur de moi quand vient un visiteur au printemps. Je lui offre mon jardin dans son apothéose.

Ma mère est pliée en deux au tournant d'une allée. Elle retourne des mottes boueuses avant de creuser des petits cratères qu'elle va remplir d'eau. Dans le panier qu'elle déplace pas à pas le long de sa plate-bande, des touffes vertes sont prêtes à être plantées. Une à une, elle va leur noyer les racines dans ce cratère inondé et puis elle va tasser la terre bien grasse. Dans quelques jours, les pensées vont s'ouvrir. J'irai les regarder avec passion car leur cœur ressemble à du velours et j'ai un mal inouï à retenir ma main qui voudrait caresser chaque pétale. Il va en être de même pour les tulipes. Ce sont les tulipes noires qui me séduisent le plus. Quand elles sont bien ouvertes, les reflets moirés qui brillent au soleil me donnent envie de les manger.

Quand elle s'occupe de son jardin, ma mère est calme, réfléchie et douce. J'ai envie d'être cette plante qu'elle manipule délicatement dans son panier afin de la déposer intacte dans le trou abondamment arrosé où elle doit s'épanouir. Il arrive que je l'aide, mais pas souvent car je ne suis pas assez rapide à son goût et je sais qu'elle s'énerve vite : « Dépêche-toi » ou bien « laisse-moi faire, on perdra moins de temps... » C'est comme à la cuisine, je finis toujours par me retrouver bras ballants, la regardant agir, quand je ne suis pas invitée à sortir de là avec impatience : « J'ai dit je ne sais combien de fois que je ne voulais pas d'enfant dans mes jambes quand je fais la cuisine. Va jouer plus loin au lieu de rester comme une bûche à me regarder ! »

Mon amour pour elle fait éclater mon cœur dans ma toute petite cage thoracique quand elle est concentrée sur une occupation manuelle. J'écoute parler ses mains. Je lis bien des choses dans tout son corps. Je suis très fière de dire au visiteur dont les pas crissent sur le gravier « elle est là », en la désignant au tournant de l'allée, quand il me demande où est ma mère. Il me semble qu'il ne peut pas la voir dans de meilleures conditions. Je m'approche avec lui pour la regarder se relever, la mèche sur le visage, la main vite portée à ses reins, et l'entendre s'excuser d'être si peu présentable. C'est le visiteur qui s'excuse avec le plus d'insistance. Moi, je la trouve très séduisante ainsi.

Sophie habite dans ma banlieue, Monsieur Marais habite dans ma banlieue, je n'habite plus dans ma banlieue... La féerie est restée dans le jardin de mon enfance. Une sorte de satisfaction vengeresse me prend quand je passe devant la maison que nous habitions. Depuis notre départ, il y aura bientôt quinze ans, les arbres ont péri, les massifs sont devenus minables et clairsemés, il n'y a plus de parterres de fleurs, l'herbe a envahi tout ce qu'elle a pu envahir. C'est l'abandon.

17

SOPHIE éclate de rire en croquant sa tartine grillée. Ma mère lui aurait dit que ça ne se fait pas. Sa mère à elle, lui aurait-elle fait une réflexion ? Sophie va élever à son tour une petite fille et je la regarde fascinée.

Quelle aventure ! Quelle frayeur ! Seule, Sophie, seule sur la planète avec un mari pour toute famille et un vague cousin quelque part. Tout à coup, me vient l'idée qu'à la maternité elle a dû appeler dans le silence de son cœur, sa mère qu'elle a tant aimée. L'évidence est là, Sophie en donnant le jour a sûrement parlé à sa mère, elle l'a sûrement chérie, elle l'a regrettée violemment une fois encore. J'ai besoin qu'elle m'en parle. « Votre mère a dû vous manquer quand vous avez eu votre fille ? » Son regard s'immobilise, elle le plante dans mon mille, je le soutiens car il est bouleversant de force, d'amour et de solitude. Elle avale sa bouchée et c'est de sa voix de cuivre qu'elle me parle. « Il n'y a que vous qui ayez pensé à ça... Oui, elle m'a manqué, si vous saviez ! J'attendais sa visite, elle ne pouvait pas ne pas arriver. Je guettais les couloirs de la maternité, j'épiais les pas qui s'approchaient de ma chambre. Il me semble que j'ai perdu une deuxième fois ma mère en devenant mère à mon tour. »

Personne au bureau, sauf probablement Monsieur Marais, personne ne soupçonne Sophie de tant d'amour. Certes, elle est implacable dans ses jugements, certes elle est sans pitié pour qui ne se dépasse pas, certes, elle écrase les faibles. Mais ce que je vois là, dans ce regard qui me pénètre, est d'une inestimable grandeur. J'ai envie que l'équipe des Commissaires d'Exposition, des secrétaires et des assistantes qui sont au service de Monsieur Marais se resserre autour de Sophie comme une famille nombreuse se regroupe autour de celui qui reçoit un triste coup du sort, ou une grande joie à partager.

L'idée d'accoucher avec ma mère dans un rayon de cinquante kilomètres me cabre tout entière de colère. Je me vois le ventre prêt à éclater, s'ouvrant de plus en plus entre mes cuisses et moi, luttant pour empêcher l'enfant de sortir tant que ma mère s'obstine à vouloir assister à cette naissance malgré mon refus. C'est un rêve éveillé qui me hante depuis bien longtemps. Je dois me battre pour obtenir d'accoucher sans ma mère à mon chevet. Je veux qu'elle soit au moins à cinq cents kilomètres. Surtout qu'elle ne m'approche pas, qu'elle ne me donne aucun conseil, qu'elle ne me touche pas, l'enfant deviendrait un diable ou je ne sais quelle créature difforme et inadaptée pour la vie. Je me sens indécente, jambes ouvertes, pieds suspendus dans des étriers devant ma mère ou même non loin d'elle. Dans cette fiction cauchemardesque, je n'arrive jamais à la faire rester dans le couloir avec tout le monde. Elle force toujours le barrage comme le jour où elle s'est imposée à ma consultation gynécologique malgré la gêne que j'en ressentais. J'étais rouge de honte, ce jour-là de mes vingt et un ans, répondant aux questions du médecin devant ma mère que mon regard suppliant n'avait pas arrêtée sur le pas de la porte. J'étais intérieurement passionnément révoltée, mais je n'avais pas osé dire franchement et distinctement « veux-tu m'attendre dehors... ». Je m'étais contentée de la regarder avec des supplications dans les yeux pour qu'elle comprenne. Elle m'avait dit que c'était son devoir de mère d'entrer avec moi. Je bafouillais mes réponses au médecin, espérant qu'il la ferait passer dans la salle d'attente. Il n'en fut rien et je m'en voulais de ne pas oser la contrarier, lui imposer ma volonté. Je me sentais lâche.

Accoucher est chose trop intime et trop belle pour la vivre en présence de ma mère. Dans ma vision obsessionnelle, retenant toujours l'enfant dans mon ventre, je sombre dans un délire où pourtant je contrôle tout ce que je dis. Je m'arrange pour qu'on me croie au bord de la folie. Ça me permet de lancer au visage de ma mère tout ce que je retiendrais si j'étais en pleine possession de mes moyens. Tant qu'elle ne comprendra pas qu'il faut qu'elle quitte cette maternité, je continuerai à faire semblant de divaguer. Laissant ma tête pivoter de droite et de gauche comme une folle, le souffle coupé par l'effort, les cheveux mouillés de sueur et collés sur mon visage, je supplie l'équipe médicale de faire sortir ma mère et de l'éloigner le plus possible. Je détourne les yeux quand elle se penche sur moi, n'en croyant pas ses oreilles, car je ne supporterais pas de voir son regard embué de larmes à m'en faire chavirer. Elle a toujours su obtenir le renoncement à moi-même par ce regard-là. C'est pour éviter d'être tout à fait responsable de la peine qu'elle ressent que je préfère rester dans cet état délirant. C'est pour éviter d'avoir à m'expliquer avec elle après l'accouchement que je fais semblant de ne pas me contrôler. Mes cheveux se collent à mes lèvres et quand elle essaye de m'en dégager, je hurle « Faites-la sortir ! Faites-la sortir ! »

Elle quitte enfin la salle de travail, le visage dans les mains pour cacher ses larmes. Je n'aurais pas dû la regarder sortir, ce spectacle me broie le cœur et ce n'est plus pour moi une fête d'accoucher. J'ai envie de dire « Je t'aime, mais pars ». Je garde le silence et je suis absente pour la délivrance.

Je mets souvent plusieurs jours à me libérer de ce rêve éveillé.

18

LES jours augmentaient. Quand nous sortions le soir du Comité des Expositions de Paris, il restait quelques lueurs violettes dans le ciel.

Quelque chose frémit en moi. Même si les beaux jours sont encore loin, je les sens venir et, comme chaque année, je crois que le miracle attendu est pour bientôt. Je ne sais pas lequel, mais j'ai rendez-vous avec un très grand bonheur un de ces printemps. J'en suis convaincue depuis l'enfance. Je vais serrer mes poings sur quelque chose de rare, je vais laisser exploser la bombe qui est en moi et dont j'entends l'obsédant tic-tac du compte à rebours depuis bien longtemps. Je vais ouvrir tout grands les battants d'un épais portail de bois qui donne sur un parc splendide. Il sera interdit aux adultes. Les retombées de ma bombe intérieure seront une pluie de fleurs dans ce parc. Nul ne sait dans la rue, quand je rentre chez moi, le commerce que j'entretiens avec les fées. Nul ne sait les pouvoirs qu'elles m'ont donnés. Nul ne sait que c'est peut-être pour ce printemps, l'explosion magique de ma bombe. Je marche vers ce rendez-vous chaque jour et je questionne dans les squares de la ville le moindre buisson qui frémit, béni par le printemps. Je l'ausculte, je suis de près son épanouissement, je me prépare à l'événement en même temps que lui. Quelque chose va m'arriver, quelque chose doit m'arriver. En regardant plus haut, au-dessus des toits gris, je rencontre souvent des couleurs dans le ciel. C'est déjà le début du miracle, car cette beauté-là me mettrait bien à genoux au milieu de la foule qui ne la voit pas. Je ne m'y mets pas. Et pourquoi donc suis-je devenue pudique ? Enfant, je ne me retenais pas de vouer un culte aux éléments, même en public. On disait que j'étais extravagante et on me demandait d'arrêter un peu de me faire remarquer. Je racontais que j'étais arabe et que je faisais ma prière. C'est vrai que ce besoin de me donner en spectacle était irrépressible. Mais c'est vrai aussi que la ferveur de mes exaltations devant n'importe quelle manifestation de la vie n'était pas feinte. Je ne tombe plus à genoux face vers le ciel, je ne cours plus en hurlant avec le vent, je ne vais plus sous la pluie, j'ai trahi quelque chose de presque religieux en essayant à tout prix de m'insérer dans le monde matérialiste du travail. C'est à cette période-là de l'année que je suis remise en face de ma trahison, car c'est le temps de la mutation. Les nuits vont devenir jour et je ne peux pas ne pas m'en rendre compte. L'un passe les pouvoirs à l'autre en ce moment précis où je marche vers le métro George-V. Je prends très au sérieux mon rôle de témoin. Tout est grave, ce moment est unique dans le mouvement gigantesque des astres. Il ne se retrouvera jamais plus. Je voudrais archiver nombre de ces miracles et les restituer à qui me le demanderait en présentant sa carte d'abonné aux miracles de la vie. Ce serait le club le plus privé de France et j'en serais la plus vigilante gardienne.

Quand je descends dans le métro, je m'arrache à l'émerveillement et je plonge dans le sordide. Il m'est arrivé de ne pas supporter cette promiscuité souterraine et de sortir aussitôt qu'entrée. Tant pis, je marchais jusqu'à la gare de Lyon où j'habitais. C'était pendant les beaux jours dorés de l'automne, au sortir du bureau, après un petit verre avec l'assistante de Sophie. Mais pendant le froid de l'hiver, je n'en avais pas eu le courage. Et je n'ai plus de plaisir à marcher sous la pluie. Celle de Paris ne m'exalte pas.

Un jour que nous étions trop nombreux sous terre, roulant dans les galeries géantes de la ville, j'ai perdu mon équilibre. La peur m'a saisie et je suis sortie du wagon à la station Louvre fraîchement rénovée, décorée de copies de statues et de bas-reliefs du musée du Louvre. Ici, nous étions tous ailleurs subitement. C'était le vaste tombeau d'un pharaon, c'était un caveau où l'on avait jeté pêle-mêle les restes d'un effroyable combat. Plus un corps n'était intact. Ils étaient romains, ils étaient grecs, ils étaient égyptiens, ces mutilés ensevelis avec nous dans les galeries étranges des coléoptères géants qui passaient à grand bruit devant nous. Je vivais un instant d'incroyable folie. Que faisions-nous là, bipèdes menacés par une mort imminente ? Qui se soucierait de moi si je ne revenais pas à la surface où la ville sûrement bourdonnait comme il se devait ? Je ne pouvais pas bouger. La menace était là, elle venait de ces coléoptères géants qui absorbaient des humains presque toutes les minutes après en avoir refoulé un trop-plein. Et dans quel état étaient-ils, ceux qui en sortaient comme de la vomissure ? Ils présentaient les symptômes alarmants d'une lente agonie. Déjà les sucs digestifs des monstres avaient commencé leur attaque et ils apparaissaient enduits de terrifiantes gouttelettes qui parfois imbibaient les cols des chemises, coulant depuis les tempes des victimes. J'étais horrifiée et je cherchais maintenant un abri, un refuge, quelqu'un. La Victoire de Samothrace, majestueuse et décidée sur son vaisseau fantôme escamoté, se présenta devant moi comme par enchantement. Je me mis à lui parler avec un infini respect, mais les sons, au lieu d'aller vers elle, faisaient demi-tour dans ma bouche et descendaient vers mon ventre. Je ne pouvais même plus hurler. Paralysée sous son pied qu'elle allait bientôt poser sur ma tête comme si je n'étais qu'un misérable moucheron, je retenais mes larmes en espérant je ne sais quelle salvatrice rencontre. La puissance que dégageait le corps en mouvement de Madame Victoire de Samothrace avait quand même tout pour me plaire, et le mouvement de sa tunique collée contre elle comme par une rafale de vent m'émut au-delà de toute expression. J'étais au bord de l'épuisement. Tout cela était fou et j'espérais qu'une bonne âme fît un geste normal. Par exemple qu'une vieille femme en robe sombre avec un fichu sur la tête s'accroupît, couteau en main, pour ramasser du pissenlit. De son panier, j'aurais vu dépasser un bouquet de poireaux et je me serais dit qu'elle allait faire de la soupe. En se relevant, elle m'aurait juste dit « ça va être du vent pour demain... mais ce ne sera pas la pluie, y a qu'à voir les nuages effilochés dans le ciel... Allez, bonsoir petite ». Pour la récompenser d'avoir existé devant moi, je l'aurais accompagnée jusqu'à chez elle en lui portant son panier trop lourd. Mais les bipèdes indifférents passaient dans un sens et dans l'autre, comme égarés, cherchant eux aussi une issue de secours. J'allais chanceler quand je vis une place sur un banc le long du mur. Je m'y laissai choir et pleurai longtemps, le visage dans les mains, tandis qu'ils continuaient tous de passer et que des pas désordonnés s'amplifiaient démesurément dans ma tête.

Ce soir-là, au lieu de prendre un somnifère comme d'habitude, j'en ai avalé deux.

19

DEPUIS que Mimi-Pinson m'avait fait mettre le téléphone en moins de deux semaines par je ne sais quel piston, j'étais reliée au monde en arrivant chez moi. Avant, j'y entrais comme dans un terrier.

Mon unique pièce est sombre et donne sur une grise cour des abords de la gare de Lyon. Tour à tour, je hais cette grotte sinistre où je suis enterrée vive, et je l'aime parce qu'elle ressemble à mes secrets. Je m'y love comme un animal. Je n'ai ni télévision, ni radio. Les seuls bruits que j'entends sont ceux du menuisier qui scie son bois dans la cour. Ils recouvrent parfois le vacarme infernal de mes pensées qui prennent l'habitude de s'égarer de plus en plus. Je suis incapable de les maîtriser. Je ne les vois même pas venir. Elles me sautent proprement dessus à n'importe quel moment. Il m'est arrivé de ne même pas ouvrir tout à fait la porte pour entrer chez moi, prise d'assaut par mes angoisses. Je la refermais alors et courais vite chez mon amie Cécile qui n'habitait pas loin. Mais je me retrouvais au milieu d'un couple qui couchait un enfant et je me sentais de trop. « Reste dîner », me disait Cécile, et je refusais mollement. Je n'étais pas à l'aise chez les jeunes mariés, mais je préférais cette gêne à la peur des monstres qui m'attendaient chez moi. Je restais dîner avant de retourner dans mon antre affronter mes angoisses.

Ces soirs-là aussi, je prenais deux somnifères au lieu d'un. Je buvais un grand verre d'eau pour faire passer les comprimés et j'attendais que la pièce tourne autour de moi, que mes bibelots flottent sur l'horizon houleux de mes étagères, et je m'étendais sur mon lit pour aider le vide à me happer. Souvent, je sentais mon corps perdre ses proportions et mes mains devenaient ouatées. Pour les sentir, je les allongeais contre mes cuisses et je les croyais géantes, faites en chiffon, à peine articulées. Mon lit de campagne flottait bientôt lui aussi comme mes bibelots et j'aimais ce moment. Je marchais sur la mer, vêtue de ma longue robe de soie légère que le souffle marin plaquait contre mon ventre et mes cuisses. Mes cheveux déliés s'enroulaient autour de mon visage comme des algues entraînées par la vague. Sur la plage, à ce moment de ma vision, la silhouette jeune d'un garçon blond se dorait sur le sable chaud, face contre terre, soutenue par ses deux bras repliés. Il n'y avait personne sur la plage, que lui. Je n'ai jamais vu son visage. C'est presque chaque soir de ma vie pendant des années que je me suis approchée de lui sans bruit, sans un mot et que je me suis étendue contre son corps, prenant la liberté de caresser le dos nu qui tentait ma paume. Il se laissait faire mais ne se retournait pas ; j'avais trop peur qu'il pût avoir un sexe. Je le préférais ainsi, vu de dos. Il ne me faisait pas peur et sa compagnie silencieuse qui acceptait la mienne me suffisait. Nous n'avons jamais échangé une parole. J'ai senti la terre basculer sous nos corps étendus comme si la mer d'un coup venait nous happer de sa langue en furie. C'était un dernier soubresaut avant de plonger dans des profondeurs où j'aimais glisser, dernier appel de ma conscience avant d'épouser le néant du sommeil. Je ne dormais pourtant que quelques heures à peine.

Mais les diables horribles n'assiègent pas toujours ma toute petite maison, mon terrier, mon refuge. Je pousse la porte et j'aime que la pièce soit sombre, que mes rares meubles soient rustiques et d'un bois foncé (que j'enduis de temps à autre d'une cire qui évoque la paix des couvents), j'aime y retrouver mon désordre et mes pages offertes sur la table. J'aime que le lit soit défait comme si je venais d'en sortir; je l'imagine encore tiède.

J'ai des histoires en cours avec chacun de mes bibelots. Leur origine, la personne qui m'en a fait cadeau, mes rapports avec ladite personne et l'humeur du moment déterminent l'orientation et la place que je leur attribue. Il y a ceux que je trimbale avec moi depuis des années et dont l'histoire s'est fondue avec la mienne. Ils appartiennent à mon décor et je ne les vois plus tout à fait comme ils sont. Ils sont simplement une partie de moi. Par exemple, mes racines se sont plantées dans le bois travaillé d'un vieux moule à beurre francomtois. J'en regarde les reliefs comme on regarde un visage depuis des années sans le voir changer. J'oublie de l'encaustiquer, mais il est là et j'ai besoin de lui. Il est piqueté des galeries minuscules qu'ont fait les vers. Il y a une série d'objets précieux qui sont rassemblés comme en une chapelle ardente. Ils sont devenus les ex-voto témoins des battements passionnés et fous de mon cœur. Je ne me remets qu'à peine d'une histoire d'amour interdite dont ils me parlent. C'est un bougeoir rustique, c'est un petit bateau de bois, c'est une petite tasse rococo avec des angelots dessus, c'est un morceau de bois blanchi, usé par les marées de la côte sauvage de Quiberon, sur lequel on avait collé un coquillage et des minuscules fleurs mauves de la dune où j'avais tant marché en serrant le bras de Françoise, celle que j'aimais à dix-huit ans.

Quelquefois, je me fâche avec les objets. Je les sépare. Exprès, je mets entre eux un petit présent qui n'appartient pas à leur histoire. C'est leur punition et je murmure « c'est bien fait ». Il y a ceux que je tourne vers le mur parce que les choses vont mal avec celui ou celle qui me les ont donnés. Et puis il y a celui de mes bibelots qui se trouve promu pour quelque temps sur ma table de travail. Je lui souris, je lui parle en silence avec le contentement d'un jardinier qui s'adresse à ses plantes. Il paraît qu'elles en poussent encore mieux. Moi, mes objets, ça me les rend plus beaux. Je les touche, je les astique plusieurs fois par jour pour les faire briller et je les repose devant moi un peu plus de biais pour leur découvrir un angle que je contemple jusqu'à ce qu'il cesse de me plaire. Alors, je le tourne de quelques degrés sur lui-même, et ainsi de suite. De même pour mes photographies. Elles sont vivantes et changent de place sur mon mur. Tout cela est passionnant.

Quand le téléphone se met à sonner, je sursaute dans ma solitude comme un coupable pris en faute. Je le regarde sonner un coup, deux coups, en me disant que c'est quelqu'un qui m'aime et qui veut me le dire. Je ne peux pas le laisser sonner plus longtemps, ma hâte de savoir qui pense à moi en cet instant précis me jette sur l'appareil. C'est toujours une fête quand le téléphone sonne. Mes bibelots sont encore plus jolis. Quand il n'a pas sonné depuis longtemps, une pieuvre resserre ses multiples tentacules dans mon ventre. Je suis assurément oubliée dans ma grotte et la solitude brusquement me compresse le corps de toute part. Je vérifie que la ligne n'est pas en dérangement et c'est pire encore de constater qu'elle marche. Alors j'appelle quelqu'un. Je confie des états d'âme à qui veut ou ne veut pas m'entendre. Je me répands et guette les signes de réconfort dans le moindre souffle de l'interlocutrice (car bien entendu, c'est à une femme que je téléphone). On me berce un moment et je reprends une certaine force. Disons qu'après avoir raccroché, je ressasse chaque instant de la conversation et me répète comme un disque rayé les deux ou trois phrases qui ont été directement adressées à mon cœur. Le téléphone est une bonne invention. En raccrochant, je pose souvent un œil nouveau sur mon antre. Je vois alors des détails auxquels je n'ai jamais prêté attention. Le réfrigérateur, mis comme il l'est, empiète sur la moitié de l'évier. Comment suis-je arrivée à faire ma vaisselle jusqu'à maintenant ? Et mes deux brûleurs à gaz sous l'évier, c'est horriblement dangereux. Je fais donc ma cuisine accroupie dans ce coin sombre, gênée par la tuyauterie depuis que je suis ici ? Depuis le temps que je dis que je vais mettre un rideau pour cacher ça...

20

CE petit terrier, je l'ai acheté quelques années plus tôt, quand j'avais vingt-deux ans. Depuis que mes parents avaient quitté la région parisienne, je n'avais plus de pied-à-terre fixe. J'habitais chez ma seconde sœur, Bivon, qui avait quatre enfants et un mari au onzième étage d'une tour de la banlieue sud. J'ai partagé un an la vie de cette famille et ça ne pouvait durer ni pour elle, ni pour moi. Il me fallait un chez-moi, fût-ce un réduit. C'était d'ailleurs la seule chose que je pouvais me payer, étant donné mon petit salaire de jardinière d'enfants de l'Assistance Publique.

La femme d'un collaborateur et ami de mon père avait accepté de venir visiter ce « studio » avec moi et en était revenue épouvantée. « Tu ne vas pas vivre ici, tu y feras des cauchemars ! Moi, je n'y laisserais pas ma fille, c'est sûr... » Elle a fait tout ce qu'elle a pu pour me détourner de ce projet, mais moi, je savais bien que si je n'achetais pas ça, je ne pouvais pas avoir de chez-moi. En étalant l'emprunt sur plus de vingt ans, je n'avais que l'équivalent d'un faible loyer à payer. C'était tout ce qu'il me fallait. On me demanda une caution. Et qu'est-ce que c'était qu'une caution ? Monsieur l'agent immobilier de me renseigner. Est-ce que la vieille ferme francomtoise de mes parents pouvait être une caution ? Bien sûr.

J'ai téléphoné à Grenoble où vivaient maintenant mes parents, et mon père devant précisément venir à Paris sous peu accepta de signer. De tout cela, je me rappelle l'étonnement de l'entourage, plus que ma déception devant l'attitude de mon père. Je me rappelle surtout la stupeur de l'agent immobilier.

A la vue de cet homme aux cheveux d'acier presque blancs, aux fines lunettes cerclées d'or, au costume sombre et aux gants de cuir, qui descendait de sa DS noire de fonction comme un ministre, l'agent immobilier s'est presque excusé de me vendre « ça ». Il s'est même justifié pendant un moment, insistant sur le fait que c'était moi qui avais montré de l'intérêt, et mon père lui souriait comme dans des mondanités. La courtoisie d'abord, chez mon père. Comme il ne vérifia aucun des papiers qui lui furent présentés, on ne s'attarda pas là-dessus. J'étais fière, au moment où on parla du montant des frais et des honoraires du notaire, de dire devant mon père que j'avais économisé cette somme. Il me regarda étonné et content. Il n'avait pas l'air de savoir grand-chose de moi. Déjà l'agent immobilier l'a regardé différemment.

On proposa de visiter une dernière fois avant la

signature. Nous sommes venus en deux véhicules jusqu'à ce futur terrier. L'agent immobilier devant, mon père et moi derrière. Nous nous sommes garés en face du portail de fer délabré où on pouvait encore lire la publicité d'un menuisier, et mon père m'a dit que je pouvais prendre mon temps pour revoir la pièce et bien réfléchir. Lui, il attendrait là en lisant *Le Monde*. Sur le moment, j'ai juste été un peu déçue, mais c'était déjà beaucoup qu'il me donne sa signature, et qu'il m'ait accompagnée jusque-là. C'est dans les yeux surpris de l'agent immobilier que j'ai lu mon abandon ; je n'ai plus osé le regarder en face, sentant qu'il pouvait me duper maintenant sur tout, n'étant pas protégée. Et ça, il l'avait vu.

Je suis revenue dans la voiture de mon père plus vite qu'il ne l'avait prévu car il a dit « déjà ? » en refermant son journal. Ce logement sinistre allait parfaitement avec l'idée que j'avais de moi ; je voulais qu'on signe les papiers, maintenant, et vite. J'étais une moins que rien, mon père signerait et mon logement serait à mon image.

Longtemps après, il est venu me rendre visite. Il en est reparti bouleversé, m'a dit ma mère plus tard. J'habitais une pièce morbide, avait-il dit, où l'on ne pouvait faire que des cauchemars. Elle lui a reproché, paraît-il, de ne pas m'avoir accompagnée, de n'avoir pas regardé ce pour quoi il signait. C'était pour respecter ma liberté, a-t-il expliqué.

Maintenant que c'était fait, il fallait que j'y habite, mais, le soir, la peur de revoir les lieux où je m'étais condamnée à vivre me retenait. Je ne voulais pas y rentrer. Je ne savais plus où dormir. Je naviguais de l'appartement de ma sœur Bivon où j'avais un lit dans le salon, à deux ou trois domiciles d'amis qui commençaient à se lasser de mes angoisses. Et puis, je me suis mise enfin à de menus travaux. J'ai commencé par faire mettre un coin douche-cabinet-de-toilette. Aidée d'un lointain cousin de mon père, j'ai remis à jour des tomettes ensevelies sous six à sept épaisseurs de linoléum. Nous les avons repeintes en rouge. Nous avons habillé les murs de toile de jute. La femme de ce lointain cousin s'était jointe à nous et j'ai le souvenir d'avoir beaucoup ri avec eux pendant nos soirées de travail qui se terminaient très tard car ils venaient après dix-huit heures. Et puis un jour, il n'y avait plus de travail à faire en équipe. Il fallait que je regarde dans les yeux la solitude que je m'étais faite. J'en étais incapable. Je sortais le soir n'importe où et avec n'importe qui pourvu que j'oublie le terrier où je finissais toujours par revenir quand même. Comme je prenais des somnifères depuis plusieurs années déjà, un seul comprimé, ou même deux ne faisaient plus assez d'effet et j'ai commencé à augmenter la dose.

Et puis j'ai commencé à voir de moins en moins de monde et rester seule dans ma grotte où je passais mes jours libres à écrire. Je m'inventais un monde sur des pages et des pages. C'était l'époque où j'étais jardinière d'enfants et où j'aimais un médecin de l'hôpital Saint-Antoine que je ne voyais qu'une fois tous les mois et même tous les deux mois. Je croyais vivre une vraie liaison. J'ai eu terriblement honte la première fois qu'il est venu dans cet antre. Il a jeté un coup d'œil circulaire et il m'a dit : « Mais tu es installée comme une reine ! Que te manque-t-il ? » J'ai répondu « Toi ».

21

JE préférerais ne pas sentir les états d'âme de ceux qui m'entourent. Ce serait plus reposant. Mais voilà, sous l'épiderme et dans mon cœur, j'ai toutes sortes de radars qui captent sans arrêt. Cessent-ils de marcher pendant le sommeil ? J'en doute quand je vois les rêves que je fais. C'est malgré moi que je perçois les tensions, les relâches, les tristesses, les joies, les secrets même, que pourtant l'on ne me montre pas. Tout mon être enregistre à longueur de journée, jusqu'à épuisement parfois.

Le pas de Monsieur Marais me parlait de son humeur, ainsi que sa façon de mettre la main sur la poignée de son bureau. Son silence pouvait faire en moi plus de bruit qu'une parole. En commençant la journée, je savais déjà un grand nombre d'informations le concernant.

Les renseignements m'arrivent directement sous la peau. A la première rencontre, en quelques secondes, j'ai déjà été la plus indiscrète personne qui soit : je sais. Et qu'est-ce que je sais au juste ? Est-ce que je ne me trompe pas ? Je vérifie presque toujours. Monsieur Marais fait une plaisanterie et se montre joyeux. Tout le monde s'y laisse prendre et moi, je lui dis : « Avec le souci qui vous taraude, Monsieur Marais, vous avez du mérite à faire de l'humour. » C'est son air interdit qui me montre que je ne me suis pas trompée. Il me sourit comme on lève le drapeau blanc. Les ondes qui me parviennent s'ajoutent les unes aux autres et me modifient. Quand elles sont bénéfiques, elles m'épanouissent, quand elles sont mauvaises, lourdes, ou même méchantes, elles peuvent m'abattre ou me rendre plus méchante encore. Heureusement, Monsieur Marais est bon. C'est peut-être pour ça que ses humeurs sombres ou simplement ses petits tracas qui se mettent parfois en travers de sa disponibilité m'atteignent comme une privation. Si dès notre premier contact je sens qu'il est soucieux, je vis cela comme une menace. Je sais qu'il n'est pas à propos de lui parler la première. Il entre dans son bureau et je n'entends aucun bruit. Si par malheur il m'appelle pour me dicter du courrier, c'est presque en tremblant que je m'assieds devant lui. J'ai tort, je le sais, mais les humeurs maussades me font toujours l'effet d'être dirigées contre moi. Je me crois obligée de faire quelque chose. J'ai envie de me mettre sous terre, je me sens coupable. Une question me ronge : « Dites-moi ce que j'ai fait de mal ? » Quand j'ai l'heureuse certitude de n'y être pour rien, je déploie un zèle extraordinaire dans le but de chasser les vilains nuages qui assombrissent le regard si bleu de mon patron. Les yeux clairs en général ne me rassurent pas. Est-ce parce que dans la famille de ma mère il n'y a que des yeux bleus ou vert clair ? Je ne serai en paix que lorsque j'aurai participé à la remontée de la bonne humeur, je m'en crois responsable. Ce n'est pas toujours en mon pouvoir, alors je reste dans mon coin, tous mes radars en éveil. Pour avoir la paix, je me frotte les bras, je me frictionne la poitrine, comme pour briser le matériel fragile que Dieu a disposé sous mon épiderme pour recevoir les ondes des gens qui m'entourent.

C'est par mes radars que je sais les sympathies et les antipathies. Rien que de traverser un bureau je suis comme picotée par des aiguilles invisibles qui ont été émises par les uns et les autres. C'est inconfortable au possible. A mon arrivée dans le service de Monsieur Marais, il y avait cinq personnes réunies dans un immense bureau affecté aux salons Approfal, Expobois, Silmo et peut-être Interchimie. Je n'y entrais que contrainte par les obligations professionnelles parce qu'on ne m'y adressait pas la parole. Il y avait quatre femmes et un seul homme. Il était le responsable et c'était à lui que je devais remettre le courrier. Je devais pour cela traverser le bureau qui était immense à mes yeux. J'étais gênée parce qu'on s'était tu dès que j'avais ouvert la porte. J'étais en pleine épreuve, tête haute, essayant de cacher mon grand malaise. Dès la première fois, j'ai enregistré le caractère de chacun. J'ai senti que dans ce poulailler dominé par le coq, il y avait une poule qui était méchante et avec qui les autres faisaient semblant d'être amies, il y en avait une autre, celle qui était à droite en entrant, qui était soumise à l'ensemble du groupe et qui devait l'être dans la vie, et puis il y avait celle sur qui tout le monde comptait. C'était la grande brune au regard ironique. Tout dans celle du fond me disait qu'elle était la protégée. Une connivence liait ce petit monde dont je me sentais rejetée. Leur silence me faisait mal à chaque fois. En sortant de là, j'étais comme un rouleau de pellicule sur lequel toutes sortes d'images seraient venues s'impressionner. Sous ma peau le film se développait et ensuite je classais les photographies.

Et puis Sophie. Pas un souffle de Sophie ne m'échappe depuis notre premier contact. Pas un geste qui ne me dise son état intérieur. C'est comme si un instrument électrique ressemblant à celui qui sert pour faire un électrocardiogramme imprimait sur ma peau d'invisibles profils en dents de scie, m'indiquant ses plus faibles variations morales, affectives et même de santé. Rien de Sophie ne m'échappe et je n'ai pas toujours la force d'absorber tant d'états d'âme. Ce ne sont pas les yeux que j'ai plus grands que le ventre, mais les radars plus forts que moi. Une fatigue régulièrement me fait désirer marcher dans un désert seule pendant des heures, dispersant mes propres humeurs à tous les vents.

Elle m'a dit un jour, Sophie, à quel point c'était désagréable de se savoir décortiquée par mon regard. « Vous plongez dans les gens jusqu'au tréfonds, fouillant dans leurs ombres. On est mis à nu et vous ne faites grâce de rien, tant pis si cette spéléologie nous dévaste, vous scrutez. C'est un vrai vertige d'être devant vous. »

Je ne m'en rendais pas compte et je ne savais pas que je me fatiguais moi-même terriblement. Je n'avais pas encore inventé la moindre protection contre cette habitude. J'ai passé ma jeunesse à recevoir ainsi des ondes venant de tous côtés. La nuit, je les classais et, selon le cas, j'en nourrissais ma peur ou mes profondes joies.

Il n'y avait pas seulement un laboratoire de photographie en moi, ni des appareils étranges où se dessinaient des graphiques, il y avait, passant du cœur au cerveau, des amplificateurs. J'aurais voulu sortir de moi, certaines fois, comme on sort en toute hâte d'une salle où les haut-parleurs vous crachent des sons dissonnants obtenus par des synthétiseurs. Les bruits me transperçaient et les images s'agrandissaient toutes seules. C'était les jours de la distribution des bulletins de notes à l'école, c'était les jours où l'électricité s'accumulait sous notre toit familial, prenant chacun de nous pour des dynamos, c'était les jours où notre mère s'effondrait en larmes à tout moment. Les voix devenaient plus aiguës, les visages se modifiaient et je ne voyais plus que les traits dominants qui se déformaient comme quand on regarde à travers la lentille d'un judas. Le regard sévère de la directrice me remettant mon bulletin me faisait si mal que je voulais lui échapper, mais comme je ne savais pas parler à quelqu'un ou l'écouter sans le regarder, je promenais mes yeux sur son visage qui devenait peu à peu celui d'une sorcière. La bouche me faisait peur, les dents aussi et pendant ce temps-là, la voix heurtait exagérément mon cœur. J'étais accusée de bien des vices dont celui de la paresse. Et le soir, ma mère, qui avait beau savoir que je ne partais jamais sans avoir fait mes devoirs et appris mes leçons, me grondait furieusement, ce qui me condamnait à une nuit agitée. Je redoutais plus que tout le moment où je devais faire signer ce honteux bulletin à mon père. Séance plus que mortifiante. C'était pire que de se faire dégrader. Tout mon matériel de perception en branle, je ne perdais rien des sentiments de mes parents. Il me semblait que j'étais à l'intérieur d'eux et que je les entendais penser sur mon compte. Ma tête était très lourde devant leur mépris. Ma conscience était très lourde devant le gâchis de mon intelligence et de l'argent que mon père gagnait si durement. Je pesais des tonnes en sortant de son bureau. Mes frères, plus mauvais élèves encore que moi, allaient comparaître eux aussi devant le jugement paternel. La tension qui montait avant le dîner me mettait les nerfs à la surface de la peau. Circuit électrique qui faisait des étincelles à tout moment. J'étais susceptible, agitée, et au bord des larmes. Je continuais à enregistrer l'humeur générale, recevant la détresse de mes frères en plein cœur, m'unissant à la sourde révolte d'Ischelaz ainsi d'ailleurs qu'à celle de Francis. Le soir, je montais me coucher irritée à l'intérieur de ma peau. J'aurais bien voulu me gratter le long du circuit des amplificateurs.

Bonnes ou mauvaises, mes sensations étaient le plus souvent atteintes d'une maladie qu'on pourrait appeler l'amplification. On m'a vue exulter sur le chemin de l'école certains jours parce que le matin, toute la famille s'était levée de bonne humeur. Ma mère avait propagé un air de fête en venant nous réveiller. On eût dit, chemin faisant, que les jardins s'en étaient trouvés embellis. Les chiens errants flânaient le nez au vent comme s'ils s'amusaient avec des visions. Même dans le dos, j'avais des objectifs invisibles qui filmaient ma jolie ville tandis que je la traversais le cœur gonflé d'une incompréhensible joie. Dans le ciel s'étalaient des teintes indéfinissables qui me bouleversaient. Qu'y avait-il ? Le monde ne pouvait être que beau, à l'image de ma belle banlieue. J'aimais la vie. Sous ma peau, les pellicules absorbaient des choses sans formes et sans couleur mais que je voyais. C'était peut-être l'aura de la ville et de ses habitants, c'était peut-être Dieu qui était partout et particulièrement au Vésinet à ces moments-là. J'aimais l'odeur humide des jardins au lever du jour. Dans ma tête tournait un kaléidoscope où se chevauchaient des lumières euphorisantes. Des hymnes jamais entendus résonnaient en moi comme dans une cathédrale. Je débordais de joie et d'amour comme j'étais capable de déborder de haine et de détresse. Les films qui s'imprégnaient de tout cela sous ma peau m'allaient être précieux plus tard, dans cette chambre sombre du quartier de la gare de Lyon, quand j'aurai tant besoin de poser mon regard sur la beauté.

22

DEVANT Sophie, je me sentais inachevée sur tous les plans, et j'avais de plus en plus de mal à affronter sa force, sa lucidité, sa vitalité, et même sa curiosité. J'avais autant envie de me livrer tout entière à cette femme énergique qui trouverait, pensais-je, la solution à mes problèmes, que de lui échapper, elle qui commençait à en deviner et en savoir un peu trop sur moi. Je rétrécissais en permanence entre Sophie et Monsieur Marais. Je luttais des heures contre les sanglots, je les laissais parfois déborder, et on me trouvait bizarre. Tout ce que j'avais décidé d'oublier à jamais de ma jeunesse, Sophie, sans le savoir, le ravivait chaque matin à notre petit déjeuner. J'aurais voulu pouvoir vomir une bonne fois tout ce qu'avait ingurgité de gré ou de force ma mémoire, en présence de Sophie, mais je ne faisais que frôler les précipices de la confidence. Je ne tombais jamais dedans. Je n'étais jamais tombée dedans. Alors il fallait empêcher les souvenirs de reprendre vie en moi, mais Sophie, par sa seule présence, semblait avoir le terrible pouvoir de les rendre vivants. J'étais cernée, envahie, dévastée par moments et je fuyais bien vite dans mes rêves éveillés.

Souvent, quand Monsieur Marais me surprenait le regard perdu dans le jardinet que l'orientation de ma machine à écrire me permettait de contempler à loisir en tournant la tête à peine sur ma droite, il interrompait des cérémonies d'exorcisme que je m'inventais.

C'était toujours dans des décors sauvages, rocheux et boisés à la fois, où stagnait un étang. Un chemin de pierres pointues et sèches longeait comme un mur de rocaille avant d'arriver à une cabane de bois. Près de la cabane, un enclos était soigneusement cultivé. Plus loin, la forêt épaisse arrêtait le regard. Dans cet endroit perdu, j'avais un rendez-vous tacite avec une magicienne que j'aimais. Elle était toujours assise sur une chaise basse, travaillant de la laine. Je marchais vers elle sans bruit, le cœur gonflé d'espoir et d'amour. Je ne voulais pas effriter le peu de force qu'il me restait pour arriver jusqu'à elle. Je savais que je venais là pour me sauver ou mourir, je savais que ma tentative ne tolérait aucun droit à l'erreur. Tous mes gestes étaient graves, le moindre écart pouvait être ma perte. En débouchant de la forêt, je traversais le jardin des chimères et, la poitrine gonflée d'angoisse, le corps épuisé par ma longue, ma très longue marche dans la forêt, n'ayant plus même l'audace d'espérer, j'arrivais à elle et m'effondrais, la tête sur ses genoux. Nous ne nous étions jamais vues et pourtant je savais qu'elle m'attendait, je savais que nous nous connaissions. Ce que j'attendais d'elle ne devait surtout pas être formulé, elle devait le comprendre et agir en conséquence. Nous restions un moment en silence et je sentais sa main dans mes cheveux. C'était presque trop doux. Peu à peu, notre silence et notre immobilité que j'aurais voulu crever d'un grand cri mêlé à l'aveu de mon secret devenaient pesants. J'allais rompre mes digues, et mes sanglots allaient couler comme une cascade sur ses genoux. Il fallait qu'elle intervienne au plus vite.

Alors, doucement, je sentais enfin avant ma première larme le doux contact de ses deux paumes qui glissaient vers mes tempes. Je fermais les yeux pour mieux sentir tout ce qui allait se passer. Je me donnais entièrement, elle pouvait faire de moi tout ce qu'elle voulait. Son geste se raffermissait et ce n'était plus une caresse, mais bel et bien une prise. Je l'aimais éperdument. Plus je l'aimais, plus elle serrait l'étau de ses mains. Je savais que ma tête allait éclater et je le souhaitais avec force. Qu'elle explose, ma tête, pensais-je, qu'elle se vide de ses démons, qu'elle me libère à jamais de mon secret. Soudain, mon cri de douleur se transformait en d'abondantes actions de grâce avant de me laisser inerte, évanouie, sur les genoux de la magicienne. Quand arrivait le soir, je reprenais mes esprits. J'ouvrais les yeux et je constatais que j'étais toujours à genoux par terre, la tête dans ses mains et sur ses genoux. Je regardais un instant une vision exceptionnelle. Le tournesol de son jardin faisait tourner le soleil vers l'ouest et le descendait lentement derrière la futaie, de l'autre côté de l'étang. Une journée s'achevait et j'avais le privilège admirable d'assister à cet événement dans une circonstance qui ne se renouvellerait jamais, puisque le tournesol ferait lever encore des jours et des jours, mais jamais plus celui-là, et que je ne serais jamais plus ici pour immoler mes démons.

Pendant ce temps-là, il arrivait que Monsieur Marais me parle, mais je ne l'entendais pas. Je comprenais seulement qu'il fallait me remettre au travail. Je faisais de nouveau crépiter ma machine.

Voilà la plus douce séance d'exorcisme que je revivais souvent, les yeux posés sur le seul arbuste du jardinet entouré d'un haut mur. Les autres étaient exténuantes. J'étais montée à cheval et j'abordais au triple galop le pays rocailleux de ma magicienne. J'étais ivre de révolte, de colère et d'angoisse. Plus mon cheval allait vite, plus je voulais qu'il accélère. Je le cravachais, je lui parlais sauvagement. C'était toujours à l'endroit où le chemin longeait la rocaille que je tombais, mon pied droit pris dans l'étrier. J'étais ballottée au triple galop entre l'animal en furie et la roche sèche en aplomb de ce côté-là du chemin. Ma tête rebondissait contre les pierres pointues et le monde entier venait exploser en moi. C'était exaltant. Devant ma machine à écrire, j'étais absente, loin, bien loin, regardant cet étonnant spectacle : ma silhouette partant en lambeaux pendue par le pied à l'étrier de mon cheval devenu furieux, et j'en éprouvais un surprenant bien-être. Je regardais indéfiniment ce film intérieur en y trouvant un certain soulagement. Le plus important de toute cette scène était le moment où ma tête éclatait. Cette boîte trop petite pour contenir tout ce que j'y avais enfermé s'était ouverte comme une bonbonnière qui se brise et je la regardais suivre mon corps disloqué et rattaché au cheval par l'étrier, avec un calme bienfaisant. La course du cheval fou pouvait bien durer, me semblait-il, des heures, je ne le perdais pas de vue aussi longtemps que Monsieur Marais n'avait pas besoin de mes services. Je me sentais apaisée de voir le contenu de ma tête dispersé à tous les vents.

Et puis un jour, ce qui devait arriver arriva.

Monsieur Marais me répéta un ordre que je n'avais pas entendu puisque j'étais en plein galop, le pied dans l'étrier et la tête éparpillée sur la rocaille. Je le regardai probablement avec un air absent car il s'impatienta. « Quand je suis passé, tout à l'heure, je vous l'ai dit, voyons... » Je ne mis pas en doute son affirmation, mais je demeurai stupide, le regardant. Je savais à cet instant que tout espoir de m'expliquer était perdu et que j'étais déjà bien avancée sur la pente savonneuse du malentendu. Ce n'était pas la première fois que je perdais ainsi le contact avec les autres et principalement ceux que j'aimais. Je savais donc qu'à partir de maintenant tout se compliquerait, et que je ne pourrais rien rattraper. A la pension, l'année de la naissance de ma dernière petite sœur, je me rappelle le nombre de punitions et de privations de sorties que j'accumulais par incapacité d'être présente devant les religieuses et les surveillantes. Je me rappelle les devoirs que je ne rendais pas, faute d'avoir entendu les ordres de la maîtresse. Par habitude, j'ai pris un air coupable devant Monsieur Marais. Je savais que j'allais perdre son estime, que j'allais de nouveau me noyer. Il me demanda de le suivre dans son bureau avec mon bloc de sténo. C'est une naine de dix ans, cancre irrécupérable, qui lui emboîta le pas, comme je l'ai fait plus de cent fois, jadis, derrière des enseignantes excédées qui me conduisaient au bureau de la supérieure de l'établissement où j'allais comparaître. J'étais médiocre, nulle, laide, et profondément seule. Ça me déclenchait toujours des envies terribles de faire pipi. Complications supplémentaires.

Il n'a pas dicté plus de cinq lignes avant que je le fasse répéter. Je savais par cœur la suite des événements. Sa voix habituellement ronde et chaude m'enveloppa d'un courant d'air glacé et se fit incisive soudain, voire menaçante : « En plus, vous êtes trop lente en sténo ! Vous ne pourriez pas prendre des cours de perfectionnement ? »

L'heure tant redoutée venait de sonner. Monsieur Marais n'avait plus d'illusions sur moi, j'avais perdu son estime. Je venais de me faire dégrader, comme autrefois chaque samedi quand je donnais mon lamentable bulletin scolaire à signer à mon fantôme de père. Pour la énième fois, je connus la sensation atroce d'être purulente, galeuse, pestiférée, idiote et répugnante devant un être sain qui me rejetait. Ma dégoûtante maladie allait commencer à se voir et je ne saurais plus regarder Monsieur Marais dans les yeux, ni lui sourire. D'ailleurs, il allait sûrement détourner le regard quand il me croiserait dans le service. Je savais qu'il avait attendu l'extrême limite que lui permettait sa patience pour me parler ainsi et je m'attendais maintenant à me faire licencier. Ma peur devint insoutenable. Je me levai, ne quittant pas le bleu polaire de son regard glacial et, comme le mauvais élève qui cherche à apitoyer une dernière fois le directeur de son établissement, je me mis à pleurer silencieusement, sans me couvrir le visage, et toujours le regardant. Son malaise évident me fit du bien, et j'en profitai pour quitter sans un mot son bureau.

Devant ma machine à écrire, la tête tournée vers le ciel printanier, je me laissai aller aux sanglots. Combien de fois ai-je connu ce même désir de fuir, de me blottir dans le coin douillet et accueillant d'un ailleurs où j'aurais eu le droit d'être galeuse, pestiférée, lépreuse ? La certitude que mes jours au Comité des Expositions de Paris étaient comptés me suffoquait d'appréhension. Pour une fois que je me plaisais quelque part. Et Sophie ? Elle allait me donner des conseils, elle allait me faire des reproches. Comment lui expliquer la magicienne et le cheval fou ?

Je pleurais devant la fenêtre comme j'ai pleuré maintes et maintes fois dans ma vie. J'étais maudite. Si de nos jours on brûlait les sorcières, je me saurais traquée, recherchée par mille et une polices et je finirais sur le bûcher. C'est effrayant parfois de savoir qu'on n'est pas comme tout le monde, même si à certains moments on en tire une petite gloire qu'on ne partage avec personne, mais qui flatte quelque peu. J'avais besoin de me cacher, je sanglotais jusqu'à l'ivresse. Si Monsieur Marais sortait de son bureau maintenant, il allait me surprendre dans une crise de folie. En pleurant, je sentais des symptômes que je reconnaissais. Comme un début de crise de foie, une épouvantable migraine. Je savais que la nausée était pour tout de suite et qu'il fallait déjà me diriger vers les toilettes. J'ai si souvent vomi quand les émotions étaient trop fortes, quand je ne savais plus faire appel aux mots ni à la raison... Je courus au fond du couloir à droite. Je rendis de la bile, et, le visage congestionné, je cherchai ensuite un coin où me cacher, un coin isolé pour bercer ma douleur en me recroquevillant comme un fœtus, étreignant mes genoux repliés sur ma poitrine et en me balançant d'avant en arrière en gémissant. C'était comme ça que je me consolais jadis, dans l'épaisseur d'un des taillis du jardin de mon enfance.

Et là, tassée sous mon bureau, c'est la peur de Sophie qui m'envahit. Sa lucidité, sa vérité trop vivante allaient m'écraser comme un bulldozer parce que je n'avais plus de force pour l'affronter. C'est notre petit jeu de la vérité qui m'avait menée au bord du précipice où je me voyais. J'avais peur, horriblement peur. Encore un petit déjeuner avec elle et j'étais anéantie. Ce n'est pas deux somnifères que j'avais envie d'avaler en arrivant chez moi, mais le tube entier.

23

ON appelle ça une dépression.

Je n'ai que des ennemis. Ce sont des ennemis qui marchent dans la rue. Ils parlent trop fort dans la rue, on dirait qu'ils veulent absolument me montrer qu'ils savent bien où ils vont, eux. On dirait qu'ils veulent absolument me montrer qu'ils sont deux par deux. Si jamais on m'attaquait, je n'aurais personne pour me défendre. C'est effrayant. Je me rappelle les peurs qui me prenaient lorsque, enfant, j'avais un long parcours pour rentrer de l'école à la maison. Je me mettais subitement à douter de tout. Même des maisons que je voyais chaque jour. Ce balcon était-il là auparavant ? Était-ce vraiment ici la maison des Guérêt ? Avais-je remarqué qu'une rangée de marronniers bordait la grille du jardin ? Est-ce que tout bonnement je n'étais pas en train de me tromper de chemin ? Est-ce que ça pouvait se faire que le plan d'une ville se transforme en une nuit ? Marchons jusqu'à la boulangerie, je verrai bien si je me trompe. Oui, mais, si je me suis trompée, je ne ferai que me perdre davantage. Alors je ne bougeais plus pendant un moment. Le temps devenait comme moi, immobile. En quelques secondes, je pouvais ne plus reconnaître l'ensemble du carrefour. Je n'avais qu'à demander à une dame mon chemin, ce n'était pas bien grave. Mais voilà. Quelle dame ? Rien ne me disait que celle qui arrivait n'était pas de mèche avec un enleveur d'enfants. Je devais me méfier. Je laissais donc passer la dame. Il fallait que j'en choisisse une plus âgée. Une qui aurait l'âge d'être grand-mère. De toute façon, j'excluais les hommes. Et si la petite vieille était une sorcière ? C'était épouvantable, mieux valait demander à une commerçante. Et je finissais parfois, en larmes à mon carrefour, par faire pipi dans ma culotte, terrifiée à la pensée que toute la ville était de connivence contre moi et voulait ma perte. Quelqu'un passait par là et me questionnait. Je disais que j'étais perdue. On me montrait ma route quotidienne et peu à peu les maisons recommençaient à ressembler à celles que je connaissais et les piétons n'étaient plus des ogres. Je ne disais pas que j'avais la culotte mouillée en arrivant chez moi, j'en serais morte de honte.

A plus de vingt-cinq ans, ce genre d'angoisse ne m'a pas quittée. Il faut que je rentre chez moi à toute vitesse pour vérifier que mes objets sont bien là, et à leur place. J'ai la tête qui se met à gonfler, elle déborde de solitude et j'ai envie de hurler. Heureusement que j'ai le téléphone, je peux appeler au secours à tout moment. Seul mon chez-moi me rassure. Le médecin m'ordonne un arrêt de travail, j'ai peur de retourner sous le regard trop bleu de Monsieur Marais et l'air narquois de Sophie. En deux jours, ma solitude a si bien gonflé ma tête que j'ai la certitude d'avoir une silhouette de mongolienne. Ma pièce bientôt devient trop petite. J'entends les murs qui heurtent mon crâne, ils me font horriblement mal, dès que je fais un pas il me semble que je me râpe la tête contre eux. J'ai peur du clou qui est devant moi, planté à hauteur de ma monstrueuse tête. J'ai aussi envie de me ruer sur lui le front levé pour qu'il me crève la tête comme un ballon et qu'il la dégonfle. Je m'assieds à ma table devant mon bloc de papier à lettres et je rédige des pages et des pages. C'est mon amant fantôme qui les recevra. Je n'ai pas faim, je ne veux plus manger seule. Mes somnifères me tentent, j'ai envie de ne plus être, mais il me manque du courage.

24

J'AURAIS voulu savoir prier, j'aurais voulu pouvoir prier. Autrefois, c'était dans la prière que se terminaient mes angoisses, c'était dans la prière aussi qu'elles commençaient. Mais du moins n'étais-je pas seule.

J'avais un interlocuteur immense, à la bonté infinie et à l'attention constamment penchée sur moi. C'était inquiétant, mais c'était aussi bien rassurant. Je lui avais donné les dimensions dont j'avais besoin. Son pardon était permanent, sa force était à ma disposition et son amour, ah ! son amour ! comme il était profond et vivifiant ! Une source. Je ne craignais pas de l'épuiser, c'était l'amour universel. Qu'il était bon d'appartenir à la grande famille des élus ! A dix ans, dès que je passais le pas de la grille du jardin, je commençais une dizaine de chapelet. Je marchais rapidement vers la gare où je devais prendre mon train pour aller à l'école à Saint-Germain-en-Laye et en me hâtant pour ne pas être en retard, je commençais des « Je vous salue Marie » que je débitais d'ailleurs souvent sans penser à ce que je disais. Dans le train, quand je voyais une petite vieille qui me faisait pitié ou un individu qui me paraissait pauvre ou malheureux, je priais à leur intention. Je le faisais en silence, la main dans la poche où traînait en permanence mon chapelet de communion. La foule qui sortait du train au terminus était si impressionnante que c'était pour elle cette fois que montaient mes « Je vous salue Marie ». Mais ces prières-là n'étaient pas aussi riches d'émotions que celles dans lesquelles je m'attardais dans le coin sombre de la chapelle de l'école ou bien dans les bas-côtés de l'église du Vésinet où je m'arrêtais volontiers quand j'allais faire des courses pour maman, étant donné que toutes les boutiques étaient autour de la place de l'Église. Le regard perdu dans celui, fixe, de la Vierge Marie, je laissais monter la ferveur en moi et je l'offrais en remerciant Dieu d'être parmi nous, et de nous donner son immense bonté dont j'avais tant besoin. Je demandais pardon, je fermais les yeux et, à genoux, la tête dans les mains comme ma mère et mes tantes à la messe après la communion, je ne savais plus ce que je disais, mais j'étais bien sûre que je priais. Les images de la Passion venaient défiler sous mes paupières closes et à la torture qu'endurait le Christ, je souffrais. J'enviais la Vierge et Marie-Madeleine d'avoir été là pour lui adoucir ses horribles peines. Je me voyais lui baiser les pieds et pleurer en étreignant les deux femmes comme on le voit souvent sur les tableaux religieux. Quand il tombait, je voulais l'aider à relever sa croix et je l'imaginais se tournant vers moi un court instant pour me donner un sourire de remerciement. Bouleversée, je manquais m'évanouir mais ce qui me retenait, c'était Lui. De quelle mollesse étais-je donc faite pour m'évanouir devant lui que l'on torturait ? Non, je ne flanchais pas, j'aidais même Marie Mère de Dieu qui souffrait tant devant le calvaire de son fils. Des larmes souvent coulaient de mes yeux. Un bruit de pas sur les dalles de l'église interrompait les transes dans lesquelles je me mettais. L'église, déserte ou presque, n'était pour ainsi dire jamais hantée par des enfants seuls en plein après-midi. Je me sentais supérieure, je me sentais regardée et j'étais fière. Pour peu qu'une de ces femmes reconnût par ma tignasse rousse une des filles de Madame Mauduy, je replongeais apparemment dans mes prières, mais cette fois avec distraction. J'imaginais le rapport qui serait fait à ma mère avant deux ou trois jours et j'en étais étourdie de fierté. Non seulement maman allait en être émue, mais elle serait flattée par l'image que j'aurais contribué à donner de sa famille. Je savais le souci qu'elle avait de se montrer à l'église le dimanche, entourée de ses enfants et de son mari. C'était très important. Et j'aimais quand ma mère était contente. Brusquement, je réalisais que j'étais en train de faire là un péché d'orgueil. Alors je relevais les yeux vers la Sainte Vierge. Je regardais encore les tableaux où des femmes se pâmaient devant le crucifix et de nouveau montaient en moi des élans que je croyais profondément pieux.

Et puis, il y avait mes prières du soir. Je parlais à Dieu le plus longtemps possible pour qu'il me protège des cauchemars vers lesquels je glissais inévitablement en fermant les yeux gagnée par le sommeil. Je lui parlais, je lui confiais mes petits et mes grands espoirs. Je lui confiais souvent mon projet d'entrer au couvent et je lui demandais de m'aider à ne pas changer d'avis en grandissant. Je lui recommandais ceux que j'aimais, c'est-à-dire toute ma famille. A partir de mes douze ans, j'ai rajouté une dizaine de chapelet pour le bébé que portait ma sœur Bivon, premier bébé de cette génération. Folle de bonheur à l'idée que ma sœur chérie allait enfanter, j'ai fait le serment de dire une dizaine de chapelet tous les soirs, jusqu'à la majorité de l'enfant pour qu'il soit sous une protection toute spéciale de Dieu. J'ai tenu six ans. Pendant six ans, je n'ai pas oublié une fois ma dizaine de chapelet pour l'aînée de mes neveux et nièces. Je ne sais pas à quoi ça a servi ; je ne me suis jamais bien entendue avec cette fillette qui est aujourd'hui à la veille d'être mère à son tour. Elle a vingt et un ans.

Oh ! oui, je savais prier, autrefois. Ce n'était pas difficile, je parlais simplement à Dieu et mon monologue n'osait pas vouloir être un dialogue. De toute façon, je savais que les réponses à mes questions étaient dans mon livre de messe dont je connaissais assez bien certains passages. J'aimais tout ce qui touchait à la magie de la religion. J'aimais probablement aussi la grande crainte, qui était quelquefois une véritable frayeur, qu'elle m'inspirait. Mais enfin, elle ne vous laissait jamais seul. Quand les choses allaient mal, vous aviez toujours quelqu'un d'invisible à qui parler, vous aviez le recours à la prière et cela pouvait être une consolation. Et puis quand les choses allaient bien, quand le bonheur entrait en vous sans crier gare, vous pouviez toujours lever les yeux au ciel et donner votre rire, vos élans heureux en murmurant seulement « merci, mon Dieu ». C'était toujours de lui que venait la joie.

C'était bien.

Je ne prie plus depuis mes dix-huit ans. Je ne sais plus prier ; je trouve cela insipide, ridicule, lâche. Pourtant, j'aimerais avoir encore sur les lèvres ces murmures adressés à l'absolu divin qui vous apaisent. J'aimerais faire cet acte de confiance qu'est la prière. Rien à faire, je ne prie plus. Je suis sèche comme les sables du désert. Pourtant, quand j'aime la vie, au fond de moi quelque chose me dit que je n'ai pas abandonné Dieu. J'ai besoin du sacré, et je ne le trouve plus dans la prière. Une voix s'est tue au fond de moi. J'entre encore dans les églises pour y respirer, pour y toucher, pour y rencontrer une dimension spirituelle. J'aimerais que monte sous les voûtes de pierre la monotonie d'un chant grégorien. Je ne sais pas si je chanterais, mais je sais que j'écouterais avec recueillement.

Mon salut n'est plus dans la prière. La voix que j'écoute aujourd'hui me dit « aide-toi le Ciel t'aidera ». C'est à ma machine à écrire que je m'adresse.

25

AUTREFOIS, quand on me demandait ce que je voulais faire plus tard, je répondais que je voulais être une grand-mère. Rien n'était plus noble, ici-bas, que le rôle de grand-mère. Une grand-mère garde sa progéniture en tricotant, sourire aux lèvres, avec orgueil et amour. Elle recompte le nombre de ses descendants régulièrement pour vérifier si elle n'en a pas oublié un et elle écrit des petits mots quand on est loin. Elle sert de refuge à ses petits-enfants quand arrive un drame à la maison. Elle répare vite un accroc fait au cours d'un jeu trop violent. Elle prépare le goûter et le distribue à quatre heures sur la plage après le bain. Elle est toujours de bonne humeur et calme même sa fille quand elle se fâche trop violemment après un petit. « Laisse-moi, je vais m'en occuper », dit-elle.

La plus belle promotion que pouvait donner la vie, c'était de devenir une grand-mère. Je n'en voyais pas d'autre.

J'ai eu la chance d'avoir du côté maternel cette irremplaçable grand-mère. On m'a pourtant dit souvent combien elle avait élevé sévèrement et austèrement ses neuf enfants. Veuve à quarante ans avec un petit dernier d'à peine trois ans, elle avait acquis la force de ceux qui luttent seuls. Sa foi lui tenait la tête haute et la protégeait contre le désespoir. Elle avait soixante ans quand je l'ai connue et aimée. Elle était mon modèle.

On m'avait souvent dit que pour être une grand-mère il fallait d'abord être une maman. Un écran noir alors tombait entre moi et la vision de mon futur. J'étais incapable de voir la période qui sépare l'enfance de la vieillesse. Impossible de combler l'entre-deux.

Est-ce pour cela que je suis intérimaire ? Mon présent me prend au dépourvu, je ne l'ai jamais préparé, je n'ai rien à y investir. Il me fait peur.

Sophie qui m'oblige à regarder mon présent me fait mesurer combien j'ai peur d'être femme. C'est insurmontable, je n'oserai jamais plus retourner au Comité des Expositions de Paris. Je ne suis rien, je n'existe pas, je ne veux plus exister.

26

QU'EST-CE que Sophie et Monsieur Marais ont bien pu se dire à mon sujet pendant mon absence ?

Monsieur Marais évite de me parler et me regarde en biais. Il ne me demande plus de compter, il a admis que j'étais brouillée avec les chiffres. Je le vois s'installer à la machine à calculer sans m'adresser un mot ou un regard. Il me cantonne strictement dans mon rôle de sténo-dactylo à son service. Agissant ainsi, il m'ôte toute ressource. Je suis d'une médiocrité impossible à décrire. Si seulement il voulait bien qu'on parle un peu ensemble... Il n'est pas le premier que je déçois, mais c'est la première fois que je le supporte si mal. J'ai besoin de l'estime de Monsieur Marais, j'en ai besoin.

Sophie est sur les nerfs et plus impatiente que jamais car la saison des expositions approche et la biennale « Interclima » va être inaugurée par un ministre. Les déjeuners de presse se succèdent, les communiqués sont expédiés régulièrement aux journaux spécialisés, et, aux portes de l'été, on parle chauffage et climatisation à longueur de journée.

Je ne suis pas entrée dans cette fièvre, une autre me tient tremblante. On me rassure, tout cela me parlera quand j'aurai vécu en équipe la tension de huit ou dix jours d'exposition dans le grand hall Victor de la Porte de Versailles. Quand j'écris « on me rassure », ce on est Christine. Elle refait surface parce que je réalise qu'elle avait raison. Sophie est dangereuse. Tous mes malheurs viennent d'elle. Je ne peux hélas pas rattraper mes confidences, mais je bénis le ciel de m'avoir retenu la langue pour le plus important de mes secrets.

Si Monsieur Marais est devenu froid, Sophie, elle, est devenue hautaine et moqueuse. Elle n'a plus le temps de prendre le petit déjeuner au bistrot et va souvent dans le bureau de Monsieur Marais pour mettre au point les conférences de presse, les communiqués de presse, les déjeuners de presse, les impressions des cartes d'entrée au salon, les équipes des hôtesses et bien d'autres problèmes. Parfois, à travers la cloison, je les entends rire. Quand l'entretien dure trop longtemps, je ne suis plus capable de répondre même par un sourire à Sophie quand elle sort en me faisant un pied de nez plaisantin. Tout est grave, je suis au bord du néant, je deviens néant. « Alors, la secrétaire-pot-de-fleur, me lance Sophie, on ne rigole plus ? » Je la regarde l'œil noir, haineux. « Jalouse, hein, la rouquine ? » J'ai envie de pleurer.

Un jour, n'y tenant plus, je lui demande ce qu'ils se sont dit, Monsieur Marais et elle, pendant mon absence. « Il vous aime bien, me répond-elle, mais vous lui faites peur. Timide comme il est, vous êtes pour lui un énorme problème. Il n'ose plus vous parler... Moi, j'ai remarqué que quand vous avez des problèmes vous perdez la mémoire. » Je n'ose pas lui dire que je ne perds pas la mémoire, mais que je n'entends pas ce qu'on me dit. Un clapet en moi s'est refermé et les mots ricochent dessus pendant que mon regard se pose, absent, sur l'interlocuteur.

J'ai besoin de regagner Sophie. L'amitié de Christine ne me suffit pas. Sophie aime rire et je suis un clown quand je veux. Pour la faire rire, je deviens capable de tout. J'entre dans son bureau en faisant les pires grimaces et avec une mèche de mes cheveux que je braque vers les gens ou les objets, je dis que j'ensorcelle ce que je vise. Ça la fait pouffer.

Regarder rire Sophie me rassure. Nous n'abordons plus ces conversations profondes qui m'ont ébranlée, nous faisons les folles comme deux collégiennes infernales. Quand elle reçoit des journalistes devant qui elle oublie notre amitié, ne me parlant même plus ni ne m'adressant un regard, je la hais et lui rappelle en quelques sous-entendus que je suis sortie de la cuisse de Jupiter et que je suis à tu et à toi avec des gens bien plus haut placés que ces petits personnages de rien du tout.

Il y a la fille d'un ministre qui vient travailler à mi-temps avec nous et une intérimaire. Dans moins d'un mois, c'est l'ouverture du salon Interclima. Comme il fallait s'en douter, Sophie est tout attention pour Chantal, la fille du ministre. Elle m'en a fait des compliments dès les premiers jours. On voit, dit-elle, que c'est une fille de bonne famille qui a de l'éducation, qui évolue dans un milieu cultivé et qui sait se présenter et parler aux uns et aux autres. Je regarde Chantal avec étonnement car je ne lui trouve rien de plus et rien de moins qu'à d'autres qui nous entourent. Elle est gentille, inefficace car elle n'a jamais travaillé, rafraîchissante parce qu'elle a l'air de venir au bureau en touriste et qu'elle regarde tout avec une curiosité amusante. Elle met cinq minutes pour assembler trois pelures et une feuille à en-tête séparées par du papier carbone. Sophie rit à gorge déployée.

C'est avec elle maintenant que Sophie prend son petit café et ses tartines grillées.

27

CHAQUE jour, quand Monsieur Marais passe devant moi comme devant un meuble, je tombe dans le vide. Ce vide de cauchemar qu'un bienheureux réveil en sursaut vous empêche de sonder. Hélas, ici c'est un cauchemar éveillé. Je sombre et rien ne me retient dans ma chute. Je traverse des années à toute vitesse et je me vois faire mes premières chutes devant mon père. Je suis néant sous son regard depuis que j'ai levé les yeux vers lui, géant à la voix douce et pondérée, géant aux rares et soudaines colères qui annoncent la fin du monde. Nous les redoutons.

Monsieur Marais, une fois encore, me remet en uniforme bleu marine dans ma belle banlieue et j'ai dix ou douze ans. Je fais des tours de vélo avec mes deux plus jeunes frères, Pierre et Fabien, quand je vois mon père descendre les marches du perron. Je ne sais pas à quelle force j'obéis un jour en courant vers lui après avoir abandonné mon vélo en travers de l'allée.

— Où vas-tu papa ?

— Faire une petite course.

L'envie de m'enfermer avec lui dans la voiture où nous montons rarement, et de rouler un moment dans notre ville en ce samedi de printemps me saisit.

— Est-ce que je peux t'accompagner ?

— Si tu veux, fillette, mais je vais à pied pour me dégourdir un peu les jambes.

Voit-il mon désappointement ? Veut-il me laisser libre de choisir si je veux encore venir ou non ?

— Fais comme tu veux. Ne te crois pas obligée de m'accompagner...

Intimidée, curieuse aussi de marcher à côté de lui dans les rues que je connais par cœur et que je hante à bicyclette avec mes frères, à pied avec ma mère quand je l'accompagne au marché, en grappe familiale quand nous nous rendons à la messe le dimanche, n'osant pas non plus lui laisser croire que c'était pour monter dans la voiture que je l'ai abordé, je manifeste un vif désir de l'accompagner.

C'est probablement un peu vrai. Cet homme immense (je sourirai plus tard en le regardant, car il est plutôt de petite taille), grave, ne quittant ses complets sombres que pour une tenue de tennis le dimanche matin, cet homme pondéré aux cheveux gris acier dressés court et aux lunettes d'écaille qui encadrent un regard à la fois direct et lointain, cet homme qui rentre du bureau parisien chaque soir pour s'enfermer de nouveau à la maison dans un autre bureau où il nous reçoit le samedi pour signer avec des commentaires affligés, ou emportés, nos misérables bulletins scolaires, cet homme-là m'intrigue. J'attends de connaître davantage les mathématiques et la politique pour oser amorcer une conversation avec lui. Les propos que je l'entends tenir à table avec mes aînés et ma mère exigeant à mon avis une solide culture de base, je ne me suis jamais jusque-là hasardée à converser avec lui.

Combien de fois n'ai-je pas senti mon cœur se serrer quand des camarades devant moi racontaient à leur père les menus faits de leur journée à la sortie de la classe ? Combien de fois n'ai-je pas contemplé avec une trop violente jalousie des pères qui filmaient leurs enfants à la distribution des prix ou dans l'exercice d'un sport ? Combien de fois n'ai-je pas ridiculisé certaines de mes amies qui faisaient appel aux points de vue de leur père dans nos conversations d'écolières ? Elles avaient donc besoin de l'avis des grandes personnes, ces imbéciles, pour nous donner le leur ?

Ah ! comme ce samedi-là, je me sentais prendre de la dimension parce qu'à mon tour j'allais peut-être faire envie à la plus crétine de mes voisines de classe (ou la plus intelligente, qu'importe !). Ah ! comme mon père était noble et admirable dans sa sobriété vestimentaire, dans la rigueur de son maintien et dans la profondeur de son regard sévère ! Si on croise quelqu'un que je connais, je demanderai l'heure à papa, comme ça il fera son beau geste d'aristocrate en cherchant d'un doigt sa montre dans la petite poche de gilet et on verra que sa montre est en or au bout de la petite chaîne qui s'agrippe à la boutonnière... Comme ça, on verra que je lui parle...

Mais nous marchons en silence parce que j'ai peur de lui dire des bêtises. J'ai de très mauvaises notes à l'école, cela prouve que je ne peux pas avoir de sujet de conversation intéressant pour un intellectuel qui sait tant de choses, et qui a passé son baccalauréat avec dispense à quinze ans. Je me contente d'être ravie parce qu'il ralentit le pas pour m'attendre. Je mesure la dimension de ses pas et des miens. Mes jambes sont si petites à côté des siennes ! Les pieds de mon père... Les jambes de mon père... Le... de mon père. Heureusement qu'il ne lit pas dans mes pensées ! S'il devinait que je me représente son sexe ? Non, pas lui ! Les adultes ne devraient pas avoir de sexe ! Je trouve dégoûtant de les voir sortir des toilettes pendant que la chasse d'eau fait des bruits indécents dans leur dos. Quand c'est mon père, je suis encore plus gênée. A quoi pense-t-il quand il urine en tenant son tuyau ? Est-ce un geste aristocratique ? Est-ce qu'un monsieur important se regarde pisser ? Je ne saurai jamais dire la confusion qui me saisit quand je me trouve sur son passage au moment où mon père sort des cabinets et retourne à ses courbes et ses statistiques. Est-ce qu'il continue à compter des degrés et des pourcentages quand il est assis sur la cuvette des W.-C. ? Allez savoir ce qu'un monsieur en complet sombre, étranglé par sa cravate, peut bien faire pour rester digne dans ces moments-là.

Mon père me pose quelques problèmes et je me demande si ça lui arrive de penser qu'il a un sexe entre les jambes une fois qu'il est assis à son bureau pour quelques heures, les dimanches après-midi. Est-ce qu'en marchant dans les rues de notre banlieue à côté de moi, il réalise qu'il a un sexe ? Est-ce qu'il y pense ?

Notre silence commence à me peser et comme nous approchons de la fontaine récemment reconstruite, au milieu du carrefour, je hurle avec les loups en disant que ses mosaïques bleues sont du plus mauvais goût. Répétant ce que j'ai entendu dire, je ne risque pas de dire des bêtises. Et pour venir à mon secours, deux silhouettes de militaires apparaissent à l'angle de la rue que nous allons bientôt traverser. Là, je tiens une belle occasion de flatter mon père et de m'attirer sa sympathie...

— Si plus tard un militaire me demande en mariage, je refuserai. Jamais je n'épouserai un militaire.

— Un militaire comme ces deux garçons-là ?

— Oui.

— Mais tu ne vois donc pas que ce sont des gars qui font leur service ? Ce ne sont pas de vrais militaires. Si ça se trouve, ils aimeraient bien ne pas l'être.

Je n'ai rien compris. Je suis devant deux militaires qui ne sont pas de vrais militaires ! Ceux-là, je peux envisager de les épouser sans déplaire à mon père. Ce sont probablement les colonels comme son père qui me sont interdits si je veux lui plaire. Je n'ose pas lui demander d'explication, j'ai senti, au ton de sa voix, à quel point je viens de dire une bêtise. Je me sens sotte. Les magasins me semblent soudain très loin encore. Nous avons à peine dépassé la place de la Fontaine. La moitié du parcours. L'idée qu'il faudra refaire le même chemin en sens inverse à côté de lui m'accable. J'aurais bien voulu en profiter pour lui raconter les menues anecdotes qui remplissent mes heures, mais je me doute que ce n'est pas intéressant sinon il m'aurait déjà questionnée. Et pas une amie de classe à l'horizon ! Quelle vexation !

Enfin arrivés sur la place de l'Église, nous entrons dans la librairie et mon père y achète un livre énorme et son journal préféré, *Le Monde.*

Je ne saurai jamais dire assez la médiocrité de tout mon être sur le chemin du retour ! Ce monsieur qui nous rappelle à l'ordre quand nous avons l'impolitesse de lire en présence d'un tiers à la maison a marché comme un automate téléguidé, le journal entier déplié devant lui dont il tournait les pages avec une dextérité admirable. Quelle noblesse dans chacun de ses gestes, décidément ! Mais comment fait-il donc pour ne pas heurter un poteau électrique ou les passants qu'il sait éviter grâce à d'invisibles antennes ? Je l'ai accompagné avec une détresse qui me noue encore le ventre rien que d'écrire ces lignes. Je me savais néant, mais à ce point, non. Je tombais dans ma propre nullité, et je ne m'en relève toujours pas. Je ne suis qu'une enfant qui marche à côté de lui, et je sais combien les événements de notre planète ont une importance capitale pour mon père. Mais cette fois, ils en ont trop. Je veux lui hurler que je suis là, tout près de lui, même si j'ai de mauvais bulletins. Je hais sa signature si belle sur nos bulletins trop laids. C'est lui tout entier, homme considéré qui, d'un trait de stylo, s'impose sur les feuillets où je suis humiliée ! C'est lui qui est immense et admirable avec sa science et son savoir et c'est moi qui incarne la médiocrité, c'est moi dont on ne sait pas que faire, et qui ne sais pas quoi faire de moi.

Là, sur la place de la Fontaine, qu'une fée me rende mes ongles que j'ai rongés, pour que d'un coup de griffe je mette son journal en lambeaux ! Qu'une fée me donne l'audace de lui dire que j'ai plus d'importance que la guerre d'Indochine, l'inflation, la femme-objet, et tout le reste, pour lesquels il donne ses heures qui me sont ravie. Qu'une fée me donne la force de relever le défi silencieux qu'il est en train de me lancer !

Je connais le terrible châtiment que l'on faisait subir à Bivon, ma seconde sœur aînée, quand elle se cabrait en hurlant pour une raison qui échappait à l'entourage. Elle était enfermée dans le placard noir et elle m'a raconté les tourments qu'elle y vivait jusqu'à ce que, vaincue par la peur, elle se taise. Elle m'a dit que ce souvenir lui restait douloureux. Depuis, elle tait tous ses mouvements premiers et nul ne sait plus rien de ses joies profondes ni de ses peines, elle est douce comme un agneau. Tout le monde en est satisfait et moi je la vois brisée. Cet exemple-là me retient dans mes colères. Jamais il n'a été toléré de contrarier notre mère et notre père. Nous leur devons une obéissance « prompte et joyeuse » comme le dit souvent ma mère. Nous ne devons pas élever la voix. Pourtant, sur cette place de la Fontaine, si une seule des fées à qui je m'adresse pouvait me donner assez de courage, quitte à passer la fin de la journée dans le placard noir, je hurlerais plus fort encore que Bivon.

C'est peut-être de ce jour que j'ai commencé à tenir une ardoise.

Un jour, d'une façon ou d'une autre, je présenterai l'addition à mon père. Un jour j'existerai. Un jour ma présence lui imposera de refermer le journal. Un jour il aura besoin de moi car j'en saurai plus long que lui sur la vie. Je ne lirai jamais les journaux et ce n'est pas dans les livres que j'apprendrai jamais l'essentiel. Un jour, je vaudrai plus que tout cela et je gagnerai l'estime de mon père, peut-être même son affection. Et un jour, il me trouvera dans son journal ! Qu'il ouvre son journal et tombe sur sa fille qui n'aura pas fait d'études ni de politique. Seulement sa fille qui lui dira dans des colonnes imprimées « j'existe ! ». Il en fera une tête !

Pour mériter plus d'égards de Monsieur Marais, j'ai interrompu la dictée de son courrier et je lui ai dit : « Vous savez, monsieur, j'écris un livre. » Alors, me regardant, il a retenu ses lèvres qui allaient faire un large sourire. En retournant à ma place, je me suis dit que désormais il ne pourrait plus me regarder comme avant. Je ne serais plus une simple secrétaire à son service.

Cette idée-là m'aide à prendre le métro chaque matin pour venir travailler devant une machine électrique IBM.

28

POURQUOI rester au Comité des Expositions de Paris ? Les deux êtres auxquels je m'attachais semblent me fuir. Je me jette dans ma solitude à corps perdu. Je m'invente pour la millième fois un continent aride et désertique où je marche seule, éblouie par la beauté cruelle qui parle de la mort. Assise derrière ma machine à écrire, j'ai un goût de fiel dans la bouche chaque fois que Sophie traverse mon bureau pour entrer dans celui de Monsieur Marais. Nos regards sont des projectiles. Je la hais de flatter la fille du ministre puisqu'elle dit maintenant par-derrière qu'au fond elle est niaise. Malgré tout, elle lui propose un travail à plein temps et des responsabilités. Tout mon système respiratoire est en feu. J'ai envie de prévenir Chantal. Je regarde Sophie susciter l'amitié, l'exploiter et se faire valoir. On m'écorche vive. Je deviens d'une sécheresse suffocante. Je deviens un chemin de pierrailles tranchantes sur lequel je vois des pieds se blesser, s'entailler à tous les pas. Sur les bords de ce chemin, pas un buisson n'offre son ombre aux pèlerins épuisés. Tout est hostile et c'est moi que je vois s'affaisser en travers de cette piste du désert. Je sais que les pieds que je prenais plaisir à regarder s'ouvrir sur les pierrailles pointues sont les miens et ma respiration brûlante achève de me détruire. Mes paumes s'abîment sur la roche. Je crache à Sophie des phrases qui ressemblent à mon paysage. Je veux la perdre le plus vite possible.

Je m'étais juré de boucler au moins une année dans le service de Monsieur Marais, mon premier poste stable (et il sera le dernier). Cela me semblait une éternité, mais je l'avais pensé possible. Maintenant, au bout de huit mois, à la veille des expositions, je veux partir. Couper les ponts avec tous les gens que je connais. Trouver un ailleurs à ma taille. Écrire à longueur de journée.

Comme souvent, quand je me sens perdue, démunie, frustrée, je pense à mon vélo. Je voudrais refaire l'histoire pour devenir propriétaire de mon vélo.

Depuis des années, j'entendais parler de mon parrain, ce riche personnage qui habitait sur le Champ-de-Mars et que je ne connaissais pas. On m'avait dit qu'il avait été très malheureux parce que la femme qu'il aimait l'avait quitté en lui abandonnant leur fils. Par amitié pour son camarade de promotion, mon père lui avait proposé d'être le parrain de l'enfant que ma mère attendait. On m'avait dit qu'il était bel homme et qu'il était plein d'humour. A dix ans, je ne l'avais pas encore rencontré. Je me sentais brimée par rapport à mes frères et sœurs qui avaient droit à de menues attentions de leurs parrains et marraines chaque année et même plusieurs fois par an pour certains. Tous les ans, j'envoyais mes vœux auxquels il ne répondait pas toujours.

Or voici que pour mon dixième anniversaire, il vint dîner à la maison et m'offrit un vélo. Oui, il était beau, ce parrain, oui, il était plein d'humour et de bons mots, et j'aurais bien passé ma soirée à le contempler et l'aimer. Il m'offrait ce cadeau inestimable : un vélo tout neuf. Les chromes brillants, les pneus blancs, le timbre de la sonnette, la petite trousse de cuir pour mettre les outils sous la selle, le bruit léger du roulement à billes, tout cela fut un véritable enchantement. A moi ce bel engin ! J'aurais voulu pouvoir monter ce vélo dans ma chambre pour m'endormir en le contemplant, comme je le faisais pour mes chaussures neuves.

Si ce n'est pas le lendemain, c'est le surlendemain que mon vélo a cessé de m'appartenir. « C'est à moi, dis-je à Pierre qui allait l'enfourcher, laisse-le ! » Pierre en pleurs courut dans la cuisine. Les yeux secs, il revint, la main dans celle de sa mère.

— Pourquoi ne ferait-il pas des tours de vélo ? questionna ma mère.

La mémoire encore pleine de l'éblouissement qu'avaient été pour moi les trois visages souriants de mes parents et de mon parrain au moment de la remise du cadeau, je me sentis forte de mes droits.

— Mais parce qu'il est à moi et que je veux faire des tours !

— Tu sais bien que rien n'est à toi, ici, mais à ton père et moi. Ton derrière n'est même pas à toi, car si je veux, je peux t'y donner des fessées ! J'ai interdit qu'on se dispute, tu le sais, alors si vous ne pouvez pas vous arranger entre vous, je vais confisquer le vélo et le donnerai à celui qui aura été sage.

— Mais c'est mon parrain qui me l'a offert !

— Tu es une égoïste ! Ici, tout le monde partage et rien n'est à personne en particulier ! Ce vélo sera désormais à tes petits frères autant qu'à toi ! Ils n'ont pas la chance d'avoir un parrain assez riche pour leur en offrir un, et tu le sais bien !

Je me reverrai toute ma vie regardant par la fenêtre, les larmes ruisselant sur mes joues, ma bicyclette toute neuve abandonnée en travers de l'allée parce que Pierre ou Fabien qui s'en était servi le dernier ne l'avait pas rangée. La pluie d'automne perlait sur les chromes et j'étais incapable d'ouvrir la porte, de descendre les escaliers du perron, de me baisser, de ramasser le vélo, d'entendre à chaque tour de roue le charmant petit bruit du roulement à billes et de l'aller ranger. Je souhaitais violemment que la rouille dévore ses chromes sous mes yeux et je me répétais : « Je m'en fiche qu'il soit abîmé par la pluie, je m'en fiche complètement… »

Il me semble que depuis que j'ai regardé mon vélo se rouiller sous la pluie, je ne sais plus, je n'ose plus avoir quoi que ce soit à moi. Ma mère au fil des années m'a complètement dépossédée de moi-même et mon statut d'intérimaire ressemble à ma soumission à sa loi. J'ai peur qu'on m'enlève ce sur quoi je pose un regard de propriétaire. Moins je possède et moins j'ai peur. Moins je possède et plus je me demande comment font les autres pour défendre leurs biens, tant matériels qu'intemporels. Je ne sais même pas être propriétaire de mon derrière.

Je suis en train de perdre Sophie parce que la fille d'un ministre est dans nos murs et j'ai hâte de tout détruire entre nous pour qu'elle cesse définitivement de m'inspirer de l'amitié. J'ai peut-être tort, mais il me semble que si je pouvais remonter le temps, reprendre possession de mon vélo et le ranger chaque soir dans le garage après l'avoir prêté librement à Pierre et à Fabien, j'oserais lutter pour sauver ce qui me plaît tant chez Sophie et qui fait notre amitié, j'oserais mettre mon intelligence au service du secrétariat de Monsieur Marais, j'oserais lutter pour conquérir un poste à responsabilités dans une entreprise. J'ai envie de m'endormir en regardant mon vélo bleu, brillant de ses chromes bien entretenus.

29

NOUS n'avons plus le temps de flâner, la biennale d'Interclima va s'ouvrir bientôt et les autres expositions techniques aussi. Nous allons déménager les différents secrétariats au parc des Expositions de la Porte de Versailles. L'excitation monte, soulevée par les impatiences cinglantes de Sophie. Tout le personnel la hait cordialement, tous lui obéissent. Elle répète comme un refrain que si la promotion a été mal faite, les salons s'en ressentiront et que ce n'est pas nous qui en recevrons la claque, mais elle. Elle a beau me le dire sur tous les tons, je me mets avec le troupeau des mécontents et Chantal aussi.

Au parc des Expositions, des camions articulés gigantesques font d'habiles manœuvres pour présenter l'arrière de leur remorque aux portes du hall. Des ouvriers en nage vident leur contenu et le portent jusqu'à l'emplacement du stand. Sous mes yeux se concrétise quelque chose que je ne comprenais pas tant que ça existait sous forme de correspondance que me dictait Monsieur Marais. Le hall Victor est un tel chantier sonore et désordonné que j'ai peine à croire que l'inauguration a lieu dans deux jours. Je ne sais pas bien ce que je dois faire. On m'a mise à la presse, et je ne connais pas les usages journalistiques. J'ai peur de faire des bêtises et me méfie de mes initiatives. Sophie nous crie dessus à longueur de journée. Christine, Chantal et moi sommes ses ennemies déclarées. Plus son angoisse monte, plus nous prenons nos distances, et plus la tension est électrique. La voix de Sophie devient une cravache qui nous cingle perpétuellement. Nous courons dans tous les sens et décrochons les téléphones qui sonnent partout. Les lignes provisoires ne fonctionnent pas, le standard n'est pas encore au point, nous ignorons le numéro de la ligne directe qui, lui, est branché, et Sophie hurle à qui veut l'entendre que c'est pourtant urgent, qu'il faut le transmettre au journaliste de la deuxième chaîne qui prépare une émission pour l'inauguration. Le numéro, on ne peut pas l'inventer et les PTT sont débordés. A l'entendre, c'est nous les fautives. Et pendant ce temps-là, tout sourire et toute douceur, une assistante de fortune, qui ne semble pas avoir grand-chose à faire, a droit aux attentions de Sophie. On ne lui demande qu'un minimum de travail, on la ménage, on la tutoie d'emblée : elle est la nièce du journaliste de la deuxième chaîne. Quand fusent des rires du bureau de Sophie où l'assistante-pot-de-fleur a droit à des rafraîchissements avec les invités, la rage nous étreint, Christine, Chantal et moi, car nous sommes en sueur, respirant la poussière, tapant de toute urgence les derniers communiqués de presse, la liste des journalistes à inviter, les enveloppes et d'interminables listes dont nous ignorons le destin.

Au milieu de tout cela, Monsieur Marais, de son pas de félin, continue à faire ses petites inspections. Si Interclima est sa plus grande exposition, il y a dans différents halls du parc d'autres salons professionnels. Il y a Approfal, il y a Expobois, il y a Sifima, il y a Silmo. Sophie est chargée de la promotion de l'ensemble. Échevelée, elle lui rend des comptes. Elle est exténuée. Nous sommes tous rendus. A la fermeture des salons, nous aurons travaillé sans discontinuer : la semaine précédant l'ouverture, le week-end, la semaine d'exposition, le week-end, la semaine de fermeture. Dans ce tapage, dans ce désordre, dans cette précipitation et cette tension nous aurons mis nos nerfs à fleur de peau les uns comme les autres. Monsieur Marais garde son calme.

Je ne supporte pas l'oubli dans lequel je suis tenue et j'accepte un verre ici ou là de ceux des exposants qui m'en offrent. Je leur sers mon sourire égaré et n'ai aucun plaisir à être là. Le hall Victor est devenu trop étroit, et j'ai l'impression d'y cogner ma tête qui me fait de nouveau l'effet d'avoir enflé démesurément. Je marche hors de mon corps car il y fait trop sombre. J'accepte de boire un apéritif avec un journaliste américain qui est le premier depuis deux semaines à me parler de moi. Je l'ai séduit avec mes yeux tristes, avec ma lourde chevelure rousse qui brillait sous les projecteurs destinés au ministre le jour de l'inauguration. C'est agréable à entendre. C'est fou ce que j'ai envie qu'on me regarde dans les yeux et qu'on me sourit. J'aimerais qu'une main se pose sur la mienne et c'est pourtant toujours un geste de recul que rencontrent les aventureux qui essayent. Ce n'est pas ce regard-là que je désire, mais je ne sais pas lequel. Ce n'est pas cette main-là que j'ai envie de voir emprisonner la mienne. Encore un mot et je vais pleurer. J'ai peur de m'abandonner et j'en ai envie. « Pourquoi ne viendriez-vous pas en Amérique ? » me dit le journaliste. Il peut me recevoir là-bas car il est très riche. Pour être plus persuasif, il me donne le montant de son salaire et me dit qu'il est propriétaire d'une île, je ne sais plus où. Je n'ai qu'un mot à dire pour qu'il m'épouse, dit-il. Seule sa phrase « Pourquoi ne viendriez-vous pas en Amérique ? » fait en moi son chemin. Après tout, pourquoi pas ? Qu'est-ce qui me retient ici ? Je gagne peu, mais je ne suis pas dépensière et j'ai des économies. Je n'ai qu'à terminer l'année que je me suis juré de faire près de Monsieur Marais, et avec le treizième mois plus la prime d'exposition, j'aurai assez pour vivre quelques mois là-bas. Un mot à une vieille tante de mon père qui est à Boston pour certifier que j'aurai un domicile sur place et le visa sera en poche.

Devant ce bellâtre qui ne me plaît pas mais qui m'ouvre des horizons tout en me payant un rafraîchissement, je rêve de l'immensité du continent américain où je me promènerai seule, aérant ma tête énorme qui ne se heurtera plus nulle part, tant l'espace y est grand et tant j'y serai seule. J'ai une envie subite d'être ailleurs que dans cette France trop étroite pour moi. Je reviendrai glorieuse de je ne sais quel exploit. Et là-bas, j'écrirai tout le temps.

Les deux derniers jours du salon, l'esprit tout à mon projet, j'agis comme une automate dans le hall Victor en réservant pour le retour au siège du Comité des Expositions de Paris ma bonne nouvelle à Sophie. Je sais déjà que cela va tout changer entre nous, que je grandirai soudain à ses yeux puisque je lui échapperai.

En attendant, tendue comme un arc, je darde mes flèches empoisonnées contre elle que je voudrais tout bonnement tuer.

Et dans cette ambiance pesante, on nous rassemble subitement le dernier jour pour une photo souvenir. Comme des pensionnaires énervés, nous nous bousculons en riant, en parlant fort, cherchant la meilleure place. Sophie est au milieu, assise droite comme une surveillante générale, entourée de son petit monde. J'ai trouvé un fauteuil vacant sur le côté et en avant du groupe, je m'y installe et pose les pieds sur la table basse où il y a des verres et des bouteilles. J'ai encore la photo. Tout le monde sourit. A croire que c'était la fin de bonnes vacances passées tous ensemble. Mon album est plein de ce genre de photos, car ma mère a souvent regroupé ainsi autour d'elle sa marmaille pour qu'on la photographie. Fière de montrer le tableau de sa famille unie, elle distribuait volontiers à sa mère et à ses sœurs les meilleurs tirages. Nous y sommes généralement souriants. Quand ma mère est parmi nous, on la voit souvent au milieu, une main sur l'épaule de celui de ses enfants qui est devant elle ou à côté. De toutes les photos de famille, il y en a une que je déteste. Elle a été prise sur la plage désertique de sable fin d'une toute petite île au large de Quiberon, Houat. Nous étions trois de mes frères, mes deux petites sœurs et moi en promenade avec ma mère et une de mes tantes. La vue d'une épave rongée par les éléments et échouée là depuis des années a inspiré ma mère pour faire des photos. Et tous de poser avec des sourires sur commande. Une idée qui m'a paru saugrenue lui a traversé l'esprit. Elle a demandé aux trois garçons de se mettre à quatre pattes sur le sable et aux trois filles de les monter à califourchon comme des baudets. Maud, ma toute petite sœur, était sur le dos de Fabien, Solange, l'avant-dernière, sur celui de Pierre, et moi, les pieds traînant par terre bêtement, sur celui de Marcel. Je ne sais plus si j'ai souri, mais c'est probable, puisque j'étais en flagrant délit d'obéissance. Je n'avais pas intérêt à faire rater la photo en faisant mauvaise figure. Plusieurs en ont été distribuées aux proches de la famille. Quelque chose me révolte quand elle tombe sous mes yeux. Les démons de mon secret prisonnier se mettent à ruer, cognant mon cœur sans pitié. J'ai déchiré l'exemplaire qu'on m'avait donné.

30

LA réaction de Sophie a été si spectaculaire quand je lui ai parlé des États-Unis que je n'ai plus hésité à commencer mes démarches.

— Sans blague ! Mais qu'est-ce qui vous prend ?

— Je stagne ici, et ça me fera le plus grand bien. Je parlerai bien l'anglais à mon retour.

— Vous êtes une véritable savonnette, vous !

— Je sais, on me l'a déjà dit.

— N'empêche que vous avez de la chance de pouvoir

faire ça... dit-elle avec une soudaine mélancolie. Mais où habiterez-vous ?

— J'ai une vieille tante à Boston qui a une fille dans le New Jersey.

— Veinarde ! Et après vous viendrez vous plaindre d'être d'une famille nombreuse !... Quand même, vous avez drôlement raison d'en profiter, tant que vous n'avez pas d'obligations... Et quand comptez-vous partir ?

— A l'automne. Quand j'aurai bouclé mon année ici.

— ... Moi qui ai tant rêvé de faire une chose pareille ! J'espère que vous m'écrirez, ma petite Maimaine. Vous me raconterez vos impressions ! J'ai hâte de vous imaginer avec votre air de fendre les flots, tout effrayée dans New York. J'y suis allée avec mon mari il y a deux ans. Nous avions un mois pour faire le tour des États-Unis. Vous parlez d'un marathon. J'ai adoré l'Amérique ! Quand même, c'est dommage de faire ce voyage seule. Vous n'avez pas peur ?

— Non.

Sophie m'a regardée presque béatement : « Vous, alors... » Ça m'a fait un grand bien. Maintenant elle savait que je ne me soumettais pas et je ne la craignais plus. En moins de temps qu'il ne fallait pour le dire, notre complicité revint additionnée de je ne sais quoi de nostalgique car le compte à rebours était commencé. J'étais toute à mes préparatifs de départ et l'œil envieux de Sophie me dynamisait.

Je suis allée trouver Monsieur Marais qui m'a reçue avec un grand sourire. Pour ne point paraître trop loufoque, je lui ai dit avec le plus grand sérieux que ce salon m'avait ouvert les yeux : tant que je ne parlerai pas couramment l'anglais, je n'avancerai pas dans mon travail. Il y a beaucoup de possibilités pour qui parle une langue étrangère et j'ai commencé des démarches pour préparer un voyage de plusieurs mois aux États-Unis. Peut-être même un an.

C'est la première fois que je suis devant lui sans rétrécir. Je me sens calme, j'ai la certitude de lui ôter une épine du pied. Je n'aurais pas supporté de me faire licencier à la première occasion. Dans ma fuite, je retrouve presque de la sérénité.

Même s'il n'en croit rien, Monsieur Marais se montre encourageant. Il est protecteur.

— Est-ce que vous savez où vous allez, là-bas ?

— Oui, j'ai de la famille.

— Vous en avez partout, ma parole !... Et qu'est-ce que vous ferez, une fois arrivée sur l'autre continent ?

— J'ouvrirai grands mes yeux et mes oreilles. Et puis j'écrirai, monsieur.

Il me donne encore son large sourire qui me fait du bien et que je prends pour la première fois sans vaciller. Je suis devant lui, accoudée à son bureau, devisant tranquillement. J'ai détaché de moi l'angoisse qu'il représentait, en lui annonçant mon départ. J'ai rattaché autre chose en recevant son sourire. J'ai envie de m'installer pour le reste de la journée dans son bureau en gardant cette humeur. Je lui dis :

— Voilà, Monsieur Marais, je me suis si bien plu dans votre équipe que je ne peux partir qu'avec la certitude que vous me reprendrez à mon retour. Est-ce possible ?

— Mentionnez-le dans votre lettre de démission et, dans la mesure des postes vacants, je vous reprendrai.

J'ai envie de lui sauter au cou. J'ai envie de lui promettre qu'en quelques mois je vais m'améliorer et qu'il ne regrettera pas sa parole. Et puis j'ajoute enfin :

— Vous savez, quand j'arriverai à entrer dans votre bureau sans pleurer, on aura gagné la partie ! ce qui le fait rire. Du coup, je lui donne des conseils pour décorer son bureau.

— Vous devriez avoir de belles plantes vertes et des tableaux qui donneraient de la vie à vos murs ! Elle n'est pas passionnante cette grande photo du Parc des Expositions vu d'avion, Monsieur.

— Je vais y penser, dit-il.

Brusquement, je me sens chez moi dans ces murs. Je jette un coup d'œil à la porte du petit réfrigérateur qui est dissimulé, invisible, parmi les autres portes du meuble de rangement. Moi, je la connais.

— Vous verrez, Monsieur Marais, personne ne servira aussi bien que moi vos invités ! Vous verrez que vous finirez par me regretter !

J'aime bien le regarder rire.

31

ILS avaient raison, tout est différent dans les rapports après un salon. Nous étions comme un équipage qui s'est parfois battu pendant une traversée mais qui malgré tout est resté dans le même navire, essuyant les mêmes tempêtes, enregistrant les mêmes souvenirs. En revenant fourbus au siège du Comité des Expositions de Paris, nous avions déjà une nostalgie d'anciens combattants. Je faisais enfin partie du groupe. Surtout depuis mon entretien avec Monsieur Marais, et paradoxalement parce que, par ailleurs, je ne me sentais plus des leurs. Je réalisais que depuis plus de huit mois, je vivais, au rez-de-chaussée de l'hôtel particulier du Comité des Expositions de Paris, une vie de famille. C'était bon d'en partir en sachant que j'allais y revenir.

Comme je n'avais plus peur, j'étais détendue avec Sophie à nos petits déjeuners. C'est ainsi que nous réglâmes sérieusement nos comptes.

— Je vais vous dire le fond de ma pensée, sale rouquine, me dit Sophie avec tendresse et fermeté. Je suis contente que vous partiez. Vous êtes un élément perturbateur dans le service. C'est passionnant de rencontrer quelqu'un comme vous, mais c'est épuisant. Vous n'avez d'yeux que pour ce qui ne va pas et au moment où on a le plus besoin de se concentrer pour regrouper ses forces et réussir un coup, vous cassez la baraque d'une réflexion cinglante. Vous vous mettez en position de rivalité là où il n'y en a pas et vous avez toujours peur d'être noyée dans la masse. Je crois finalement que même une amitié avec vous doit être terrifiante. Je vais vous dire, moi, ce que vous êtes. Vous êtes une brebis galeuse, ma p'tite Maimaine... Et à mon avis, pas seulement dans la vie de bureau !

Pour une fois ce que me dit Sophie ne m'a pas révoltée. Je savais intimement qu'elle disait vrai. Elle ne faisait que toucher du doigt ce qui en moi me faisait le plus peur, cette incapacité à me fondre dans un esprit de groupe, à me conformer à la pensée et au mode de vie des autres. Sophie regardait lucidement ma solitude. Heureusement que je partais bientôt, je n'aurais pas su reprendre le collier à la rentrée.

De mon côté, avec la même tendresse et la même fermeté, je lui ai reproché son inadmissible méthode d'intimidation, son impudeur à étaler ses prétendus problèmes d'argent devant un auditoire qui n'avait pas, comme elle, un cheval, une maison de campagne, deux voitures, et un appartement à Élysée II. Et je lui ai dit que le personnel du service de Monsieur Marais n'avait plus de respect pour elle, seulement de la crainte. On l'avait trop vue tourner sa veste.

Toutes deux, le nez dans notre bol, nous gardons un moment le silence. Tout cela est vrai. Nous le savons l'une comme l'autre. Mais pourquoi, me dis-je, Sophie qui est odieuse arrive-t-elle à s'insérer dans la société ? Comment fait-elle pour vivre entourée de tant d'hostilité ? Comment fait-elle pour jongler avec les individus sans craindre la vengeance ?

— Mais, faut pas croire, rouquine, je la crains. Seulement tout cela est un sport pour moi. J'en ai besoin. J'ai été dix ans dans le show-business, et là, personne ne faisait de cadeau. Il fallait faire attention à chaque pas de ne pas marcher sur la peau de banane qu'on avait gentiment balancée sur votre parcours quotidien et il fallait sans cesse recréer le contact avec ceux que vous aviez fait fuir quand ils vous gênaient.

— Quand même, Sophie, vous avez vite le tournis pour les beaux titres, les pedigrees superbes et la particule, sans oublier que l'argent parle plus fort que tout le reste.

— Je sais bien que tout ce qui brille sera toujours de l'or pour moi. Je me connais, vous savez... Pour du clinquant, je peux passer à côté de la qualité. J'en souffre parfois, mais je sais qu'il en sera toujours ainsi.

Je l'écoute bouche bée. Sophie me donne sa vérité dans une belle simplicité, elle qui aime le tape-à-l'œil. Je la trouve grande subitement. Je suis au seuil, jamais encore dépassé, où l'amitié exige en retour que je me livre, moi aussi. J'en suis incapable. Oserai-je lui dire maintenant mon secret ? Le vrai, le seul, qui est resté au fond de ma conscience et qui me taraude parfois à me faire frôler la folie ? J'ai trop peur de voir Sophie reculer d'un seul pas, horrifiée. Je pressens qu'elle ne le ferait pas, mais il y a tout de même un doute et c'est suffisant pour me taire. J'ai toujours préféré perdre mes amis à ce stade-là de la rencontre, ou même avant, plutôt que d'imaginer les perdre après avoir parlé.

32

« VOUS êtes une brebis galeuse... »

Sophie avait touché ma honte, mon mal, ma solitude.

« ... Et pas seulement dans la vie de bureau. » Avait-elle deviné aussi mes amours ?

Mon premier amant, Charles, a été un homme avec qui ma mère avait eu une amitié amoureuse pendant des années. Elle en parlait avec des mouvements de coquetterie, des demi-sourires, des regards espiègles depuis ma plus tendre enfance. Il était cousin issu de germain de mon père et coureur de jupons notoire. Ancien aviateur, il portait une cicatrice au front qui me faisait peur jadis. C'était ce qui lui restait d'un accident d'avion dont il était sorti vivant ainsi que son co-pilote, on se demande encore comment. Cela n'avait fait qu'augmenter son prestige à la maison.

A la manière dont ma mère parlait de lui, je me sentais le droit d'être coquette, moi aussi, devant lui, en grandissant. Il me flattait gentiment et je prenais cela au sérieux. Puis, de seize à vingt et un ans, je ne l'ai plus revu, il était outre-mer avec sa famille. A vingt et un ans, déjà lourde de mes échecs sentimentaux avec François et les amis de Châteaubois, n'osant pas m'abandonner dans les bras d'un homme, j'ai tout de même décidé qu'il fallait que je devienne femme, sous peine de me figer dans cette peur de l'homme et par conséquent de gâcher ma vie. Mais qui choisir ? La question ne s'est pas posée longtemps pour moi, quand je suis rentrée un soir à la maison et que j'ai revu Charles. Il précédait de six à huit mois sa famille qui devait achever l'année scolaire là-bas, et il devait trouver un logement pour les attendre.

C'est presque à la minute où il m'a embrassée avec un empressement flatteur et sans ambiguïté, que j'ai décidé qu'il serait mon premier amant. « C'est la plus belle de tes filles », disait-il à ma mère qui nous regardait interdite nous enlacer. Et il félicitait mes parents en riant comme toujours. « Tu es toujours le même, un jupon passe à ta portée et te voilà tout frétillant... » dit ma mère. « Non, il n'a pas changé », dit mon père qui servait les apéritifs.

Charles ne savait pas que s'il plaisantait, moi pas. Mes parents ne se doutaient pas que si je jouais en leur présence un rôle de courtisée qui en rajoute dans ses transports comme dans une mauvaise pièce, c'est que précisément, je cachais ainsi le vrai rôle que je me destinais. Il ne m'est pas venu à l'esprit que Charles pût refuser son rôle, lui, devant ma détermination. Le lendemain, à califourchon sur mon vélosolex, je l'attendais à la sortie de son bureau. Nous commençâmes une série de sorties qui se terminaient sagement chacun chez soi. Lui dans sa chambre d'hôtel, moi dans l'appartement vide de mes grands-parents Mauduy, au boulevard Saint-Michel. Il hésitait à me rendre le service que j'attendais de lui. Il préférait me connaître un peu plus pour être sûr de ne pas me faire du tort. C'était rassurant. Au bout d'un mois, décidé, il retint une chambre dans un très bel hôtel près de l'Arc de Triomphe, et terrifiée, je fus prise pour lui d'une haine qui ne le fit que sourire. Nous dînâmes chez Roger la Grenouille, un restaurant où la paillardise, affectée par le patron, acheva de m'effaroucher. La gorge nouée, déterminée à en finir avec mes hésitations, je me laissai emmener près de l'Arc de Triomphe. Charles m'avait promis qu'il ne me forcerait pas, si au dernier moment la peur était plus forte.

Le lendemain, j'étais heureuse. Non pas d'être amoureuse, je ne l'étais pas, mais de pouvoir me dire que j'étais comme les autres femmes désormais. Que j'avais passé la nuit près d'un homme qui s'était montré très délicat et attentif. J'en éprouvais une sorte de joie. Du coup, j'écrivis à mon père une lettre pour le rassurer sur mon destin de femme. Une lettre où je lui disais que j'avais été initiée proprement et dignement. J'avais dans l'idée que des parents devaient se faire un grand souci pour leurs filles quand elles abordaient leur vie de femme. Comme ma mère m'exaspérait, c'est à mon père que j'ai écrit. Je ne pouvais pas ne pas le faire. Que mes noces clandestines soient tout de même une joie. Je ne nommai pas mon partenaire.

Il fut vite question d'une deuxième fois, mais ma peur revint, et avec elle, mon caractère revêche. Charles riait de mes sautes d'humeur et cela me vexait. Notre véritable plaisir partagé, c'était de nous retrouver au milieu de ma famille, dans la maison de mes parents en banlieue, et de parler à mots à peine couverts de notre liaison. C'était si clairement dit et affiché que ça ressemblait à un jeu. Seuls Pierre et Fabien étaient dans la confidence. Je sais aujourd'hui que si mon père n'a rien deviné, ma mère, elle, a fini par pressentir la nature exacte de nos liens. Surtout après le jour où Charles a quitté le salon où tout le monde était réuni, pour me rejoindre dans la salle de bains où je prenais mon bain, après le repas.

Je me détendais en chantonnant et j'ai vu arriver mon Charles qui pouffait de rire. « Je leur ai dit que si tu avais fermé la porte à clé, je redescendais tout de suite, sinon j'en avais pour un bon moment » et sans façon, il avança le bras, le plongea dans l'eau jusqu'à mon corps qu'il caressa, puis il se baissa et m'embrassa longuement. Quand il s'est redressé, sa cravate était trempée ainsi que le bas de sa manche qui avait plongé. « Qu'est-ce qu'ils vont dire ? » dis-je inquiète. « Rien, puisque je les avais prévenus ! » répondit-il et cela me grisa. Nous en avons ri pendant des mois. Et, en effet, je n'ai jamais entendu un écho de l'audace de Charles en cette occasion. Devant tout le monde, d'un air de plaisanter nous avons décidé de prendre l'avion le samedi suivant pour aller à Londres. J'ai été plus excitée de braver le groupe familial où étaient aussi les vieilles tantes de mon père et de Charles, que de me retrouver en tête à tête avec ce dernier à Londres. Seule devant lui, je ne savais pas quel comportement avoir. Je me sentais parfois si tendue, si violemment hostile à notre intimité, que mon caractère cassant nous fatiguait l'un comme l'autre. J'exigeais des lits jumeaux dans les hôtels. Au fond, j'étais triste de n'être pas amoureuse. Au bout de peu de mois, notre liaison s'acheva, laissant place à une amitié qui dure toujours.

Et maintenant le pire à mes yeux était passé, je me croyais apte à aimer. Je ne craignais plus la déception d'une initiation mal faite dans les bras d'un être cher qui, du même coup, me serait devenu beaucoup moins cher.

33

Ce n'est pas un homme, mais deux qui sont devenus mon amour. Tous deux médecins, je les ai connus dans l'exercice de leurs fonctions à cette époque de mes vingt et un, vingt-deux ans où j'étais hospitalisée à tout bout de champ. Un kyste à l'ovaire, un ménisque à ôter, une hépatite virale, l'ablation des amygdales.

Michel était interne dans le service où l'on me soignait pour l'hépatite virale. Il était proche de la trentaine, il était assez réservé et plutôt calme. Il me parlait d'une voix posée avec le souci évident de me rendre la santé, en posant ses yeux noisette (quelquefois verts) sans détour et sans provocation sur les miens. Cette simplicité me chavirait et je ne savais pas comment cacher mon trouble ou bien le lui offrir. Je le ressentais comme quelque chose de très coupable, me sachant probablement capable de saccager quelque chose de précieux. J'avais pour lui un respect instinctif que je n'éprouvais pas pour le chirurgien qui m'avait ôté le ménisque peu de temps avant. Et pourtant, je n'étais pas insensible à la cour que me faisait ce dernier. Je l'appelais Dudu.

Il incarnait tout ce que je détestais dans un grand nombre d'hommes et plus particulièrement dans la classe des « patrons ». Il avait l'âge de Charles, c'est-à-dire presque quarante-cinq ans, il était patron à l'hôpital Bichat, il était bel homme, sûr de lui et autoritaire. Ses yeux bleus pénétrants pouvaient être joueurs et très malicieux, et devenir subitement durs comme la lame d'un couteau pointu et aiguisé. Abrités sous une toison de sourcils épais, ils en avaient l'air plus féroce parfois.

Mais quand il vous adressait son sourire enjôleur, ils semblaient une lumière trouble sous un abat-jour. On se sentait aussitôt invité à partager une intimité suspecte. Et comme en parlant il salivait beaucoup, sa lèvre inférieure qui était bien charnue et gourmande était brillante d'humidité. Au sérieux, cette bouche était dédaigneuse avec sa lèvre supérieure plus mince. C'était insupportable d'être ainsi considérée par un homme qui vous toisait presque comme un acheteur d'esclaves. De plus, s'il n'était pas grand, il avait un corps puissant, musclé, comme un animal combatif. Large d'épaules, le thorax naturellement bombé, il aurait eu l'air d'être taillé pour être bûcheron s'il n'avait eu les mains aussi fines aux doigts élégants comme ceux d'un pianiste. Son être évoquait la forêt plutôt que la salle d'opération, la chasse à courre, les combats singuliers. Sa voix, portant loin sans effort, semblait faite pour appeler d'un versant à l'autre des vallées forestières.

J'ai eu envie de lui apprendre à vivre dès le premier jour. Il entrait sans frapper dans la chambre que je partageais avec une vieille dame qui n'était pas « sa malade » et à qui il ne disait pas bonjour. C'était gênant au possible de le voir passer devant elle comme devant un meuble. Je n'ai pas tardé à le lui dire avec le plaisir que j'ai toujours éprouvé quand je soulignais les torts d'un homme haut placé dans la société. Avec son air supérieur d'animal rassasié, il n'allait pas me narguer longtemps comme ça ! C'était plus fort que moi, pendant les huit jours d'hospitalisation, je l'ai remis en place à longueur de temps, tout en jouant avec ce qui me semblait sauvage en lui, sain comme la vie en plein air, et son appétit sexuel qui était évident. Dans nos rires, il y avait déjà de l'impudeur. Je devenais la femelle qui respire un mâle et qui se laisse respirer.

Mais comme sa force de vie était trop évidente, je me suis contentée de ce petit jeu de regards, de mots ambigus, d'effleurements des doigts, et me suis presque échappée de sa dernière consultation où j'avais tenu à être la dernière patiente, pour pouvoir éventuellement être invitée à dîner. Quand il a formulé son invitation, j'ai triomphé en refusant avec insolence.

Et pourtant le soir, je ne pouvais pas m'empêcher de penser à lui pendant les mois qui suivirent. C'est à l'hôpital Saint-Antoine, dans le calme des entretiens avec l'interne, que j'ai oublié un peu Dudu. J'avais besoin de l'estime de Michel, j'avais besoin du regard qu'il posait sur moi et qui, curieusement, m'ennoblissait. Quand il venait remplir des dossiers ou faire je ne sais quels rapports dans ma chambre parce qu'il s'y sentait bien, j'étais au comble du bonheur. Je redoutais le jour où il me dirait que j'étais guérie.

Quand il arriva, ce jour, je me promis de revenir sous différents prétextes, mais de le revoir. Il devait m'aider à me reconstruire, c'était une évidence pour moi. Et je suis revenue, et il m'a prise un moment contre lui sans dire un mot et je me suis sentie défaillir avec une joie immense percée d'une douleur à laquelle je ne voulais pas prêter attention. Il avait une alliance au doigt. Je l'ai suivi dans sa chambre de salle de garde et j'ai vécu à mes propres yeux une sorte de promotion parce que pour la première fois un homme que j'aimais me prenait. J'ai pensé que son silence était une émotion partagée, mais surtout pas de la distance. En me raccompagnant à la porte de l'hôpital, il me fit part de ses remords et cela me brisa. Je n'avais plus rien à perdre maintenant en me jetant dans les bras du fauve de l'hôpital Bichat, un soir que je m'étais fait de nouveau inviter à dîner.

C'était très excitant d'appartenir à deux amants. J'essayais de rendre jaloux l'interne sans y parvenir, tandis que le professeur Dudu tonitruait de sa voix faite pour la forêt : « Laissez donc tomber cet interne qui se moque de vous ! »

Je voyais plus souvent Dudu que l'interne. Il m'invitait au restaurant, me racontait ses journées de chasse à courre sur son cheval, Oscar, et je l'écoutais taraudée par la jalousie. J'étais jalouse de sa santé, de sa puissance, de son dynamisme. Il me grondait de me satisfaire de mon poste de jardinière d'enfants. Je me sentais méprisée. Il me poussait à reprendre des études. Cela me faisait mal puisqu'il ne me proposait pas de les financer et que je n'avais pas d'argent, pas de logis (je n'avais pas encore acheté mon antre près de la gare de Lyon), et pas de désir bien défini. De quoi ? De réussir. Nous nous disputions souvent. Je le traitais de snob, de goujat, et lui me redisait sans cesse que j'étais folle, que je devais me poser, en commençant par me loger correctement au lieu de dormir une nuit chez les uns, une nuit chez les autres. Et quand je pleurais, il me prenait contre lui en me parlant trop fort.

Je comptais les jours d'un mois sur l'autre en souhaitant avoir un enfant dont je voulais ignorer lequel de mes deux amants serait le père. Je m'imaginais avec un plaisir étrange regarder grandir mon fils et reconnaître de temps à autre telle qualité de l'un, tel trait physique de l'autre, sans pouvoir déterminer jamais sa filiation. L'un et l'autre m'étaient nécessaires, ils étaient tous deux un seul amour.

La ville de Paris était aussi folle que moi, c'était le printemps 1968.

34

EST-CE lié au courrier larmoyant de ma mère qui ne s'adaptait toujours pas à une nouvelle vie de province et à la vacance que lui laissait la majorité de sa marmaille partie du nid ? Courrier qui me rongeait de pitié et d'exaspération. Est-ce lié plutôt à la fureur et à la fièvre des jours passés dans le hall Victor de la Porte de Versailles ? Jours de colère mal contenue. Toujours est-il que j'ai refait ce rêve qui me poursuivait depuis des années dans mon sommeil.

C'est le Moyen Age. Non loin d'un château imposant, se déroule une bataille. Les combattants sont en cotte de maille, casqués et précédés d'un bouclier. Ils ont des lances ou des arbalètes à la main. Le combat a lieu dans un vaste champ de blé et sous un soleil de juillet. Pêle-mêle, les guerriers s'empoignent en de terribles corps à corps. Quelque part je sais qu'un signe distingue sur chacun le camp auquel il appartient et je ne le vois pas. Il m'est absolument impossible de savoir de quel côté je suis. Je sais pourtant que je suis là pour me battre. Perplexe, je cherche en vain le signe qui me fera savoir contre qui je dois guerroyer. Les cris menaçants me percent les oreilles, les coups sur les boucliers me font sauter le cœur dans la poitrine, des voix sortent des casques de fer, je ne sais pas desquels. La bataille bat son plein quand je renonce à identifier le camp dont j'ai dû sortir sans m'en rendre compte.

Je m'allonge sur place dans les tiges hautes où se déroule le combat, en plein milieu des belligérants, et mon champ de vision se réduit au mince filet de ciel bleu sur lequel se détachent abondants et souples des épis de blé mûr et d'éclatants coquelicots ouverts. Ils me cachent presque en entier. Tout près, j'entends distinctement les voix en furie et je vois même parfois passer au-dessus de moi un guerrier pressé d'en abattre un autre. Ils m'enjambent sans me voir et je souris avec la certitude que c'est bien là la meilleure cachette. Quand cessera le combat, il sera bien temps de me relever, personne n'aura vu que je les avais laissés s'entretuer. Je ne sais d'ailleurs toujours pas les raisons de cette bataille. Brusquement, parmi tous les cris, il en est un qui me fait dresser l'oreille. « Brigitte ! où est Brigitte ? Quelqu'un a vu Brigitte ? » J'entends que le combat s'arrête. Des respirations essoufflées m'arrivent aux oreilles. A croire qu'ils expirent tous d'épuisement. « Non, on ne l'a pas vue ! » A l'aplomb de mon regard, se détachant sur un ciel d'un bleu cru, une silhouette dans une armure lance un véritable cri de guerre. « Trahison ! Elle nous a trahis ! Retrouvons-la ! »

Alors, toujours derrière ma muraille de blé et de coquelicots bien rouges, je vois s'unir les adversaires pour me mettre le grappin dessus. Je ne bronche pas. « Il ne leur viendra pas à l'idée, me dis-je, que je suis parmi eux, dans le blé qu'ils piétinent, ne bougeons pas. »

Ils courent de tous côtés, ils hurlent à la trahison, ils me souhaitent tous mille morts, ils frôlent mes cheveux, ils manquent m'écraser les doigts et les pieds, ils m'enjambent en courant sans baisser le nez sur moi. Tous filent soudain dans la même direction ; on me croit partie dans la forêt qui borde le champ de bataille. Peu à peu, j'entends leurs voix qui s'estompent, le calme revient dans ce grand champ de blé qu'une armée a foulé sous les remparts d'un château médiéval. Je souris béate et réjouie, sachant définitivement qu'on ne me cherchera pas là où je suis. Au-dessus de moi, un souffle léger berce les épis de blé et les taches rouges des coquelicots.

Et justement, le coquelicot est ma fleur préférée depuis toujours !

35

MA mère m'écrivait. Elle était malheureuse d'avoir quitté la région parisienne. Fille de marin, que faisait-elle à Grenoble ? Elle se plaignait d'étouffer entre les remparts de montagnes qui encadraient la ville. Et pas même un jardin à entretenir puisqu'ils habitaient au septième étage. Dans ses lettres, elle geignait, se lamentait sur tout. Les deux petites dernières étaient infernales et bien plus difficiles à élever que les huit précédents. Son mari partait tôt le matin pour revenir tard le soir et s'asseoir devant son bureau. Un homme tronc, elle avait épousé un homme tronc ! Les innombrables déménagements que lui avaient imposés la carrière de son mari ou le nombre croissant d'enfants à la maison lui revenaient à la mémoire et elle les énumérait avec amertume. « Ta sœur aînée est née à Lille, la seconde à Béthune, Marcel à Marseille, puis vient la guerre et j'accouche de ton deuxième frère en Bretagne, ensuite Francis et toi à Saint-Germain-des-Prés, puis Pierre et Fabien à la Trinité, et enfin les deux petites à Saint-Germain-en-Laye... Sans compter les déplacements qui n'ont pas été sanctionnés par des naissances, comme notre séjour de deux ans à Londres... »

Lasse, ma mère se disait lasse de suivre son mari, et

moi j'étais lasse de l'entendre nous le dire. Elle n'avait qu'à prendre sa vie en main au lieu de subir. Je le lui disais depuis longtemps, mais elle préférait me chanter sa rengaine et je n'avais plus envie de l'entendre. Je n'avais plus envie de lire son malheur auquel elle semblait si attachée. Et de loin, elle continuait à me demander de l'aider à élever mes petites sœurs. « Si Solange te téléphone, dis-lui de cesser ses fréquentations au bistrot de la place Victor-Hugo, elle se gaspille ainsi que son argent de poche. De plus elle entraîne sa sœur, et Maud n'a aucune défense. Elles fument devant des cafés crème et en compagnie de bandes oisives de galopins du coin. A la maison elles ne m'aident en rien mais savent bien où mettre leur linge à laver quand elles ne le laissent pas traîner jusqu'à ce que je le ramasse. Je suis la bonne de ton père et de tes sœurs. Jamais leurs aînés n'auraient osé se permettre ça... »

C'était amer à lire, c'était lourd, surtout quand elle s'attaquait à d'autres bilans. « ... Si seulement un seul de nos enfants avait réussi sa vie. Mais non ! Vous êtes tous des errants, vous êtes des instables, des invertébrés. Votre père s'en inquiète. C'est aussi dur pour lui que pour moi de ne pas pouvoir lever la tête fièrement devant nos amis et relations qui ont la chance de voir leurs enfants réussir leurs études et leur vie professionnelle. Même vos deux aînées qui commençaient bien se sont arrêtées à la licence. Qu'est-ce qu'on fait dans la vie avec une licence ? Nous n'avons pas eu beaucoup de satisfaction avec nos enfants et je te jure que c'est accablant. Les deux petites prennent fidèlement le chemin des autres et je n'attends rien d'elles. Solange a même l'insolence de ne pas rougir quand on lit sur ses bulletins qu'elle a manqué l'école un jour sur deux. Rien ne l'intéresse et elle stérilise Maud qui ferait peut-être quelque chose si sa sœur ne la menait pas comme elle veut. J'ai honte quand nos amies me disent qu'ils les ont rencontrées en ville. »

La rage me prenait en lisant. Je ne supportais pas de nous voir toujours coupables du malheur de nos parents. C'était insupportable d'avoir le rôle de faire-valoir et de le mal remplir. Tout de même c'était lourd de ne pas arriver à les rendre heureux. Combien de fois ai-je dit à ma mère de divorcer ! de partir en Bretagne où elle est née et dont elle gardait une poignante nostalgie ! Ou bien de rester avec son mari, mais en cessant de se plaindre !

36

QUAND la rage ne m'étouffait pas devant une enveloppe couverte de l'écriture de ma mère, brusquement je fondais, en évoquant des moments que j'ai aimés vivre avec elle.

Parfois je montais au second étage de notre maison du Vésinet où ma mère faisait de la couture. C'était rare, mais il m'est arrivé de la trouver seule, concentrée sur un ouvrage, les grandes travaillant probablement leurs examens dans leur chambre où chez les grands-parents Mauduy au boulevard Saint-Michel, les grands sortis ou bien à la pension, les petits faisant du vélo dans le jardin ou jouant aux petites voitures, les petites faisant la sieste. Ma mère alors devenait ma proie. Il me semblait que tout ce que nous disions était des secrets que nous échangions. Elle me parlait, je l'écoutais. Je lui parlais et elle m'écoutait. Certains jours, je ne tarissais pas, je lui aurais fait la conversation jusqu'au lendemain sans m'arrêter. On m'appelait « la pie jacasse » ou « le moulin à paroles ». Et puis d'autres jours, muette de trop de choses à lui dire, je la regardais avec une telle volonté de la posséder que c'était comme si j'essayais de retourner en elle. Je la respirais tout entière. Elle m'habitait tellement que j'avais l'impression que c'était ma volonté qui commandait ses gestes et les mimiques de son visage. Je justifiais ma présence en brodant assise sur la chauffeuse sous la grande lucarne qui éclairait le palier où nous nous tenions.

J'aimais les travaux d'aiguille et je faisais napperons sur napperons, toujours offerts à ma mère ou à ma grand-mère maternelle. Ma mère peu à peu m'oubliait. Je l'épiais dans sa liberté avec elle-même. Ses traits étaient tendus quand il était question de raccommoder du linge de maison ou nos vêtements. Elle pinçait les lèvres qu'elle avait minces et des sifflements agacés sortaient d'entre ses dents. Quelquefois elle murmurait des mots sévères pour le propriétaire du vêtement. Ses gestes avaient une violence retenue. La machine à coudre grondait d'une façon saccadée. Mais quand elle confectionnait une robe pour l'une de ses filles ou pour elle-même, ou bien une veste pour un des garçons, la couture l'amusait et elle s'y absorbait tout à fait. Ses mains demeuraient calmes. Son respect pour le tissu qu'elle manipulait avec précaution m'enchantait. J'ai toujours aimé les gestes délicats. La couture exige de la précision, de la finesse, de la patience et une certaine adresse, aussi les mains de ma mère prenaient-elles leur temps pour assembler les morceaux et arrondir les biais, ce qui faisait ma joie. Un rythme intérieur s'apaisait en elle. Sa respiration était régulière comme les points invisibles qu'elle cachait sous la ganse de biais pour qu'on ne les vît pas. Ses petites rides habituelles s'effaçaient presque et son front, souvent plissé, se détendait, donnant au regard une légèreté tendre dont j'étais assoiffée. C'était le moment où je l'aimais le plus, quand toutes deux d'un même geste plantions la pointe de notre aiguille dans l'étoffe et la ressortions à peine plus loin, ne retenant que deux ou trois fils de la trame, la respiration calme, le sourire flottant sur nos lèvres, le geste dix fois répété, vingt fois répété, cinquante fois répété, pour n'avancer que de quelques centimètres. Mais quels centimètres ! Leur valeur était sans prix pour moi. Mon cœur battait paisiblement près de celui de ma mère dont je ne craignais pas, en ces moments-là, des emportements subits. Pourvu que la sieste des petites se prolonge encore et encore, pourvu que mes frères ne fassent pas quelque bêtise qui m'arracherait à cette paix, pourvu que la bonne ne demande pas à Madame de lui donner des ordres.

Mon désenchantement était si grand quand le premier pleur d'une des petites sœurs réveillée arrivait jusqu'à nous, que je la regardais, espérant par je ne sais quel absurde phénomène qu'elle n'eût rien entendu et qu'elle demeurât avec moi en harmonie totale des jours et des jours encore. Je rêvais d'une vie ou j'aurais été fille unique. Je n'en disais évidemment rien.

Quand le bébé avait réclamé sa mère, je me précipitais pour la lever, la changer, lui donner son goûter. J'y prenais plaisir en même temps que je soulageais ma mère. J'étais encore avec elle. Pourtant il m'est arrivé d'entrer dans la chambre obscure où se réveillait l'enfant et, prise d'une incontrôlable agressivité, de vouloir l'étouffer sous son oreiller. Je m'approchais du berceau, en fouillant la nuit de la chambre du regard comme ferait un voleur qui épie, et je prenais le petit poignet qui m'était tendu. Je le portais à ma bouche et le mordais passionnément à travers sa manche pour qu'on ne vît pas les traces. D'abord je serrais doucement la mâchoire, puis j'y allais un peu plus fort de mes dents exaspérées, puis plus rien ne m'arrêtait, je voulais lui emporter un morceau de chair. Un cri strident me rendait la raison. Mon Dieu, qu'ai-je fait ? Je regardais sous la manche la marque rouge que je frictionnais repentante et pleine d'amour. Je prenais l'enfant dans mes bras, je la consolais en l'embrassant tout aussi passionnément que je l'avais mordue.

Il est arrivé que ce soit le soir, en couchant la petite, que maman m'ait administré une bonne paire de claques quand le bras nu du bébé lui avait présenté innocemment les marques de mes dents qui ne s'étaient pas effacées. Ce n'était pas toujours moi qui l'avais mordue, Pierre et Fabien avaient parfois les mêmes élans incontrôlés. Solange était particulièrement appétissante.

Le temps du sommeil des petites sœurs, j'avais connu un bonheur ineffable et les paroles que nous avions échangées, ma mère et moi, m'avaient rassurée pour un temps. Oui, elle m'aimait, oui, nous nous entendions à ravir, toutes deux, non elle ne pouvait pas regretter de m'avoir donné le jour.

37

LA nuit, souvent je réveillais mes parents par des hurlements. Je faisais des cauchemars. Je ne me réveillais tout à fait que sur les genoux de ma mère qui était souvent flanquée de son mari immobile et muet comme une statue. Sa présence me gênait.

— Qu'est-ce que tu as, mon tout petit, disait ma mère alarmée et tendre, qu'as-tu donc rêvé ?

Je n'osais pas lui raconter cette forêt sous un ciel d'automne, cette forêt humide comme après la tempête, cette forêt au sol boueux et aux chemins creux perforés de miroirs informes où se reflétaient des branches, des feuilles et des nuages plombés. Comment lui dire que j'étais perdue, éclaboussée de boue sur ce chemin, appelant Bivon ? Comment lui décrire la terreur que j'avais de ce sanglier qui fonçait sur moi dans un bruit de galop très lourd ? Ma mère aurait-elle compris que le pelage de cette bête trempée de sueur, roulant sur des muscles puissants, était tout ce qui pouvait me dégoûter le plus ? Pour cela il aurait fallu lui parler de mon secret. On ne pouvait rien comprendre sans le connaître. Comment raconter le duel que je livrais munie d'un gourdin ? Et comment expliquer que mes forces s'épuisant, je cherchais du regard la cabane d'un bûcheron dans l'horizon restreint qui m'entourait ? Quand enfin blessé, le fauve à mes pieds, gémissant sous la douleur d'un coup fatal, m'inspirait subitement une infinie pitié, comment pouvais-je dire à ma mère que je voulais le transformer en un animal domestique ? Pouvais-je transposer dans la réalité le ton de ma voix qui s'adressait à la bête blessée, lui expliquant que si elle ne m'avait pas attaquée, je ne lui aurais fait aucun mal ? Pouvais-je lui dire, à cette mère, combien je me sentais coupable et sale d'avoir rêvé cela ? Sans rien savoir de l'interprétation des rêves, je reconnaissais dans celui-ci qui revenait périodiquement, l'empreinte de mon écrasant secret et il n'était pas question d'en dire un seul mot à quiconque.

— Dis à ta maman, ma chérie, n'aie pas peur, soufflait ma mère en me berçant sur ses genoux dans le silence de la maison endormie. Mais je restais muette, coupable, et recroquevillée contre sa poitrine. C'était tout de même très agréable.

Peu à peu, je cessais de pleurer et on me recouchait. De nouveau seule dans la nuit, je priais Dieu de ne plus m'envoyer de cauchemar.

38

L'AMERIQUE...

Dans l'avion, j'avais de violentes sensations d'aventurière très audacieuse. J'étais contente de moi, héroïne de je ne savais quel combat ni quelle épreuve, entre ciel et terre au-dessus de l'océan dans une nuit d'encre. Je ne dormais pas, je ne voulais pas dormir.

Le front contre le hublot, je savourais ma solitude en murmurant le mot « partir ». Je le mâchonnais comme un chewing-gum que l'on a dans la bouche depuis des heures et que l'on oublie même parfois, mais que l'on se remet à mastiquer sans s'en rendre compte de temps en temps. C'était une griserie. La même que celle que j'avais connue, enfant, quand je quittais pour toujours une école, et plus tard, quand je donnais ma démission. Partir était un exploit en soi.

Un mois dans le New Jersey commença à me sembler long. J'étais à une heure de New York, dans une banlieue résidentielle où l'été indien empourprait chaque jour davantage les jardins. Je m'ennuyais dans une famille où il ne se passait rien. Le père tous les soirs s'endormait devant la télévision, la mère, ma cousine, corrigeait en fin de journée les copies de ses élèves après quelques menues tâches ménagères dont elle se plaignait constamment, ses filles ne mettant pas la main à la pâte, vautrées qu'elles étaient à longueur de temps dans le canapé d'un salon sans caractère ni charme. Parfois elles avaient un livre en main. Je proposais de faire la cuisine, mais on me disait que c'était trop de travail et que nous mangerions des sandwiches ou bien un plat très simple. Je me rendais alors utile en tondant la pelouse, ce qui leur économisait quelques sous, ainsi qu'ils me le faisaient remarquer.

J'ai voulu marcher dans les rues calmes de cette belle banlieue, mais j'ai vite compris que j'étais un objet de curiosité. Derrière les fenêtres, on me regardait passer et je me sentais gênée. Ce n'était pas dans les habitudes. En Amérique, on va en voiture même pour faire deux cents mètres. Voilà pourquoi les rues ont si peu de vie, bordant des jardins sans murs ni haies pour protéger du regard, ou simplement protéger les enfants du danger de la circulation. Alors il n'y a personne dans les jardins, sauf pour tondre les pelouses le samedi. Partout des écureuils à peine sauvages que je prenais plaisir à photographier.

En un mois, j'ai eu le temps de tricoter un immense châle au crochet.

Mon deuxième mois s'est passé à Boston. J'aimerais retourner à Boston. Par ma vieille tante, j'ai fait la connaissance d'un jeune professeur de français avec qui j'allais beaucoup au cinéma, dans les musées et au concert. Il m'a fait aimer la ville et participer à des activités de son école. Je ne voyais pas passer les jours et je dormais pour la première fois de ma vie d'un sommeil profond huit à dix heures par nuit sans somnifère.

Mais justement. Je commençais à trop m'y plaire, dans la Nouvelle-Angleterre, aussi était-il temps de partir. L'or des arbres était remplacé par du givre et le tapis de feuilles mortes sur les pelouses était blanchi de neige. On ne voyait plus d'écureuils.

Partir... Je commençais de nouveau à mâchonner mon verbe favori. C'est ainsi qu'à la mi-décembre, je me trouvai au matin dans la gare des bus « Greyhound » qui sillonnent nuit et jour le continent nord-américain. Dans le hall, on annonçait des départs pour les villes lointaines qui n'avaient été pour moi, jusqu'alors, que des points de départ ou d'arrivée d'une conquête de l'Ouest imaginaire. Les bandes dessinées de ma jeunesse étaient truffées de ces noms et ils n'avaient pas de réalité pour moi. C'était des noms pour films de cow-boys, pour conversations décousues entre gamins qui rêvent de conquêtes de l'Ouest au fond de leur jardin de banlieue parisienne. J'entendais nommer Memphis, Saint Louis, Miami, Chicago, Oklahoma City, Atlanta et bien d'autres villes qui avaient leur place dans les illustrés de ma jeunesse.

Mon sac à dos aux épaules, ma liasse de billets d'autobus valable pour deux mois dans les mains, je me dirigeais vers celui qui partait pour New York incessamment. Mon ami m'accompagnait et j'en ressentais une douce chaleur au cœur. Quelqu'un me regardait partir en agitant la main. Quelqu'un allait presque me donner du regret de continuer ma route pour je ne savais où. Nous nous étions promis de nous revoir quand je repasserais à Boston et ensuite en France quand il y viendrait. J'aimais me retourner au moment où l'autobus quittait la gare. Une silhouette debout me regardait et je lui envoyais mes messages d'amitié par de grands gestes à travers la vitre bleutée que l'on ne pouvait pas baisser.

De nouveau je partais.

Le front appuyé sur la vitre, j'ai roulé d'abord vers le Sud, espérant avoir assez de courage, assez d'argent, assez de curiosité, pour me rendre dans le pays où est né le jazz. J'espérais que dans chaque ville je rencontrerais quelqu'un comme ce garçon de Boston. Avant de me rendre en Californie, comme prévu, avant de toucher enfin l'extrême Ouest, je pensais me faire ensorceler par le Sud. Je présumais de mes forces. J'avais imaginé ma curiosité. Elle était presque égale à zéro. J'avais peur, trop peur des inconnus et de l'inconnu. J'étais dans la position de la personne qui s'est jetée tête baissée très exactement dans tout ce qui la terrifie. Moi qui étais partie triomphante, j'étais ridicule, pleurant sur le trottoir d'Atlanta et me demandant où j'allais bien pouvoir dormir. J'étais plus ridicule encore en me dirigeant vers la première église, comme une bonne Bretonne que je suis, pour demander si on ne connaîtrait pas une famille qui me recevrait juste pour la nuit. Je me moquais de moi-même, en ravalant mes pleurs et mon angoisse. C'était bien la peine d'en avoir tant dit sur la calotte et les maisons pointues ! Non, le prêtre ne connaissait pas de famille, mais par contre, il me recommandait l'école d'infirmières Saint-Joseph. Il pensait qu'il y aurait de la place puisque c'était les vacances de Noël. Je n'avais qu'à y aller, il m'annoncerait par téléphone.

Ce n'est pas un jour ou deux que j'ai passés à Atlanta, mais presque deux semaines. Quelques élèves infirmières de garde insistèrent pour que je reste et m'invitèrent dans leur famille quand elles étaient de repos. On me proposa de rester au moins jusqu'aux fêtes, car il n'était pas question pour eux que je les passe dans un autobus, comme je l'avais pensé. Ils s'y opposaient farouchement et je me laissai faire.

J'écrivis à Sophie et à Monsieur Marais, ainsi qu'à ma famille. J'étais évidemment la bravoure même. Il fallait qu'on m'admire. Jamais je n'aurais osé leur dire que j'ai passé le plus clair de mon temps à faire du tricot avec les filles de l'école Saint-Joseph. J'ai appris le macramé et des points de crochet dans la ville de l'audacieuse Scarlett. Vissée sur place par ma peur, je ne quittais pas le sécurisant pensionnat d'élèves infirmières, sauf pour aller chez elles quand on m'invitait.

Plus qu'un rapport sur mes activités qui étaient sans relief, c'est un rapport sur mes impressions que j'envoyais régulièrement à Sophie. Je divaguais dans mes lettres où j'apprenais à la tutoyer. Je l'imaginais dans des situations comiques et le lui écrivais. Je lui faisais prendre avec moi des menus arrosés de Coca-Cola et j'en riais toute seule. Je la jetais au milieu d'un attroupement de Noirs pour demander son chemin dans le piètre anglais qu'elle possédait et je l'invitais à ouvrir grands les yeux quand j'ai repris la route, car nous passions un fuseau horaire et que je ne voulais pas la voir s'étaler de tout son long en se prenant les pieds dedans. Seule devant le papier, le stylo dans une main, un verre de Coca-Cola dans l'autre, je trinquais parfois avec un cendrier ou une chaise à la manière de Sophie qui répète « à la tienne » comme une femme saoule. Tout au long de ce voyage, quand je n'avais pas l'angoisse pour m'étrangler, c'est avec Sophie que j'ai ri. C'est d'ailleurs aussi à elle que je racontais mes frayeurs.

A Monsieur Marais, j'écrivais exprès au stylo rouge sur des feuilles quadrillées car ça ne se fait pas. Je savais que s'il passait outre cette incorrection, c'est qu'il aurait pour moi une réelle sympathie. Il répondrait à mes vœux.

Quant à mes parents, plus je m'en éloignais, plus je

les aimais. Je leur rédigeais des lettres de plusieurs feuillets où j'essayais de me faire pardonner mes excès en tout genre. J'avais des remords d'avoir tenté de les séparer. Je les remerciais d'être comme ils étaient, je faisais tout mon possible pour me disculper de cette faute très ancienne qui m'avait à jamais rendue coupable devant eux et qu'ils ignoraient. Je leur donnais mon point de vue sur l'Amérique avec une austérité qui ne pouvait que leur plaire, j'en étais convaincue. Mes jugements étaient sévères et tranchants. J'étais sûre de n'en avoir que plus de valeur à leurs yeux.

J'écrivais mon courrier à longueur de journée.

39

JE m'habituais au ronflement du moteur de l'autobus, mais pas à l'inconfort. Le besoin de détendre mes jambes m'aurait presque fait crier, au bout de quelques heures. J'attendais la prochaine station en imaginant les sautillés sur place que je ferais, les petits tours de la gare au pas de course, et même j'envisageais de m'étendre par terre un moment pour savourer la position horizontale qui me semblait le comble du bien-être. Mais à la station, j'étais incapable de descendre en laissant mes bagages dans le bus. Et puis, j'avais peur. Si le chauffeur démarrait pendant que je faisais mon tour de gare ? Et si des inconnus se mettaient en travers de mon passage, pour me faire une mauvaise plaisanterie, et que, prise de panique, je me mette à hurler ou au contraire à me renfermer au point de leur suggérer les pires méfaits ? Ma peur me clouait sur mon siège que j'essayais d'incliner au maximum. Mais le dossier ne s'articulait que de quelques degrés.

Dans un demi-sommeil, quand je sentais le ronflement du moteur qui crevait la nuit et l'espace américain du bruit de sa puissance, je me voyais, sur l'écran de mes paupières closes, prendre la place du chauffeur et rouler droit sur l'Ouest à une vitesse qui allait s'accélérant. Je survolais presque l'immensité plate du fin fond du Middle West, ivre de vitesse. Je me rendais sur la terre promise de mes rêves de jeunesse partagés avec mon second frère, Ischelaz. Je venais toucher nos rêves, je venais les tuer. Roulant presque avec rage, j'avais le sentiment que doit avoir celui ou celle qui commet un crime passionnel. En tuant, il se soulage du poids des chaînes que vous a mis la passion au cœur, et il se déchire de cette séparation pour l'éternité.

Je tuais une mythologie qui avait alimenté des années une passion servile, absolue. Ischelaz, je l'avais trop aimé. Toute mon adolescence je l'ai nourrie de lui et de ses aberrations. J'en étais sûre, moi, qu'il était le plus fort. J'en étais sûre, quand je le voyais marcher à dix-sept ans dans les rues du Vésinet comme en plein Arizona coiffé de son feutre blanc de cow-boy, ceint de son large ceinturon de cuir qu'il avait sculpté lui-même et auquel était pendu sur le côté un colt sans cartouches qu'il s'exerçait à dégainer plus vite que son ombre, chaussé de lourdes bottes qu'il cirait méthodiquement le soir. J'en étais sûre qu'il ne craignait personne. Dans le jardin, je l'ai regardé des heures faire ses exercices. Il étudiait l'assise de son buste sur ses deux jambes bien moulées dans le blue-jeans, il fredonnait pour lui seul des airs mélancoliques et plissait les yeux en entrouvrant la bouche comme un cow-boy gêné par le soleil qu'une caméra prendrait de trois quarts pour le rendre encore plus séduisant. Brusquement, il dégainait son arme. Il n'était jamais satisfait de sa rapidité, alors il recommençait, dix fois, vingt fois. Il faisait aussi sa gymnastique. Il soulevait des poids de plus en plus lourds. Il musclait ses abdominaux par des pompes chaque jour, ainsi que des équerres à la branche de notre if qui était juste à sa hauteur. Baignant dans sa sueur, il soufflait régulièrement, puissamment et méthodiquement. Il était beau en toute circonstance. Il me parlait peu, il se laissait adorer. Souvent, il faisait des vocalises et répétait comme pour une tournée de chant. J'en étais sûre, moi, qu'il devait connaître la gloire, si seulement il allait se présenter à n'importe qui du monde du spectacle. Quand il s'isolait dans sa chambre ou dans la cave, c'était en général pour peindre ou pour sculpter des ceintures de cuir ou des pièces de bois récupérées dans de vieux meubles plus ou moins cassés. Il avait entrepris de faire un jeu d'échecs et les premières pièces étaient magnifiques. J'en étais sûre, moi, qu'il pouvait ouvrir une galerie où il aurait exposé ses œuvres. Ischelaz ne pouvait que triompher.

Ischelaz le ténébreux, Ischelaz le cancre, Ischelaz le fou n'a jamais triomphé. Il est le dieu déchu de toute sa famille. Sa honte, il la vit en rampant devant tout le monde. Il voudrait se faire pardonner. Pardonner quoi ? D'avoir déçu ses parents depuis son premier âge. D'être né juste neuf mois après la fête de sa mère et de n'avoir pas été un cadeau. De n'avoir pas réussi un seul examen. D'avoir laissé en plan presque tout ce qu'il avait commencé. On n'a jamais vu en entier son jeu d'échecs, et il a devancé l'appel pour aller en Algérie alors qu'il était dans une école de dessin. Ischelaz a refusé l'amour. Moi qui prenais ça autrefois pour une force, je le plains aujourd'hui, sa vie conjugale n'est qu'une suite de malheurs. C'est de la pitié qu'il inspire et c'est pis que tout. Pour m'en détacher tout à fait, j'ai dû toucher le pays de nos évasions rêvées, là-bas, en Amérique.

L'autobus n'allait pas assez vite. J'aurais voulu conduire un véhicule plus puissant et plus rapide. J'aurais écrasé les fantômes de pierre qui se dressent en plein Arizona, je les aurais fait voler en éclats, j'aurais àplati les montagnes qui me séparaient encore du Pacifique, autre immensité que je voulais toucher à l'heure du couchant pour un autre rendez-vous. Là-bas, sur la frange d'écume, à la pointe d'un rocher, quelqu'un m'attendait. C'était l'accomplissement d'un rite presque sacré. De sa Bretagne, quelques heures plus tôt, la cousine de ma mère aura levé le regard vers l'astre de feu, m'adressant un indéchiffrable message que je viendrai recevoir dans le plus grand recueillement. Françoise, autre amour de ma jeunesse, demeurait toute ma force de vie. J'avais rendez-vous avec le couchant en face d'un autre océan. Je vivais cela par anticipation dans la demi-conscience du mauvais sommeil. Je me préparais à écrire mon livre. Je laissais derrière moi les maillons d'une chaîne qui m'avait asservie. Ce mot « partir » était magique. Il m'allégeait. Mon vrai rendez-vous, en fait, c'était avec l'écriture. Quelque part en Californie, je me donnerais totalement sur les pages blanches. J'avais décidé de commencer par mon histoire d'amour avec Françoise et je me trouvais très audacieuse d'envisager de l'écrire. Je n'avais encore jamais osé poser les mots qui correspondaient à mes sentiments sur une feuille blanche. Ils me bouleversaient et me semblaient terriblement impudiques. Des années après, je m'en sentais encore profondément coupable. Aussi loin que remonte mon souvenir, je suis coupable d'aimer, je dois me cacher pour aimer et je dois me taire. Ne rien montrer et ne rien dire. C'est déjà mal d'être amoureuse de son frère à quatorze ans, c'est très mal de l'être de sa tante à dix-huit. Alors, quelle aurait été ma condamnation si j'avais parlé de mon secret ? Partir... Il fallait partir depuis longtemps... »

J'avais follement désiré me perdre dans le Nouveau Monde aux dimensions illimitées, n'est-ce pas ? Hé bien, ma tête monstrueuse, si gonflée fût-elle, n'en touchant pas les limites, je me mis à désirer me mouvoir dans les sages proportions de mon cher hexagone et surtout dans le département du Morbihan hors duquel je me demandais comment on pouvait aimer la vie. Moi qui avais rêvé d'espaces infinis, c'est en plein Middle West que je me suis inventé cette fameuse maison bien enclose dans son jardin protégé par un haut mur de pierre comme un vieux presbytère. Tout était trop vaste en Amérique et j'y étais trop seule. J'eus de la compassion pour Sophie qui était seule au monde sur cette terre avec un mari et une petite fille. Je me demandais comment on pouvait vivre sans parents, sans frères ni sœurs, sans oncles ni tantes, sans une multitude de cousins et de cousines. L'évocation de ma famille me rassurait. J'avais beau en avoir parfois terriblement peur, je pensais à ce moment-là qu'il valait mieux être issu d'une famille nombreuse. Je n'étais pas seule au monde comme Sophie et c'était bon d'y penser en traversant la plaine sans fin du Middle West. Dans l'autocar, ça me tenait compagnie.

40

J'AI souvent vu dans certains regards des paysages inexplorés, des panoramas immenses et accidentés, l'horizon plat des océans, ou bien le bouillon d'une rivière au pied de sa chute. J'ai souvent désiré avancer dans ces régions surprenantes, poussée par une curiosité irrépressible.

C'est à cause des espaces uniformément plats des confins du Middle West qui se brisent enfin sur les montagnes du Colorado, c'est à cause de cette conquête de l'Ouest que j'aspirais à vivre autrefois dans le regard d'Ischelaz, que j'ai perdu pour plus d'une décennie le désir de connaître un autre garçon. Pas un regard ne pouvait aussi bien m'apporter l'inconnu aride, immense, impitoyable et pittoresque que celui de ce frère doué d'une imagination extravagante.

J'y ai vu le désert hanté de cavaliers qui soulevaient un nuage de poussière à leur passage dans un grand bruit de galop, tout au long de mon adolescence. J'y ai vu une végétation hostile que l'ardeur du soleil avait rabougrie en petits buissons secs à ras du sol. Allez savoir pourquoi, j'ai été envoûtée par cette région où tout n'est que violence, danger, inconfort, solitude, sous des ciels aux nuances rares. Les horizons brisés à angle droit par des tables géologiques aux couleurs d'or sous un soleil ardent et sans pitié m'appelaient et je courais aussi souvent que possible m'y brûler dans ses yeux.

Mon frère fronçait les sourcils, creusant dans son front un sillon vertical séduisant qui disparaissait là où commence l'arête du nez. Il prenait mon visage fermement entre ses deux mains et mon cœur éclatait de bonheur. Il serrait ses paumes sur mes tempes en me fixant avec une intensité poignante. J'entrais, grâce à son sourire qui m'y invitait, dans notre western en soutenant son regard. Sa voix qui arrivait jusqu'à cet Arizona où je m'étais égarée me donnait encore plus de passion devant ce paysage. J'étais sa squaw. J'étais à lui, aussi redoutable et épuisante que dût être la traversée du désert. J'étais là pour le servir et j'en tirais une gloire. Dans l'iris ocre de ses yeux, je m'étais vue chevauchant des journées durant à ses côtés dans l'espace infini. Je m'étais vue préparant une grande litière où nous passerions la nuit sous un ciel étoilé qui n'a pas de pareil dans nos contrées, tant il a de profondeur et de relief, tant les étoiles du désert y sont énormes et lumineuses. Dans la pupille noire de ses yeux, j'avais passé des nuits blanches à écouter battre son cœur, à sentir circuler le sang dans ses veines, à respirer l'odeur caractéristique de sa sueur. Protégée par son bras qui me servait d'oreiller, j'avais senti en moi la force de braver l'univers.

J'ai porté en moi cette folie jusqu'au jour où tout autour des vitres de l'autobus, il n'y eut plus, à m'en faire suffoquer de réalité, que le véritable Ouest. J'étais loin de ma petite France, je roulais depuis des jours et des jours, échappant physiquement à mon passé, mais possédée encore par lui intérieurement comme jamais. J'essayais de m'en libérer, je devais y parvenir. Vainement les yeux d'Ischelaz et sa voix vinrent me hanter encore comme pour essayer une dernière fois leur pouvoir sur ma grande faiblesse, puis ils disparurent pour toujours.

Voilà tout ce que j'ai détruit dans un autobus qui ronflait régulièrement sur le ruban de bitume qui se déroulait tout droit devant nous jusqu'à l'horizon, entre des géants de pierres violacées ou à travers les accidents réguliers des montagnes cubiques qui ressemblaient à un décor de carton pour western à sensations. Je savais que mon frère jamais plus n'aurait d'emprise sur moi. Je me rendais impatiente plus à l'ouest encore, vers l'océan Pacifique où plongerait devant moi, étrangement, le soleil breton.

41

DANS la partie sud de Los Angeles, une ville s'appelle Tustin. Elle est plate, elle est bigarrée de mille panneaux publicitaires, elle est ensoleillée douze mois par an et se situe à quelques kilomètres de la mer et du désert. On y sent l'influence du Mexique dans l'architecture et dans la manière de vivre. Nombre de maisons ont une sorte de patio intérieur où l'on trouve la fraîcheur. C'est en janvier que j'y étais, seule période de l'année où la montagne que l'on voit de la fenêtre de la chambre où je dormais a le dôme légèrement verdoyant. Très vite l'herbe brûle sous l'ardeur du soleil, paraît-il, et la montagne devient couleur de paille sèche.

Une famille que je ne connaissais pas m'a reçue sans aucune restriction. On mit une chambre à ma disposition et, tandis que le couple allait au bureau et l'enfant à l'école, moi, j'écrivais en maillot de bain six à huit heures par jour dans le jardin. On ne me questionnait pas, on me laissait penchée sur mes pages jusqu'à la fin de l'après-midi. Le soir, j'aidais la maîtresse de maison à préparer le repas qui était toujours fort simple. On me proposa de sortir dans des boîtes de nuit. Je refusai. Par contre, j'avais un besoin impérieux d'aller voir le soleil se coucher au bout des rochers de la plage. On avait la gentillesse de m'emmener.

Devant le désert mouvant de l'océan, je mettais tous mes radars en fonctionnement. Je laissais monter à mon esprit les mots qui se formaient d'eux-mêmes pour décrire ce que je voyais, ce que je ressentais, ce que ma mémoire revivait. Tout cela allait nourrir les chapitres de mon roman breton. Je captais les mille beautés de la mer au loin et des vagues ondulantes tout près, des ocres enflammés du ciel et des vols superbes des oiseaux de mer qui lançaient leurs cris déchirants. Je regardais le sable dégorger la mer après chaque vague, je rendais à la plante de mes pieds le souvenir de son contact froid qui fait frissonner et j'allais plonger ma main dans les algues des rochers. Des émotions bouillonnantes me dévoraient. Je rentrais les attribuer à l'héroïne de mon livre.

42

ELLE s'appelait Gabrielle, cette héroïne, et elle était orpheline de mère. Elle avait deux frères qui, comme elle, étaient élevés en pension, leur père étant dévoué à l'Administration dans laquelle il avait un poste important d'économiste. Quand je songeais à ce livre pendant mon séjour au Comité des Expositions de Paris, j'étais toujours très embarrassée pour donner une consistance au père. J'essayais de l'inventer dans son appartement et n'y arrivais pas. Pourtant, il fallait qu'il existât ne serait-ce que pour payer la pension de Gabrielle et de ses deux frères, Pierre et Fabien, ainsi que leurs vacances. Mais quelle vie lui donner? Alors, profitant d'un aller-retour chez mes parents pour Noël, j'avais dit à mon père : « Je suis en train de songer à un roman, mais figure-toi que je suis arrêtée par le père. Je ne sais pas où le mettre, ni l'animer. C'est très embêtant. » Et dans un sourire, et avec la voix qu'on réserve aux secrets, il m'avait répondu comme on donne la clé d'une énigme : « Mets-le dans un bureau, si tu savais comme il y sera bien... » C'est donc ce que j'ai fait. Et le samedi, ses trois enfants qui rentraient de pension rencontraient leur père pour souffrir sous son regard consterné parce qu'ils lui présentaient des bulletins lamentables. Les commentaires du père martelaient leur sensibilité douloureusement. Ils regrettaient une mère absente dont Gabrielle inventait les interventions tendres qu'elle n'aurait pas manqué de faire, et les rires qu'elles auraient partagés. Pierre et Gabrielle se rejoignaient dans un amour commun de la musique.

Mais là n'était pas le corps du roman, aussi, je mis rapidement Gabrielle en présence de celle qui devait bouleverser sa vie. Elle s'appelait Françoise, elle avait autrefois été une amie d'enfance de la mère, et elle avait quatre enfants, dont une, l'aînée, du même âge que Gabrielle. Françoise et Gabrielle s'étaient déjà montré un attachement réciproque lors de vacances passées ensemble à Jougne (Jura) quand Gabrielle avait douze ou treize ans, puis à Chamonix, quand elle en avait quatorze. Françoise savait bien en invitant Gabrielle qu'elle rendait service à son père, et qu'elle donnait une vie de famille à la fillette. A dix-huit ans, Gabrielle qui venait d'être renvoyée d'une école, ne sachant que faire de son mois de juin, acceptait de garder un enfant de quatre ans à Quiberon avec la grand-mère de l'enfant. Il se trouve que Françoise, elle aussi, était à Quiberon en ce mois de juin, et qu'elle avait instauré un rituel tous les matins entre six et neuf heures. Elle passait prendre Gabrielle en voiture, et toutes deux hantaient pendant trois heures environ les plus petits chemins creux de la presqu'île, assistaient au départ ou à l'arrivée des pinasses de pêche, s'enivraient de grand air, de vent, parfois de pluie et de tempête, et composaient de charmants bouquets de fleurs sauvages et minuscules ramassées sur les dunes de la Côte Sauvage ou de la Pointe du Conguel. Les émois de Gabrielle me bouleversaient encore en les écrivant. Si bien même que je ne faisais que les suggérer, pensais-je, en décrivant avec le plus de minutie possible le cadre sauvage et constamment en mouvement qu'était le leur pendant les trois heures de leur promenade matinale. Je me complaisais dans la description de l'attente de Gabrielle devant le portail jusqu'à l'émotion, insupportable presque, que provoquait le bruit du moteur de la voiture blanche de Françoise. Je les faisais marcher bras dessus, bras dessous sur les dunes, sans oser parler du trouble infini, coupable, et honteux, qui envahissait la jeune fille quand elle effleurait intentionnellement la poitrine de Françoise. Vite, prise d'une panique, je me mettais à décrire encore et encore l'océan et ses couleurs changeantes, le vol d'une mouette qui, dans un piqué subit, condamnait à mort un poisson argenté, les bourrasques chargées de pluie et d'eau de mer qui soulevaient presque la voiture, le bruit de nos pas sur le macadam en direction du vivier, par des matins clairs et immobiles, la fraîcheur sous nos pieds du sable mouillé à marée basse, les dessins étranges qu'avait laissés la marée sur le sable fin d'où coulaient des ruisseaux et des ruisseaux comme sur une carte de géographie, les crabes qui nous fuyaient en courant de biais avant de disparaître en se creusant eux-mêmes comme une tombe dans le sable mouillé, et pour pouvoir lever une soupape parce que mon émoi était immense, j'osais décrire la main ronde, faite pour la caresse (mais je ne le disais pas) qui plongeait dans des mares profondes pour attraper de jolis coquillages, et qui faisait refléter l'éclat de sa bague bleue pour ma plus grande joie. La main de Françoise. Je suffoquais presque, je courais de ligne en ligne après les émotions, je les évitais quand elles arrivaient trop précises et, d'un bond, je retournais dans les descriptions de Quiberon par tous les temps, sous tous les éclairages, en ce mois de juin des dix-huit ans de Gabrielle. Je me croyais très audacieuse d'évoquer seulement la passion de Gabrielle, je me disais que ma famille allait être scandalisée. C'était à la fois très excitant et bien triste. Pour dégager Gabrielle de son désir physique de Françoise, je lui faisais faire l'amour, la veille de son départ, avec le fils de Françoise qui ressemblait trop, à son goût, à sa mère. Le garçon ne savait pas ce qui lui arrivait, il se préparait déjà à une liaison ou du moins à une histoire d'amour de vacances, mais Gabrielle lui annonçait son départ, en regardant avec mélancolie des yeux qu'elle aimait, parce qu'ils ressemblaient à ceux qu'elle désirait tant voir ainsi posés sur elle.

43

SI ma famille pouvait se montrer choquée par cette histoire scabreuse, c'est qu'à dix-huit ans, j'ai réellement aimé Françoise, cousine germaine de ma mère.

Elle n'a pas seulement grandi entre ses cinq sœurs et ses trois frères, ma mère, mais elle a aussi partagé sa jeunesse avec ses sept cousins et cousines qui habitaient tout près (je crois même que c'était dans le même immeuble). Les deux familles partageaient presque tout. Il y avait une majorité de filles. La benjamine des cousins de ma mère était la petite gâtée de ses sœurs et de sa mère. Elle s'appelait Françoise. On m'a dit que quand elle ne voulait pas aller à l'école, sa mère ne la forçait pas. Cela choquait, et excitait une certaine jalousie chez ma mère et ses sœurs élevées sévèrement. On m'a dit aussi que dès l'adolescence, elle fréquentait n'importe quel garçon sans discernement. C'était, disait-on, une coureuse. Ses cousines la regardaient sévèrement, rêvant probablement d'en faire autant. Tout cela, je l'ai appris au cours des années par ma mère et mes tantes. On me disait que c'était une « brave fille » avec condescendance, et qu'elle était un peu écervelée, ne pensant qu'à s'amuser, et n'ayant eu que de justesse son certificat d'études.

Or, voilà que Françoise s'est mariée à un riche industriel de l'Est. Elle était éperdument amoureuse et se rendit compte trop tard que c'était à sens unique. Ils eurent six enfants. Voir une destinée pareille dans une famille sans le sou et ignorant tout de l'amour, c'est fort excitant. Françoise encore une fois agita les langues. Il y avait injustice. Quoi? Cette gamine paresseuse et désordre s'est trouvée en quelques années à la tête d'une grande maison, de trois voitures et d'un avion? Qu'avait-elle donc fait pour mériter cela, elle qui ne savait pas seconder son mari, ni le mettre en valeur pour faire avancer un peu ses affaires, comme il se devait? Oui, c'était injuste, la vertu n'était pas récompensée, disait-on en considérant celles de mes tantes qui étaient restées célibataires, chastes, et au service de la famille. Et rien ne retenait Françoise chez elle quand elle avait décidé de partir, de traverser la France pour aller voir sa mère à Vannes. Elle avait sûrement un amant en Bretagne, à qui elle rendait visite par la même occasion. De quoi pouvait-elle bien parler, la pauvre, elle était si peu cultivée...

Ça, c'était les propos de ma mère et de ses sœurs, à la pause café ou bien sur la plage, en tricotant. Pourtant, je me rendais bien compte qu'on recherchait sa présence. Françoise avait un caractère arrangeant, joyeux, et elle me semblait aussi plus pudique et plus secrète que n'importe quelle autre femme de ma famille. Sa voix ronde et chaude me troublait beaucoup. J'aimais infiniment l'écouter dans mon jeune âge déjà. Cette femme amoureuse, que je devinais sensuelle, n'aurait jamais pu passer près de moi sans attirer mon attention. Plus j'entendais dire sur elle, plus je voulais la connaître profondément. Quand on m'a dit qu'elle avait même couché avec son mari avant de se marier, elle est devenue à mes yeux une héroïne de l'amour. On me chuchotait ça sur le ton de la confidence, avec indignation. C'était pour me dire : « Ma petite fille, ne fais pas comme elle. » Il y avait du scandale dans les regards. J'ai même entendu dire que celles qui couchaient avant le mariage ne faisaient qu'écouter parler la bête en elles. Or, me rappelait-on, nous ne sommes pas des chiennes, nous devons attendre la bénédiction de Dieu avant de nous jeter au cou d'un homme. Et plus on me parlait ainsi, plus je me sentais irrésistiblement attirée par cette cousine de ma mère qui avait aimé d'amour un ou plusieurs hommes. La seule vraie femme de la famille à mes yeux. Ça valait toutes les agrégations de la terre.

Mon sentiment pour elle a grandi jusqu'à ce qu'à dix-huit ans je plonge dans la plus violente passion. Je n'ai jamais cessé de l'aimer. Je la porte avec moi où que j'aille, seule branche solide sur laquelle j'ai eu la possibilité de m'accrocher. Mais plus je l'aimais plus on me déconseillait son influence. Ma mère la première, mais par intermittence. Il lui arrivait de dire aussi « heureusement que Brigitte a trouvé quelqu'un qui veuille bien prendre mon relais, je n'ai plus assez en moi pour m'en occuper ». Mais on me glissait : « Elle est bien gentille, mais elle ne sait pas grand-chose. Que peut-elle bien t'apporter? Elle donne du souci à sa mère et à ses sœurs. Elle ferait mieux de s'occuper de ses enfants... Sa moralité n'est pas de béton. Qu'est-ce que vous faites quand vous êtes ensemble ? T'emmène-t-elle voir des gens ? » Étonnée, amoureuse, je répondais : « On se promène et elle me fait visiter les coins de la presqu'île qu'elle connaît jusqu'aux moindres rochers. Elle me raconte les lumières aux différentes heures de la journée, elle me parle des habitudes du port et des mouvements des bateaux au lever du jour... » Et tout cela était vrai, tout cela était la simplicité de nos relations et me donnait un grand bonheur. Nous marchions côte à côte en nous parlant. Souvent elle se penchait pour faire des bouquets avec de toutes petites fleurs roses qui poussaient à ras de la dune. Je la regardais et je l'aimais. Je regardais ses gestes et je les aimais. Je ne perdais rien du vent dans ses cheveux que j'aimais. Mais nos promenades intriguaient. « Tout de même, ma petite fille, elle a au moins vingt-cinq ans de plus que toi, tu n'as que faire dans son ombre, c'est malsain tu sais. » J'étais bien la seule à savoir que j'avais beaucoup à faire dans son ombre où il y avait pour moi une lumière, car j'y apprenais la vie. Un jour ma mère m'a demandé : « Mais que cherches-tu donc à son contact ? » et j'ai répondu la vérité. « Je cherche à connaître et à aimer les hommes. Elle aime les hommes, elle. » Et ma mère a gardé le silence.

44

En revivant dix ans après les émotions que j'avais connues à Quiberon, rien qu'à regarder s'enfoncer le soleil dans la ligne d'horizon du Pacifique j'étais de nouveau éprise et saisie d'une grande pudeur. Pour ne pas revivre les déchirements que j'avais connus avec ma mère, j'avais fait de Gabrielle une orpheline. Pour ne pas reconnaître l'hostilité des sœurs de Françoise et de deux de ses enfants, je lui avais réduit sa famille au strict minimum, ne mettant ainsi en scène que ceux avec qui je n'avais pas de comptes à régler.

Écrire, c'était pour moi comme de manger des gâteaux ou des bonbons, ça devait faire du bien. Je ne pouvais faire que des phrases doucereuses et coloriées comme un dessin d'enfant. La pointe la plus aiguë que j'aie osée ne touchait pas Françoise et les siens, mais un règlement de comptes superficiel avec le père contre qui Gabrielle se révoltait un jour où il la grondait pour ses mauvaises notes. C'était tout. Le chapitre clos, je retournais à mes chers paragraphes pleins de langueur et de rêves voilés. Ne pas souffrir par l'écriture, mais au contraire, y trouver une compensation, une douceur bénéfique, tel était mon but. Je pensais, en rendant ainsi hommage aux beaux souvenirs que m'avait donnés Françoise, que je composais comme un hymne à tout ce qu'elle m'avait inspiré. En le publiant, je lui en faisais cadeau et je la mettais au premier plan, avec ou sans certificat d'études.

Au bout d'un bon mois, estimant mon livre terminé, je ne voyais pas de raison de rester. Los Angeles ne m'attirait pas, et je me disais que je reviendrais une autre fois à San Francisco. La hâte de faire imprimer mon roman me fit boucler mes valises. Je retins ma place sur un vol Los Angeles/Boston.

45

LE ciel, d'ouest en est, était si clair pendant mon voyage, que l'on pouvait reconnaître la moindre ville, le plus petit fleuve, et les différentes chaînes de montagnes de tout le continent. Mais hélas, je ne vis rien jusqu'au Mississippi ! Comme un barrage qui cède en une fraction de seconde, un torrent de larmes et d'interminables sanglots me secouèrent dès l'envol de l'avion. J'étais sur le chemin du retour et j'avais peur. Peur d'avoir raté mon livre une fois encore ? Probablement. Attaché à ma ceinture dans un sac de toile solide et cousu de tous côtés, il pendait à mon flanc, lourd comme l'enfant à la veille de sortir du ventre de sa mère. J'avais ainsi prévu qu'on le retrouverait accroché à mon cadavre si jamais l'avion s'écrasait au sol. Il ne serait pas éparpillé avec les bagages et cela me rassurait. Ma ceinture tirait sur mes reins et cette présence-là me faisait tressaillir. De temps à autre, je touchais mon volumineux paquet tout en sanglotant. Je le caressais en l'appelant dans le silence de mon cœur « mon petit ». Il fallait qu'il soit accepté dès mon retour, je voulais entrer dans la société par son biais, et il n'était que temps ; dans quelques mois, j'aurais vingt-huit ans. Je pensais très fort à mon vieil ami romancier qui m'encourageait depuis trois ans à écrire. Il fallait qu'il me porte chance. Je m'imaginais traversant le hall de la plus grande maison d'éditions parisienne, la tête haute, le cœur gonflé, le sourire pour tout le monde, même s'il n'y avait que l'hôtesse d'accueil pour le recevoir, tout cela parce qu'enfin j'avais fait un livre qui se tenait, et qu'on venait de me dire que je faisais partie de la grande famille des écrivains d'ici. Comment ne pas aimer même les inconnus que je croiserais dans la rue ?

Et pourquoi donc cela me faisait-il tant pleurer ? Je cachais d'une main mes yeux gonflés et rouges, et je serrais de l'autre « mon petit » avec une appréhension diffuse. Et s'il choquait Françoise ? Si ce que j'avais écrit de mes réels sentiments et de mes désirs surtout, au travers de ceux de Gabrielle, si cela lui déplaisait ? Et si elle me rejetait ? Mon Dieu, quelle angoisse ! Ce serait sur mes ordres alors, qu'on enverrait aussitôt ce roman diabolique au pilon ! Mais non... Jamais Françoise ne ferait quelque chose de semblable, voyons ! Je devais avoir confiance.

Les larmes ont cessé au moment où le soleil a joué dans les méandres d'un affluent du Mississippi et puis dans le Mississippi lui-même. La géographie était superbe, je la contemplai jusqu'à Boston, en me rappelant que mon premier voyage en avion, je l'avais fait seule en compagnie de mon père qui lisait son journal et qui ne comprenait pas, me semblait-il, que je voulais avoir pour Noël la maquette des petites voitures téléguidées qui marchaient toutes seules dans les rues du paysage sûrement en carton que je voyais par le hublot. De temps en temps il sortait de son journal et me disait gentiment, « ce ne sont pas des jouets, mon petit, on ne peut pas acheter ça, voyons », et il replongeait dans ses colonnes imprimées. J'avais quatre ans environ et nous allions de Londres à Paris.

Dans mon sac à main, je me mis à tâter les lettres que j'avais reçues depuis mon arrivée en Amérique. Relire celles de Sophie, c'était partir toute seule dans un fou rire qui aurait étonné mes voisins autant que mes sanglots de tout à l'heure. Je fus raisonnable et me les réservai pour plus tard. La lettre de vœux de Monsieur Marais avait une pointe d'humour presque ironique qui chatouillait gentiment mon orgueil, même après l'avoir relue une dizaine de fois. « Ne rêvez pas trop à la lune... » lisais-je, vexée qu'il prenne mon besoin d'écrire pour une toquade. Il y avait les lettres de mes parents qui espéraient tant que ce voyage m'apporte le calme intérieur et la sérénité. Ma mère laissait poindre son inquiétude. « ... Que cherches-tu ou que fuis-tu, ma fille, écrivait-elle, pour te retrouver toujours à une extrémité ou une autre de toi-même ?... » Par ailleurs, elle laissait voguer jusqu'à moi sa nostalgie du temps passé et perdu pour elle. « Tu fais et réalises très exactement ce que j'ai rêvé dans ma jeunesse. Voyager... Rencontrer des gens et vivre des situations nouvelles exaltantes... Moi qui ai été clouée dès mes vingt ans par la maternité, je t'envie terriblement. Profite bien de tout et reviens-nous enrichie et heureuse... » Et puis, il y avait les lettres de Françoise qui étaient trop belles et trop poétiques pour que je les ouvre au milieu des passagers. Il me semblait qu'on allait lire sur mon visage l'émotion qui me prenait rien qu'à voir son écriture sur les enveloppes. C'était souvent dans de petites chapelles que je m'isolais, jadis, pour lire et relire encore les lettres de Françoise. Entre ciel et terre, je me contentai de les palper au fond de mon sac, de les caresser sans bouger le bras. On aurait pu croire que c'était un petit chat.

Sous l'aile droite de l'avion, la partie sud des Appalaches. Je posai là mes trésors et me déplaçai près d'un hublot libre. Bientôt, en remontant la côte Est, nous allions frôler New York, avant de voir très clairement le cap Cod.

46

UN bref séjour à Boston avant le grand retour.

Mon ami Norman est là qui m'attend à l'aéroport. Nous décidons que je passerai mes derniers jours en Amérique chez lui. Nous marchons dans le froid givré de février main dans la main. Nous retournons au concert. Il me traduit en entier *le Messie* de Haendel avant de m'emmener l'écouter et je suis très touchée d'être l'objet de tant d'attentions.

Mais à l'approche de la nuit, un voile de tristesse m'enveloppe. En sortant du concert, je passerai ma première nuit près de lui et il voudra me prendre. Moi, je n'ai besoin que de sa tendresse, pas du reste. J'aimerais que durent ainsi nos liens. Je sais qu'avec les hommes ce n'est pas possible. Il y a bien longtemps que je ne me suis pas donnée à un homme, je ne rêve que de femmes et n'ose pas être entreprenante avec elles. Il y en a une qui m'est tombée dans les bras l'hiver dernier, et c'est avec un grand bonheur que je me suis glissée dans son lit.

Je n'oublierai jamais mon corps mêlé à celui d'une

femme. Je comprenais les hommes qui aiment les femmes capricieuses. J'étais attentive au moindre de ses désirs et je fus triste quand elle voulut sombrer dans le sommeil. Moi, j'étais prête à la caresser toute la nuit, à la pétrir et la lécher, à imprégner ma paume des douceurs de ses formes rondes, à mordiller sans fin la pointe de ses seins.

Le lendemain elle m'avoua avec une certaine gêne que c'était la première fois qu'elle « faisait ça », et me dit qu'elle avait peur, y prenant goût, de ne plus revenir à l'homme. Elle préférait cesser tout de suite nos rapports. J'étais réellement désappointée, triste, déçue. J'aurais voulu connaître avec elle l'aventure d'une liaison. Nous ne nous sommes jamais revues. Je n'oublierai jamais notre nuit.

Mais là, à côté de Norman, dans sa chambre bien close, j'étais immobile et paniquée. J'avais horreur de la pénétration. Je la redoutais comme la destruction de mon être. Je n'avais aucun désir sinon celui de m'endormir sagement, ma tête contre son épaule. Mon cœur devenait de glace, et une voix m'ordonnait de me donner puisque j'avais accepté de m'allonger à côté de lui. On m'avait assez reproché d'être allumeuse ! Entre le moment où nous sommes sortis du concert et celui où il a mis la clé dans la serrure de chez lui, il est devenu pour moi un ennemi. La machine était en marche, je ne pouvais plus l'arrêter, j'étais sûre que je n'avais pas le droit de l'arrêter.

Je me suis réfugiée entre les draps sans me montrer nue. La lumière éteinte, les rideaux tirés et la porte fermée à clé, je cessai d'imaginer une évasion. Docile, je me suis laissé prendre par ce garçon qui était très gentil. Il avait su attendre pendant mon premier séjour à Boston sans me toucher, c'était déjà beau.

Ce n'était pas la première fois que mon corps me

trahissait. Il est dompté au plaisir ce corps que je renie quand on l'étreint. C'était odieux de reconnaître les symptômes du plaisir qui montait malgré moi. C'était carrément indécent. C'était mal de jouir, c'était grossier, c'était honteux. J'aurais bien voulu lui ordonner à ce corps insoumis de ne rien ressentir, mais le plaisir montait doucement et je le dissimulais, inerte, pour que Norman ne le sente pas. L'idée qu'il pût le détecter me gênait parce qu'il y avait là quelque chose de sale. Suinter entre les jambes, puis recevoir comme une poubelle ce jet visqueux qui m'avait toujours dégoûtée et que l'on vous injecte en poussant des grognements bestiaux, perdre le souffle en étant parcourue par un courant électrique étourdissant, et laisser paraître une quelconque satisfaction même seulement physique, me semblait dégradant. Pourtant, je savais bien que cela pouvait être autrement, puisque cette honte-là, je ne l'avais pas connue dans les bras de l'interne de l'hôpital Saint-Antoine. Mais alors j'étais amoureuse, et rien n'est sale qui est fait par amour.

Jouir quand on n'aime pas, c'est tromper l'amant et se tromper soi-même. C'est une trahison du corps. J'ai appris à ne pas le montrer, mon plaisir. Je demeure immobile, retenant le souffle désordonné de ma respiration qui pourrait trahir mon corps qui vient d'imploser. Je n'ai pas bougé pendant que Norman s'agitait.

47

DANS le silence de la nuit à peine modulé par la respiration de Norman endormi, j'ai une pensée pour ma mère, comme chaque fois que je fais l'amour. Il y a quelque chose de coupable entre elle et moi qui vient toujours se planter dans mon esprit au moment où je reprends mes sens, mon souffle, mes nerfs. A cette époque-là, je me suis souvent demandé si j'étais frigide. Qu'est-ce que c'était, d'ailleurs, que la frigidité ? Elle en était presque fière, ma mère, d'être frigide. Elle le disait comme pour montrer qu'elle n'était pas de ces femmes qui s'abaissent à la bestialité du plaisir, et qui de surcroît ne s'en cachent même pas. En retour, elle ne leur cachait pas son mépris.

Quand ma mère et ses sœurs allaient se coucher, elles avaient une formule toute faite pour dire bonsoir à la cantonade. Formule qui martèlera mon esprit pendant des années, des années, des années... « Bonsoir ! Je vais à l'austère devoir pieusement fidèle. » C'était dit tantôt sur le ton de la plaisanterie en pouffant de rire comme des pensionnaires de l'école paroissiale, tantôt sur un ton exaspéré ou carrément de détresse. Cela me suffoquait de rage, de colère et de tristesse. Si les femmes de ma famille s'étaient par ailleurs montrées heureuses, j'aurais peut-être eu envie de rire avec elles, mais comme elles pleuraient souvent sur leur triste vie conjugale qu'elles nous donnaient sans vergogne en pâture, comme elles ne s'épanouissaient en vacances que le mois où les maris étaient absents et qu'elles vivaient leur arrivée avec angoisse, comme ma mère et sa sœur Mythé parlaient de leur frigidité avec la même impudeur que d'autres vous exhibent leur goût du plaisir, je ressentais en les entendant lancer leur grossier refrain « Je vais à l'austère devoir pieusement fidèle », une détresse sans contour. Elles m'inoculaient un mal que je cherche maintenant à arracher de moi pour ne pas périr. Je ne souhaite à personne d'en arriver au jour où l'on se dit : « Ma mère est d'une profonde vulgarité. »

48

JE n'avais plus de logement à mon retour, j'avais vendu ma chambre. On était en février. Je dormais tantôt chez mon frère Pierre et sa femme, ceux de ma famille qui m'étaient les plus chers, tantôt chez mon amie Cécile et son mari. Je n'étais bien ni chez les uns ni chez les autres. Comme chez Bivon, c'était dans la salle de séjour qu'un divan me servait de lit. Et chez chaque couple, il y avait un enfant. J'étais incapable de m'oublier pour lui. Pierre, très peiné, n'en revenait pas. « Toi qui t'es si bien occupée de ceux de Bivon !... » Son rejeton dans les bras, il essayait de m'attendrir, mais je restais indifférente. Ou plutôt, je cachais ma jalousie derrière l'indifférence.

Je me réfugiais dans l'obsession de mon livre. Il meublait tous mes instants et guidait mes pas. Toute la journée, je tapais les pages de Californie. Je me sentais coupable devant mes hôtes et me répétais ce qu'on devait se murmurer dès que je n'étais plus là : « Elle est encombrante, elle n'a pas d'humour, c'est une égoïste, si on avait su... » Je passais de la honte à la rancune. Qu'on me laisse terminer ce livre et je m'ouvrirai au monde !

Mes parents étant à Paris lors de mon retour, ma mère est venue me voir chez mon amie à l'heure du thé. J'étais seule dans l'appartement. Dès son entrée, je me suis sentie observée, décortiquée. Ses questions se suivaient, m'embarrassant de plus en plus, me peinant aussi. Pourquoi n'étais-je pas chez moi ? Qu'est-ce que j'allais faire maintenant ? Est-ce que je me poserais un jour quelque part ? N'avais-je donc pas plus d'ambition que ça ? Et pour finir, elle me lança un : « Et tu n'as même pas été capable de nous ramener un Américain ! » qui me remit devant elle sur le pied de guerre.

L'étrangler. Lui enfoncer du coton hydrophile dans la gorge. La battre comme plâtre. Elle m'envoyait du courant électrique qui survoltait tous mes petits radars et j'aurais aimé avoir à ma portée un interrupteur pour que cesse mon supplice. Pourtant, je lui répondis. Je lui dis que j'étais fiancée avec mon livre et que je serais mariée le jour où je signerais un contrat avec un éditeur. Je parlais la voix éteinte, comme si la blessure de sa question m'avait atteinte jusque dans mon corps. Je me mettais en sous-tension pour éviter de lui hurler dans les oreilles des abominations, pour m'empêcher de la saisir au collet et la précipiter dans la cage de l'escalier du haut des quatre étages, ou encore la gifler à toute volée. Comme cela m'aurait fait du bien ! C'était horrible d'être ce que j'étais dans le regard de ma mère. Ses yeux bleu-vert me lacéraient. Je la haïssais en cet instant. Je ne voyais que ses dents. De petites dents qui grignotaient des biscuits. Je la classais parmi les rongeurs. Elle nous rongeait tous depuis qu'elle nous avait mis au monde. Sauf Pierre, le chouchou ! Elle me rongeait depuis que je l'aimais. Ses lèvres minces, elle les épaississait par une touche de rouge à lèvres qu'elle faisait déborder un peu. Je ne voyais plus que sa bouche et subitement, j'eus horreur d'être issue de cette femme.

Je savais bien que je la décevais, ma mère, moi qui étais partie fanfaronne pour une gloire qu'elle espérait tant. Mais lasse de jouer, je me montrais dépouillée, telle que j'étais. J'avais pour seul bien toutes les pages dactylographiées que j'allais bientôt remettre chez l'éditeur. C'était risible, tristement risible. Je savais bien qu'aux yeux d'une femme comme elle, c'était ce que je pouvais rapporter de plus ridicule. Depuis le temps que j'en parlais, de mon petit. Tout le monde en riait dans la famille, me redisait-elle.

« Mais qu'est-ce que vous avez tous à couper les cheveux en quatre ? glapit-elle. Qu'est-ce que vous avez donc à vouloir à tout prix des vies marginales ? Je n'ai fait que des incapables qui végètent dans leurs rêves. Qu'est-ce que vous avez donc dans le corps ? Toi, tu vas tout rater pour un livre qui te rend déjà ridicule aux yeux de toute la famille. C'est une rengaine qui va se terminer comme pour tes aînés en eau de boudin ! Tu es jolie, il est encore temps de te marier, mais cesse de voltiger d'une branche à l'autre. »

On m'appelait souvent la « bogue de châtaigne » quand j'étais petite. Je peux dire qu'après la visite de ma mère, c'est le seul qualificatif qui me correspondait. J'étais en même temps hérissée et écorchée vive. Même les blagues de Sophie au téléphone ne me faisaient plus rire.

Mon père, lui, préférait prendre de mes nouvelles par Pierre et sa femme. Il demandait ce qu'ils pensaient de l'effet qu'avait produit sur moi mon voyage, et ma belle-sœur lui donna espoir en parlant du côté positif qu'il y avait à voir quelqu'un passer de la soumission à l'agressivité. Elle me tenait au courant de ses entretiens avec mes parents.

49

Il y a des rêves que l'on ne comprend que longtemps après. Dans celui que j'ai fait une de ces nuits qui suivirent mon retour, je n'ai vu que la suite, ou plutôt le dénouement du rêve où je m'étendais dans les blés et les coquelicots pendant qu'une incompréhensible guerre se déroulait, au-dessus de moi.

C'était encore pendant le Moyen Age, et il me semble que mon rêve commençait au moment où je franchissais le porche d'un château féodal. On m'y attendait. Qui était debout sur les marches ? Et pourquoi tant de déférence à mon égard ? La grande cape de velours épais, ou peut-être de fourrure, qui me tombait des épaules jusqu'à terre, me donnait une démarche altière, un port de tête sûr. J'avançais avec détermination, saluant à peine celui qui m'accueillait. Je ne savais pas ce que je venais faire ici, mais pourtant je devais y venir. On me fit suivre un long couloir richement paré de tapisseries murales où des meubles lourds sentaient la cire d'abeille. Ces lieux étaient fort bien entretenus. Tous les dix pas, il y avait un garde immobile le long du mur et qui me saluait au passage. Je ne sais plus si je les voyais nettement ou si je les devinais. Je me dirigeais droite comme un I vers le fond de cette interminable galerie. Où donc me rendais-je ? Je ne le savais pas, mais j'y allais sans hésiter, comme magnétisée, le cœur gonflé d'une certitude. Je savais que j'accomplirais ma mission quelle qu'elle fût. Pourtant, à ce stade-là de mon rêve, je n'en connaissais pas encore la nature. D'ailleurs, j'ignorais tout de ce château et de ses habitants, sans pourtant m'y sentir dépaysée. Je mis longtemps, comme peut paraître le temps dans les rêves, à arriver au bout du couloir, toujours escortée de celui qui m'avait accueillie à l'entrée. Là, une large porte à deux battants s'ouvrait sur une salle, et je me trouvai comme devant un tableau de la Cène du Christ, à part que ce n'était pas le Christ, mais le Roi qui présidait une longue table jonchée de nourriture et entourée de convives seulement sur trois côtés, me faisant face. Un léger sentiment de culpabilité m'effleura. Il en manquait un. Peut-être Judas. Alors j'étais Judas ? Et je sus que je l'étais comme on sait des choses sans aucune raison dans les rêves. Sur le seuil de la pièce, j'eus un temps d'hésitation. Je ne savais pas encore ce que je venais faire là. Alors un groupe de trois ou quatre individus se leva et m'entoura. Il y eut un petit conciliabule dont j'ai tout oublié sauf le principal. Quand ils me quittèrent pour s'asseoir à nouveau, j'avais en main un couteau qui m'avait été remis par l'un d'eux. Je ne fus pas étonnée. Je contournai la table et marchai vers le Roi. Je ne le craignais pas. Arrivée à son niveau, je posai la main sur son épaule et il se retourna vers moi. Je reçus en plein cœur le regard de mon père et son sourire. Je lui souris aussi et l'aimai tendrement. En un millième de seconde, toute une connivence passa entre nous. Le monde s'effaça. Rien pourtant ne pouvait m'arrêter. « Désolée, lui dis-je, c'est moi qui ai été désignée. » Il me répondit ce qu'il a toujours dit devant le devoir : « Faut ce qu'il faut, ma fille », et il détourna la tête pour regarder devant lui. Je savais qu'il savait que je levais le poing refermé sur l'arme blanche pour la planter entre ses côtes. Ce que je fis.

Dans l'assemblée, aucune horreur, mais un grand

soulagement. Je sus alors que c'était mes frères qui m'avaient remis le couteau.

Mission accomplie.

En me réveillant, je sus que jamais plus je ne rêverais du combat dans les blés et les coquelicots, ce qui s'est vérifié ; je sus aussi, et c'était effrayant, que je venais de rêver quelque chose qui se rattachait à mon livre. A mesure que je l'écris, je me sens aussi déterminée que dans mon rêve.

50

J'AI poussé la lourde porte du temple de l'édition en serrant bien fort mon petit contre moi. J'avais trouvé un titre la veille seulement : *L'Été d'avant.*

Cinq minutes plus tard, je me retrouvais devant celui qu'il m'amusait d'appeler mon « Maître à penser » et que j'avais plaisir à mener par le bout du nez.

L'hiver précédent, j'étais venue le voir sans manteau par un grand froid. L'air affolé, il me dit que je courais le risque de tomber malade et je répondis que je n'avais pas assez d'argent. C'était vrai, mais au grand jamais on ne m'aurait entendue me plaindre ainsi auprès de quiconque. Lui, il attirait la jérémiade et se précipitait, chéquier ouvert, pour vous secourir avec des mots de pitié à faire fondre le marbre. « Pauvre enfant... Combien vous faut-il ?... » Il y avait dans le ton une authentique pitié, un souci réel de vous aider, mais il y avait aussi quelque chose que je n'aimais pas. C'était peut-être l'impression que pour avoir ses bonnes grâces, il fallait que je le mette dans ce rôle de saint-bernard. Il était le seul homme du milieu de l'édition que je connaissais et il n'était pas question de me refermer cette porte.

C'est par sa femme que je l'ai connu. Elle m'avait envoyée le voir avec quelques pages que je lui avais montrées et je m'étais retrouvée devant cette imitation de lord anglais aux yeux de marin. Beaux yeux bleus qui ne me laissèrent pas insensible, belle stature de sexagénaire qui cherchait manifestement toujours à plaire. Après un entretien, il me raccompagna à la porte et me dit en me serrant la main : « Vous êtes belle. » J'en fus ravie parce que c'est toujours agréable de se l'entendre dire, et déçue parce que je ne voulais surtout pas de la moindre aventure sentimentale avec celui qui représentait ma seule chance d'entrer dans le milieu du livre. Puisque avec moi, toute histoire se terminait vite et mal. Je mis sa femme en écran entre nous dans les rendez-vous qui suivirent. Ce n'était pas difficile car j'étais amoureuse de sa beauté. Je n'avais pas tardé à le faire savoir au mari, et il en avait été stupéfait : « Elle vous plaît ? » « Je ne sais pas si je l'aime, elle, mais je suis fascinée et troublée par sa beauté rayonnante... Je rêve souvent que je fais l'amour avec elle. » « Pas possible ! » Ça l'excitait beaucoup et cela m'amusait. Élevé chez les Jésuites, il en avait gardé l'empreinte. Cette race d'hommes multiplie par dix mon goût de choquer. Avec lui, c'était un vrai plaisir. Il me regardait, la tête levée un peu en arrière comme pour mesurer le danger qu'il courait. Dans son regard, une lueur me montrait comme l'espoir d'en entendre de bien crues venues du fond de mon imagination. Un jour qu'il m'avait demandé si j'avais encore rêvé de sa femme, et que je m'étais mise à raconter les images qu'il me restait de mon rêve, il me dit : « Arrêtez, vous me faites bander ! » Ce que j'interprétais comme « continuez, vous m'excitez... » parce qu'il me posa d'autres questions sur mes fantasmes. La première question qu'il m'ait posée à mon retour d'Amérique, c'est : « Cette fois, vous avez couché avec elle, j'en suis sûr !... Dites-moi tout ! » S'il m'avait vue clouée dans le hall d'entrée du Plaza à New York, attendant sa femme qui m'y avait donné rendez-vous, il aurait ri de ma timidité. La voir me chavirait au point que je n'avais plus de salive dans la gorge et que je me sentais devenir livide et sans force pour me porter sur mes jambes. Comme toutes les coquettes, elle se faisait attendre et je croyais mourir. Ce n'était pas sans un certain plaisir. Je ne voyais plus le va-et-vient du hall, perdue dans mon émotion, quand je sentis une main enveloppante se faufiler sous mon bras. J'ai failli m'évanouir. Sa chambre était au quinzième ou au seizième étage, à moins qu'elle ne fût au trentième, de toute façon, le temps passé dans l'ascenseur me parut interminable. A son lumineux sourire, à l'éclat de ses yeux, je ne sus montrer qu'un visage de malade. Dans la suite qu'elle occupait pour deux jours, je n'osais pas bouger et je lui trouvais du mérite d'entretenir seule une conversation sur le ton léger qu'elle savait prendre. Heureusement pour moi, j'avais mon appareil-photos, et je finis par tirer d'elle quelques portraits au bord de la fenêtre. Elle s'y prêta volontiers. C'était décevant de raconter cela à son mari. « Vous me cachez quelque chose ! » disait-il d'un air curieux, inquiet et excité.

De temps en temps, il posait sa main sur mes seins et me demandait : « Et moi ? Est-ce que j'ai mes chances ? » et je lui disais que je n'aimais pas les hommes. « Mais puisque vous ne couchez pas non plus avec les femmes, vous vous contentez donc de faire l'amour dans votre imagination ? C'est très mauvais, vous savez. Cette continence à votre âge est surprenante. » Je lui avais demandé : « Et vous ? Vous avez des maîtresses ? » et il m'avait répondu d'un ton désabusé : « Oh, vous savez, bien sûr, j'ai des petites amies comme tout le monde, mais à mon âge, il n'y a plus guère que vous qui me fassiez de l'effet... » Et puis tout à coup, presque sur le ton de la révolte, ou peut-être de l'inquiétude, il continua : « Vous savez que vous êtes le diable ?... C'est fou ce que vous pouvez être perverse ! Vous me hantez depuis quelque temps d'une façon terrible ! » et je le regardai avec étonnement : « Moi ? Mais c'est vous qui me posez des questions sur mes rêves, alors j'y réponds... » « C'est bien ce que je disais, elle est diabolique, cette petite-là... » murmura-t-il pour lui-même comme s'il en faisait à cet instant la découverte. Dans ces cas-là, je le quittais et ne lui donnais plus de mes nouvelles pendant plusieurs semaines. Il me téléphonait ou m'envoyait un petit mot. Je revenais et lui expliquais que je ne voulais plus le voir puisque je le tourmentais.

Devant moi, ce Maître à penser tendait les mains pour prendre possession de *L'Été d'avant*. Il le posa sur la table, me promit de le lire bien vite. En attendant, il m'emmenait dîner au restaurant. Je savais que pour alimenter la conversation, je devrais lui raconter quelques rêves et fantasmes ; sinon il serait déçu.

51

AVANT mes trente ans, j'ai probablement eu le sexe au fond des yeux. Dès qu'un homme posait son regard sur moi, il le voyait. J'étais chaste dans mon corps, mais peut-être pas dans mon regard. Les femmes se méfiaient de moi. « Attention, dit un jour une femme à son jeune frère qui avait mon âge, c'est une croqueuse d'hommes ! » Le benêt est venu vérifier dans mes draps si elle disait vrai et cela faisait alors deux ans que je n'avais pas fait l'amour.

Ce n'était pas dans mon lit qu'il se passait des choses, mais dans mon regard. Je ne savais pas quoi, mais on me disait souvent « Ne me regardez pas comme ça, je vais devenir fou », ou bien « Vous avez un regard d'amoureuse ». Et il arrivait souvent que sans rien me dire, on me fixe avec une étrange expression d'animal en rut. A croire que j'attirais les exhibitionnistes, les détraqués sexuels.

Vers mes vingt ans, un ami de mon père, un polytechnicien qui faisait le fanfaron parmi ses relations professionnelles à toute occasion, me héla un matin que je passais devant la porte de sa chambre (j'étais pour un week-end dans sa maison de campagne car j'étais très liée avec sa fille). Il me héla donc et tout naturellement je m'approchai dans l'entrebâillement de la porte. Je pensais que sa femme était avec lui, mais il était seul. Brusquement il rabattit la couverture pour me montrer son sexe en érection. C'était affreusement risible, car il avait un membre tout juste grand pour un garçon de treize ans. J'étais stupéfaite de sa double impudeur. Non seulement il s'exhibait, mais en plus, c'était pour me montrer quelque chose d'aussi ridicule ! « Tu vois, me dit-il, je peux encore ! — A cinquante ans, lui dis-je, c'est encore heureux... » Dans les escaliers, les pas de sa femme approchaient. Il se remit sagement sous ses draps et il fut servi comme un coq en pâte pour son petit déjeuner dans son lit. Je n'ai pas osé raconter cela à Sophie quand elle se montrait si impressionnée par les Présidents (celui-là en était un), les cadres supérieurs et autres nantis de quelque fortune. Pour moi, ce sont tous des adolescents dépassés par ce qu'il y a dans leur pantalon, un point c'est tout.

A dix-huit ans, je suis allée chez un psychiatre sur les conseils de la directrice de l'école des jardinières d'enfants, parce que j'étais trop nerveuse et que je pleurais tout le temps. A mes premières consultations, je restai sur la défensive, car je pensais que non seulement cet homme était de mèche avec ma directrice, mais aussi avec mes parents à qui il ferait un rapport sur moi. Je n'osais pas me confier. Et puis peu à peu, comme il semblait sympathique et surtout, comme il accédait à mes désirs (c'est-à-dire qu'il acceptait de ne plus rester derrière son bureau pendant la consultation car cela me rendait muette, qu'il voulait bien s'asseoir sur la banquette qui m'était destinée et moi dans le fauteuil), nous bavardions plus librement. Il avait un peu moins de soixante-dix ans et, comme il avait quelque chose de grave dans tout son être, je n'avais qu'une idée, c'était de le faire rire, pour détendre un peu l'atmosphère. Quand j'y étais arrivée, je partais soulagée de je ne sais quelle angoisse. Je lui posais des questions sur lui et sur sa vie de famille. Il devenait le grand-père que je n'avais pas eu et dont j'avais toujours rêvé. Je me faisais petite fille gâtée pendant trois quarts d'heure près de lui, je me sentais privilégiée et cela me faisait beaucoup de bien. Un jour, triomphante de ma nouvelle vie de femme qui commençait, je lui raconte l'intrusion de Charles dans la salle de bains. J'en riais encore, et surtout de sa cravate trempée ainsi que de sa manche. Je voulais divertir mon vieux grand-père d'adoption. « Moi aussi, me dit-il, j'aimerais vous voir dans une baignoire... » et je vérifiai du regard s'il parlait sérieusement. Il me fixait gravement en opinant de la tête. Cette idée me donna envie de rire et pleurer en même temps. C'était un peu grotesque, mais c'était aussi pathétique. Je refusai. Pendant plusieurs années, il revint à cette idée fixe, me voir dans un bain. Ça me semblait facile et cruel de le traiter de vieux saligaud. Il ne l'était pas. Je me sentais coupable, pensant encore que j'avais une grande part de responsabilité, mais ne sachant pas comment j'aurais pu éviter d'en arriver là. Mon éternel problème. S'il n'avait pas été le seul être dans Paris dont j'avais besoin parce qu'il me donnait une tendresse comme je n'en avais jamais eu, je ne serais pas revenue. Mais je ne voulais pas quitter le grand-père que je n'avais jamais eu à cause de cette lubie.

Un jour qu'il faisait chaud, un jour qu'il n'y avait personne dans son appartement luxueux d'un immeuble luxueux du seizième, où je me sentais chez moi, il demanda sur un ton humble « s'il vous plaît, acceptez... Je vous promets que je ne vous toucherai pas... Simplement vous regarder et vous dire merci... ». C'était beau et ridicule à la fois. A son âge, me dis-je, peut-être qu'il n'a pas vu de femme depuis des années ? Comme c'est triste d'être vieux, et de voir passer si près une occasion de se rafraîchir le regard grâce à une jeune amie complaisante. Je n'avais rien à perdre après tout. Et sous son regard, je me glissai dans une baignoire pleine d'eau claire. Du tabouret où il était assis, il se mit à genoux et me répéta plusieurs fois « merci... Je vous remercie... » Ce n'était plus risible.

Il me raccompagna au métro et me dit au moment de me quitter. « Je vous aime. » Je sus que c'était vrai et j'en fus effrayée. Moi aussi je l'aimais, mais décidément comme le meilleur grand-père du monde. Il fallait que cessent nos relations bientôt. Heureusement, j'allais partir en Amérique.

Sophie, en me disant : « Vous êtes une brebis galeuse », avait tellement raison...

52

EN même temps que je tentais ma chance dans la plus grande maison d'édition de Paris, je déposai *L'Été d'avant* chez l'un des plus petits éditeurs, mais qui avait la plus grande renommée, la plus belle légende. Il y avait tant et tant d'années que je souhaitais connaître cet homme qu'au grand jamais je n'aurais osé faire la première démarche. C'est une astrologue qui le connaissait qui lui téléphona pour moi et m'obtint un rendez-vous. Je tremblais. On n'a pas le droit de rater les rencontres qu'on désire aussi profondément et depuis si longtemps. Par peur de mal les vivre, on préfère souvent les éviter, ce que j'avais fait jusqu'alors. Là, la chance m'était apportée sur un plateau. Je remis mon manuscrit à la réception comme on me l'avait dit et j'attendis le jour du vrai rendez-vous, de la vraie rencontre, une fois qu'il aurait lu mon *Été d'avant.*

Il y avait deux ou trois semaines à attendre qui me semblèrent une éternité. Je tournais en rond dans la ville et dans moi-même comme une mère qui attend des nouvelles de son enfant resté à l'hôpital.

Il fallait aussi que je travaille. Je n'y avais pas la tête, mais je me résignai à le dire à Sophie. Qu'elle intercède pour moi auprès de Monsieur Marais, j'étais prête à faire n'importe quoi. Quelques jours après, elle me dit qu'il n'était pas du tout décidé à me reprendre, je lui avais laissé un trop mauvais souvenir. Accablée, je me demandais comment faire pour gagner ma chienne de vie. Une semaine après, Sophie me rappela : « Écoute, Maimaine, le chef veut bien tenter encore un essai, il a besoin d'une remplaçante pour trois mois. Mais je te préviens que c'est pour faire du classement. C'est à prendre ou à laisser. » Je pris. J'ai toujours sauté d'enthousiasme sur les situations provisoires.

Humble, repentante, efficace, je travaillais dans un petit bureau au fond de la cour, sous la responsabilité d'une fille que je n'aimais pas. Si ça se trouve, Monsieur Marais l'avait fait exprès, mais pour regagner son estime, j'étais capable de passer par-dessus bien des choses. Il devait se féliciter de m'avoir reprise, ne serait-ce que pour mon honneur. Je travaillais dans les classements avec la minutie que je tenais de mon signe de la Vierge.

A midi, quand elle n'avait pas rendez-vous à l'extérieur, Sophie déjeunait avec moi. Elle s'interrogeait sur mon avenir. Après les trois mois de remplacement, qu'allais-je faire ? Je n'osais pas lui avouer que je comptais fermement être acceptée dans l'une ou l'autre maison d'édition et réussir enfin dans la seule voie qui comptait pour moi. Alors, je me contentai de lui dire que ce serait l'intérim et la vie médiocre toute mon existence ou bien la littérature. Mon choix s'imposait de lui-même, quel qu'en devait être le prix. Mais pour l'instant, j'attendais des nouvelles de *L'Été d'avant*.

Elles commençaient à arriver de la grande maison. Mon livre avait été déjà lu par deux lecteurs. Il plaisait ;

un troisième devait le terminer bientôt et donner son rapport pour fixer la décision finale. Mais depuis que j'avais l'espoir d'être reconnue par l'autre éditeur, celui du quartier de l'Odéon (je ne savais pas que les maisons d'édition pullulaient dans ce secteur, pour moi il n'y en avait qu'une, la mienne), je me détachais du premier. Il valait mieux, à mon sens, être la reine (et je ne pouvais qu'être la reine) chez un petit que perdue, inconnue, dans le flot des auteurs chez un gros. De plus, j'avais de l'estime pour le petit et de l'indifférence pour le gros.

Le jour de La Rencontre arriva. Je me suis retrouvée assise dans un bureau encombré et vieillot, devant un Grand Monsieur. Je n'en croyais pas mes yeux. Sa veste était fripée, son pantalon était poché aux genoux, son col roulé était râpé et j'aurais pu me croire devant un voyou d'une quarantaine d'années qui se faisait de l'argent de poche en livrant des caisses de fruits et légumes, la nuit, aux Halles. Comment cet homme-là pouvait-il avoir la réputation de plaire aux femmes ? Je ne voyais pas en lui la moindre séduction. Sur sa table, en équilibre à peine stable, une pile de manuscrits, le mien par-dessus. La salive me manquait, je n'étais que deux yeux et deux oreilles.

53

VIDE ! Le Monsieur m'a dit que mon livre était vide. Il a pris mon texte sur la pile, l'a feuilleté en silence, puis m'a dit qu'il était en deçà d'une bonne moyenne. Bien écrit. Du talent, de bonnes pages, de beaux paysages mais les personnages n'existent pas. Surtout l'héroïne, Gabrielle. Qui est-elle ? D'où vient-elle ? On ne sait et on ne voit que ce qui lui arrive. Elle aime Françoise. Bien. Mais qui est cette jeune fille amoureuse ? On n'en sait rien. Elle n'a pas de parents, pas de famille, pas de passé. Elle sort d'une maison de temps en temps pour rejoindre son grand amour, mais on ne sait pas de quelle maison. Curieusement, c'est un personnage qui n'existe que quand il est hors de chez lui, qui ne vient de nulle part, qu'on ne connaît que par ses sentiments. Elle aime, mais *qui* aime ? Comment s'intéresser à des sentiments qui ne viennent de personne ? Gabrielle n'existait pas, je l'avais comme désossée.

Et c'était vrai. Ayant réduit les liens de famille de Gabrielle, j'avais rempli avec ivresse mes pages de nos moments heureux sur la Côte Sauvage de Quiberon. Toute ma passion, je l'avais mise dans de belles descriptions de paysages marins. Mon livre était celui d'une amoureuse qui n'ose pas dire « je t'aime ». J'avais voulu éviter le maximum de heurts entre les personnages, si bien que Gabrielle était presque toujours seule, allant à ses rendez-vous et en revenant le cœur gonflé d'émerveillement jusqu'au lendemain matin, et il ne se passait rien d'autre. J'avais enlevé les deux enfants de Françoise qui ne m'aimaient pas, ainsi que ses sœurs et sa mère qui me détestaient. Il n'y avait pas une scène à l'intérieur d'une maison, pas un repas en commun, pas de vie matérielle. J'avais cru donner libre cours à ma force d'aimer et je ne savais pas qu'en ôtant les obstacles, j'avais désincarné mes personnages, et surtout ma jeune amoureuse. Quels étaient ses autres liens, ses rapports avec le reste du monde ? Avec la famille de Françoise ?

Rien. Je n'avais, en effet, rien mis là-dedans, sauf à la fin pour les besoins de la cause, en allongeant

Gabrielle dans les bras du fils de Françoise... J'avais passé brièvement, par exemple, sur ce qui pouvait unir Pierre et Gabrielle. De Fabien, on ne savait presque rien. Juste une crise mystique qui lui faisait fuir, à sa manière, lui aussi, l'espèce humaine.

J'absorbais comme une éponge ce que me disait le Monsieur, stupéfaite de sa clairvoyance. Peut-être aussi un peu inquiète. Voyait-il aussi loin en moi que dans mon livre ?

Il m'a raccompagnée jusqu'à la porte d'entrée en me disant qu'il restait à ma disposition.

54

LES semaines passant, je réfléchissais. Par moments, je me révoltais. Après tout, il y a bien des livres qui se vendent, pleins de personnages désossés, de situations faciles, sans angles, sans recoins sombres, où tout est clair et agréable, et que l'on dévore comme on croque un bon fruit ou comme on respire dans le vent frais, et qu'on oublie aussi vite. Qu'est-ce qu'il voulait dire, après tout, le Monsieur, avec son « Votre livre est vide » ? D'ailleurs, il plaisait assez dans la grande maison d'édition. On s'y intéressait, on l'avais mis sur le bureau du grand patron pour une décision finale. Avant une dizaine de jours, peut-être deux semaines, on me donnerait une réponse définitive.

Pendant ce temps-là, il fallait que je gagne mon pain. J'étais partie du Comité des Expositions de Paris au bout de mes trois mois, fâchée encore une fois avec Sophie. Je ne voulais plus la revoir.

Alors, je me suis rendue chez Minerve Intérim. On m'en avait parlé en bien, et je tremblais en passant un test élémentaire d'orthographe, de sténo, et de dactylo, comme s'il s'était agi d'un examen du deuxième cycle. Moi qui n'avais jamais pu passer un seul examen, sauf le permis de conduire du premier coup! C'est à la cession de rattrapage que j'ai eu le B.E.P.C. à dix-sept ans. C'est tout.

On reconnut une nette défaillance en sténo, mais on me donna une mission de dactylo pour quatre jours à Boulogne.

Je n'avais pas fait attention au nom de l'établissement. Je n'avais noté que l'adresse sur un papier. A peine arrivée sur place, on me remit un questionnaire de quatre pages que je devais rendre dûment rempli et signé avant même de faire le tour des services. On me demandait après bien des renseignements sur ma vie et celle de ma famille, de garder le secret absolu sur tout ce que je verrais et j'entendrais ici. Une sueur froide me mit les tempes comme entre deux glaçons. On travaillait ici pour l'armement!

Est-ce que mes quatre jours de mission au plus bas échelon du petit personnel leur donnait le droit de savoir sur moi tant de choses? J'ai toujours eu horreur de signer des papiers, même pour la Sécurité sociale, et là, je sentais confusément que cela m'engageait vis-à-vis d'une maison dont je n'avais rien à faire. Il n'était pas question de signer et d'être fichée chez eux. Je demandai à la chef de service un moment pour réfléchir, et en fait, c'était tout réfléchi, je ne voulais pas rester. Une fois encore j'allais être dans la pénible situation de créer des problèmes. Ce n'était pas toujours pour mon plaisir. J'aurais bien aimé n'avoir pas réfléchi, n'avoir pas ma morale à moi, n'avoir pas de scrupules. Je me serais assise là, j'aurais rempli le formulaire comme tout le monde, j'aurais eu de l'argent à la fin de la semaine. Mais je ne le pouvais pas. Devant moi, le chef de service attendait ma réponse et son silence me faisait battre le cœur encore plus fort. J'avais peur de ce qui pouvait se passer, j'avais peur des réprimandes que l'on me ferait aussi à Minerve. Et puis je n'aimais pas faire défaut après avoir accepté cette mission. Les jambes tremblantes, le visage subitement brûlant, la voix éteinte, mais la volonté ferme, je dis simplement : « Je ne vais pas rester. »

A la première cabine téléphonique, j'appelai la directrice de Minerve.

— Qu'est-ce qu'il vous prend ? me dit la directrice, ce n'est pas une affaire, tout de même, que de remplir un dossier ! Vous êtes donc si timorée ?

— Non, Madame, mais je ne laisserai pas d'informations sur moi dans un établissement qui fabrique des armes. Pour ce que j'y aurais fait, ils n'avaient pas besoin de mes serments. Et puis, je ne leur ferai pas cadeau de ma signature, ça jamais !

— Mais enfin, de quoi avez-vous peur ? J'en ai des dizaines d'intérimaires, moi, qui y sont passées et qui les ont signés, ces papiers !

— Madame, si ça ne les gêne pas, tant mieux pour elles, moi, je crèverais plutôt. Ce n'est pas une question de peur, c'est un engagement moral et puis c'est tout. Si vous ne comprenez pas, tant pis.

— C'est bon, Mademoiselle, pour notre premier contact, je vous signale que c'est un mauvais point pour nous.

— Eh bien, sachez que pour moi, votre insistance est un mauvais point aussi !

— Alors, où peut-on vous envoyer sans entamer votre sens moral ? J'ai un poste à la Défense, ça vous va ?

— Envoyez-moi partout, sauf à la Défense et dans l'armement. Vous comprenez, je suis de la campagne...

— Oui, mais enfin, vous les avez quittés depuis longtemps, vos champs ?

— Pas assez pour les avoir oubliés.

— Est-ce que la Compagnie française des Pétroles vous irait ? C'est dans le quinzième arrondissement.

— Va pour la Compagnie française des Pétroles.

Et je me trouvai à deux heures de l'après-midi au quatorzième étage d'une tour qui en comptait vingt et un, je crois, qui était climatisée, et qui faisait face à la Maison de la Radio le long de la Seine. La tour Mirabeau. Je devenais une véritable intérimaire.

55

OÙ que j'aille, depuis que je travaille, j'ai pour premier coup d'œil sur les lieux et sur les gens, celui que m'informe si, là où j'arrive, le personnel peut ou non téléphoner à sa guise. J'épie, je questionne d'un air étourdi, je fais une première tentative, je regarde comment on réagit et je m'octroie, sinon un poste pour moi toute seule, du moins des moments privilégiés réservés à mes appels vers l'extérieur. Presque des appels d'un sous-marin coupé du monde. C'est l'angoisse d'être enfermée pour huit heures parmi des gens avec qui je n'ai rien à partager, c'est l'angoisse d'être à la disposition d'un supérieur qui a des pouvoirs sur l'inférieure que je suis. J'ai toujours quelqu'un à appeler quand je suis prisonnière du travail. C'est souvent l'un ou l'autre membre de ma famille. Il le savait bien, Monsieur Marais, il me laissait un moment bavarder dans le combiné et puis il interrompait avec un demi-sourire qui se montrait complice, qui me prouvait sa tolérance, et il me disait : « Dès que vous aurez terminé, vous viendrez me voir, s'il vous plaît... » Il refermait la porte de son bureau et je savais qu'il fallait raccrocher tout de suite. Mais du moins m'avait-il laissée m'évader un moment.

A la C.F.P., à cause des téléphones qui avaient l'air d'avoir poussé là comme les champignons dans mes champs à l'automne, j'ai su que j'y ferais, à ma façon, mon petit bonheur. Sur chaque table, il y avait un poste ou même deux. Comme l'immeuble est en forme d'étoile à trois branches, les pointes des branches sont de vastes halls très clairs parce qu'entourés de vitres comme un aquarium. Dans ces vastes halls, une dizaine de tables de bureau séparées par des placards de fournitures ou de vestiaires. Manière de rendre son coin plus intime et de ne pas profiter constamment du va-et-vient dans ce grand hall, qu'on appelait « le Paysager ».

Et, en effet, on y voyait du paysage. D'une branche (celle où j'étais), on avait l'impression d'être dans un avion qui allait bientôt survoler la colline de Meudon, et un peu sur la droite, le mont Valérien. Au pied de la tour, glissaient des péniches sur l'eau opaque de la Seine. Le ciel d'Ile-de-France, si changeant, si doux, si légèrement coloré par temps nuageux, si tendrement bleu par beau temps, se reflétait dans les eaux et j'éprouvais parfois, debout, le nez contre des vitres qui ne s'ouvraient jamais, de poignantes nostalgies de je ne savais quoi, des élans amoureux vers je ne savais qui, des besoins de murmurer des mots qui montaient de mes profondeurs pour célébrer je ne sais quel culte à la beauté des choses. Quittant mes rêveries, je n'étais que devant une énorme machine IBM à boule, au quatorzième étage, et sur le côté gauche, un épais rapport en anglais attendait que je le mette au propre. C'était un travail urgent, et alors, subitement, comme on s'enfonce dans l'eau par un plongeon, je m'enfonçais dans le rapport en tapant comme une abrutie, en face d'une grande et lourde femme, intérimaire aussi, qui n'arrêtait pas de rouspéter après tout le monde et de flatter les jeunes ingénieurs pour lesquels elle travaillait. Elle m'exaspérait et je ne lui parlais pas de mes rêveries, je n'avais donc rien d'autre à faire que de taper, taper, taper toujours, le gros rapport qui devait être terminé avant deux semaines.

Quand l'heure du premier déjeuner approcha, à mesure que le Paysager se vidait de ses ingénieurs et de ses secrétaires qui allaient tous se retrouver à la cantine, je me préparai à décrocher le téléphone. Mais ce n'était pas à un ami ou une amie, cette fois, ce n'était pas non plus à ma petite sœur Solange, je m'apprêtais à appeler le Monsieur, j'avais besoin de parler de mon livre. Et ça, je ne pouvais pas le faire en présence de la grande bique bruyante et indiscrète. S'il y avait eu un téléphone dans l'église du coin, c'est de là que j'aurais appelé. J'avais besoin de silence à l'intérieur comme à l'extérieur de moi. Alors, pour être plus sûre qu'on ne m'entende pas, j'ai pris l'appareil et me suis enfermée dans le placard à vêtements où je me suis recroquevillée pour pouvoir y tenir.

Et justement, le Monsieur semblait avoir des choses importantes à me dire concernant *L'Été d'avant.* Il y avait pensé, lui aussi, de son côté, il était ravi que j'appelle et me proposait de déjeuner prochainement avec lui pour en parler. En boule dans le fond de mon placard obscur, je parlais bas comme dans un temple. Je l'écoutais en appuyant ma tête contre la paroi, ou bien carrément contre mes genoux ramassés sur mon torse, et je vivais une bouleversante émotion. On me parlait de mon « petit » en technicien, en homme du métier, ça voulait dire qu'on le prenait au sérieux, donc qu'on me prenait au sérieux. Je ne savais pas supporter cette joie qui était presque écrasante. Je la diluais dans mes petites plaisanteries, dans des rires nerveux de gamine insouciante, ou dans des mots qui sortaient à peine de ma gorge, comme un compte-gouttes qui serait bouché. A partir de ce moment-là, ce qu'on m'avait dit dans la grosse maison d'édition ne comptait plus, je ne pensai plus qu'à y récupérer mon manuscrit dont on tardait à me donner les dernières nouvelles. C'était égal, j'avais rencontré Mon Éditeur. En sortant de mon placard, je n'étais sûrement pas seulement rouge de l'inconfort, mais aussi d'une joie mêlée d'inquiétude. En poussant le battant métallique de la porte du placard, pour revenir à mes obligations, j'avais heurté un des ingénieurs qui resta interdit, me regardant, téléphone en main, me déplier et cligner des yeux... « Vous cherchez quelque chose ? » lui demandai-je avec un faux naturel. Il me regarda encore et fit demi-tour, l'air stupéfait.

Plusieurs mois après, je l'ai rencontré, et quand il m'a saluée, l'homme qui l'accompagnait a demandé : « Tu la connais ? » Il a répondu : « Oui, elle sortait d'un placard la première fois que je l'ai vue... »

56

NOUS avons déjeuné dans un restaurant yougoslave, tout près du Pont-Neuf. Tout comme dans mon livre je m'étais dissimulée derrière des phrases et des mots spectaculaires, ici j'étais cachée derrière un abondant maquillage (ce qui n'est pas mon genre), et j'avais enveloppé mes cheveux sous un large turban de soie. Pas une mèche rousse ne passait. J'avais l'impression de voir sans être vue. Et il le fallait, car j'avais l'intention de lui confier mon secret.

Cette décision, qui paraissait soudaine, en fait, remontait loin. Je le connaissais, ce Monsieur ; il faisait parler de lui. Son nom avait été prononcé devant moi par des amis de mon père qui parlaient, sur un ton voilé et manifestement indigné, d'un livre qu'il avait publié et dont le titre ne me disait rien, ne l'ayant pas vu à la maison. C'était un joli titre qui faisait rêver à toutes sortes de baignades et d'ablutions car j'entendais qu'il s'agissait d'une *Histoire d'eaux*. Et comme ce livre avait l'air d'être très troublant, j'ai immédiatement pensé que les gens s'y baignaient nus, que sur les berges, sous les douches, ou même dans la rivière, il se passait des attouchements et des scènes d'amour très osés. Mon père disait ne l'avoir pas lu. Et dans la conversation, on avait parlé des démêlés du jeune éditeur avec la justice. C'était inquiétant et excitant, tout en demeurant assez flou. Peut-être les grandes personnes parlaient-elles à mots couverts ? Je n'avais retenu que le nom du livre et celui du Monsieur. Plus tard, le nom du Monsieur revint dans ma vie et cette fois plus clairement, à propos d'Albertine Sarrazin. Non seulement il l'avait sortie de l'ombre, mais il l'avait défendue quand on l'avait attaquée sous prétexte qu'elle s'était prostituée à seize ans. Défendue ouvertement et avec violence. Moi qui lisais peu, j'avais attrapé ces informations comme on attrape un virus, je ne sais où. Et je me mis à rêver. Ne connaissant pas autour de moi un seul homme dont j'aurais pu attendre la protection, si jamais j'avais osé me libérer de mon secret, je m'étais mise à imaginer un jour improbable où, rencontrant le Monsieur, je lui confiais ma honte. Ce qu'il avait fait pour Albertine Sarrazin, il le ferait bien pour moi, j'en étais sûre. Alors, depuis l'âge d'environ vingt ans, de temps en temps, au moment de m'endormir, enfouie dans mon oreiller, je parlais à ce Monsieur qui n'avait pas de visage pour moi, seulement un nom et beaucoup de courage. Je n'avais jamais vu sa photographie dans le journal. Je ne lisais pas les journaux.

Quand il m'a dit que mon livre était vide et que je tournais manifestement autour de quelque chose, j'ai eu le sentiment que sans le savoir, il venait au-devant de moi, répondant ainsi à un appel ancien. Mais je ne voulais pas me laisser aveugler par cette première impression. Dans le restaurant yougoslave, je voulais encore l'étudier, ce Monsieur, avant de lui confier le secret que je gardais pour moi comme un sac d'or, ou de boue. Il fallait que je le voie bien, que j'observe sur quel terrain j'étais prête à déposer ma confiance, mon fardeau. Entre un être idéal que j'avais peut-être inventé d'après deux ou trois articles et celui qui était bien en chair et en os devant moi, avec ses qualités et ses défauts, il y avait sûrement une différence.

Il avait relu mon livre. Oui, il était vide. Tellement, même, qu'il en devenait suspect. Gabrielle était tellement désincarnée, tellement sans substance, que cette substance était presque dessinée par omission. Cela l'intéressait. Qu'est-ce que je protégeais donc si farouchement ? Ça commençait à l'intriguer, ce Monsieur. Je tournais assurément autour de quelque chose. Il parlait en rassemblant les miettes près de son verre. Ses mains étaient belles, longues mais fortes. Elles étaient éraflées à un ou deux endroits, et je souris intérieurement au bricoleur ou au jardinier que je devinais en lui. Sa voix avait du mal à maîtriser une timidité que je trouvais charmante. C'est très agréable, un Grand Monsieur dont on devine des points faibles.

Toujours ramassant ses miettes, il me dit :

— Il n'y a pas d'écrivain indifférent à soi-même. C'est une impossibilité. Il y a les écrivains qui se fuient et les écrivains qui se cherchent, qui creusent dans leurs replis secrets. Ceux qui se fuient cherchent à écrire de belles histoires, comme Roquentin à la fin de *la Nausée,* vous vous souvenez ? : « ... alors j'écrirai une belle histoire dure comme de l'acier... » Mais on ne peut pas écrire de belles histoires sans avoir réglé un compte avec soi-même. Si on n'a pas de compte à régler ? alors, on n'a pas de raison d'écrire ; l'agriculture manque de bras. Vous avez sûrement écrit autre chose, ou vous allez le faire. Envoyez-moi ce que vous voudrez, quand vous voudrez, pour que j'essaye d'y voir un peu plus clair avec vous.

Je suis presque sortie du restaurant en chancelant. Était-il devin, cet homme ? Avait-il lu mon secret au fond de mon regard ? Mon Dieu, voilà que son oreille se mettait à mon écoute et que je n'avais plus envie de rien dire ! Comment parler de choses que j'avais enfermées si longtemps ? C'était étourdissant, c'était galvanisant, c'était plein d'un incroyable mais effrayant espoir. L'étudier encore un peu, attendre encore un rendez-vous ou deux, être sûre de lui, et enfin parler ?

57

DANS la tour Mirabeau, j'étais songeuse. J'avais dans mon cabas un petit texte de cinquante pages environ, écrit quelques années plus tôt dans un élan de rage après une visite de l'interne de l'hôpital Saint-Antoine. Sous prétexte que je venais une fois de plus de donner ma démission et que je n'avais pas d'emploi, il m'avait dit sur le ton de la profonde désolation, tant de fois entendu chez mon père « Tu n'es pas assez tenace. » Je pensais que rien n'était plus faux, mais que ça ne se voyait pas. Mon but à moi, il n'était pas là où les gens le voulaient. J'étais tenace comme personne, mais seulement sur le travail que j'avais entrepris depuis mon enfance et qui était invisible aux autres. Un travail de récupération, un travail de réhabilitation, un travail de sauve-qui-peut dans les profondeurs de mon âme, qui ne se manifestait que par des actes dérisoires, mais qui me coûtait à moi des efforts surhumains, et dont j'avais sans cesse à mesurer qu'ils étaient au-dessus de mes forces. Qui savait le prix que je payais une simple page de mes cahiers sans rature ? Le tourment que c'était chaque matin de préparer correctement mon cartable ? La plupart du temps, j'oubliais le livre d'histoire le mardi, me croyant au mercredi, j'apportais le cahier de calcul au lieu du cahier de problèmes, n'ayant toujours pas compris la différence. Je ne savais plus la récitation que j'avais pourtant apprise et que j'avais récitée triomphante à ma mère. On me traitait de paresseuse. Et tout cela ajouté au fait que la bretelle de ma jupe d'uniforme tenait par une épingle double, parce que je n'avais pas osé dire que je l'avais arrachée en jouant comme une folle dans la cour, tout cela ajouté au fait que je me retrouvais même parfois les mains vides devant l'école et que je sentais la terre se dérober sous mes pas en découvrant que j'avais oublié mon cartable quelque part, probablement dans le train de banlieue ou sur le comptoir du guichet de la gare, ou encore par terre parce que j'avais rencontré une camarade et qu'un moment nous avions bavardé, le cartable entre les jambes, sur le trottoir, avant de courir pour ne pas manquer notre train de vingt et une... Les obligations courantes de la vie quotidienne étaient tout sauf courantes, pour moi. C'étaient des travaux d'Hercule. A la maison, aussitôt ôté mon manteau, je ne savais plus où je l'avais posé et la voix exaspérée de ma mère me rappelait l'ordre élémentaire. Ne pas faire de taches sur ses vêtements, penser à mettre correctement le couvert, bien ranger ses affaires, mettre son linge sale avant le lundi dans le grand panier, descendre les escaliers sans faire de bruit parce qu'une petite sœur dort encore ou bien que le père travaille dans son bureau, ne pas courir n'importe où dans le jardin que ma mère entretient...

Tout cela, et bien d'autres choses encore, n'était pas la facile observation d'un code qui aurait dû me faciliter la vie à l'école et à la maison, comme pour presque toutes mes camarades, c'était une suite de promesses de punitions. A l'école on me grondait : « Avec les parents que vous avez ! Comment osez-vous tourmenter une mère si méritante, qui se donne tant de mal, un père si intelligent et toujours digne ? Quand on appartient à une famille si unie, si chrétienne, on doit avoir à cœur de lui faire honneur ! » C'est vrai que nous avions l'interdiction de nous disputer depuis notre plus jeune âge et que les visiteurs ne voyaient chez nous qu'harmonie entre tous les membres de cette famille pléthorique. Souvent, sur demande de notre mère, nous leur chantions quelques-uns de nos chants préférés à plusieurs voix, et nous ne nous servions jamais avant les invités. Les éloges pleuvaient avant la fin de la soirée. On disait à mes parents l'envie qu'ils suscitaient.

J'écoutais les semonces le cœur broyé. Alors, mon insolence revenait à mon secours. Je répondais n'importe quoi. Et puis, subitement, je fondais en larmes, écrasée sous les poids additionnés de mon indignité apparente et de mon indignité cachée.

Pourtant, je les savais, les codes qui régissaient ma vie scolaire et ma vie familiale ! Mais j'avais la tête hantée par d'autres urgences ; tout y était en désordre. Je priais ce Dieu qui était, paraît-il, Amour de me pardonner d'être la pire de ses créatures, et pourtant, presque aussitôt, je retournais en pensée, avec horreur et délice à la fois, vers mon péché, mon secret. Je me préparais peut-être à recommencer le jour même ou bien le lendemain... J'avais besoin de mon péché et c'était ma honte. Pour que Dieu me pardonne, je m'efforçais de rendre service à ma mère, je jurais à genoux, dans mes prières du soir, que ma journée du lendemain serait exemplaire à l'école comme à la maison, j'embrassais dans leur sommeil mes petits frères et mes petites sœurs pour chasser les sentiments de révolte qu'ils m'inspiraient quand je voulais que ma mère s'occupe de moi et de moi seule, et je pleurais parfois en priant. Je me couchais après avoir pris la ferme résolution de ne plus retourner à mon péché, mais je savais au fond de moi qu'une fatalité contre laquelle je me sentais impuissante me soumettrait encore. A l'avance j'en demandais pardon au Tout-Puissant. Il me semble que je livrais à longueur de journée un corps à corps avec ma hantise, mon secret. Parfois même, du soir au matin. Je le retrouvais dans mes rêves nocturnes (et ce n'était pas toujours des cauchemars), et puis j'y songeais les yeux ouverts dans la nuit, quand je ne dormais pas.

Fuir ou appeler mon secret du fond de ma conscience, c'était utiliser toute mon énergie, toutes mes forces de vie. Il ne m'en restait plus assez pour être une bonne écolière, ou même seulement une petite fille comme les autres.

Vivre le quotidien avec et en même temps que tout le monde devenait un rattrapage constant, comme ces héros de film d'angoisse que l'on voit du début à la fin courir après une voiture qui démarre, poursuivre un train, sauter en marche dans un wagon, descendre à la première station parce qu'ils se sont trompés, arrêter une voiture ou un taxi. L'image d'après, dans un aéroport, la veste sous le bras, courant toujours, le héros fonce vers un guichet, puis un autre, s'aperçoit qu'il n'a plus sa valise, et il file vers la salle d'embarquement d'un avion qu'il va probablement rater... Je lui ressemblais. Et comme je me voyais souvent dans des situations grotesques, j'en riais pour n'en pas pleurer devant les autres. On me reprochait cette insolence, cette insouciance, ce « je-m'en-foutisme ».

Quand j'ai entendu mon amant me dire : « Tu n'es pas assez tenace », je me suis sentie humiliée à vingt-quatre ans comme je l'avais été à huit, à dix, à douze et plus tard... S'il avait su quelle force il m'avait fallu rien que pour être encore là, devant lui, après ces vingt-quatre interminables années de lutte souvent désespérée ! Mais félicite-t-on les vivants de l'être chaque jour ? Moi, à l'époque où l'homme que j'aimais venait de me dire cela, on aurait dû le faire. Et si en plus, il avait fallu que je sache vivre la vie de bureau et la vie sociale !... Mais comme autrefois, par réflexe, je me suis mise à rire, comme si je riais de mon instabilité. Ce jour-là, mon amant s'est fâché.

A peine seule, humiliée, enragée, je m'étais jetée sur du papier et j'avais rédigé une sorte de lettre dans laquelle je tentais de me justifier, de montrer mes efforts, ma ténacité profonde. J'y frôlais mon secret sans le dévoiler vraiment. Cette lettre géante, je l'avais dactylographiée et je lui avais donné un titre : *Mémoires d'une jeune fille dérangée,* pour plaire à mon père, même s'il n'en était pas le destinataire, à cause des *Mémoires d'une jeune fille rangée* de sa chère Simone de Beauvoir.

58

LE regard survolant les collines de l'Ouest parisien, j'hésitais encore avant de me décider à porter mon texte au Monsieur. Et si le confort dans lequel il m'avait mise lors de nos rencontres n'était qu'une tactique pour me séduire ? Je les connaissais, moi, ces hommes entre deux âges qui épatent les midinettes de mon espèce et les séduisent. J'étais déjà tombée dans le piège et j'en gardais de cuisants souvenirs. Est-ce que je pouvais croire en la sincérité de son intérêt ? S'il faisait une seule tentative, j'étais décidée à le fuir à tout jamais. La déception serait trop cruelle. A mes yeux, il ne devait pas être un autre personnage que celui que j'avais imaginé pour me sauver, et le Grand Prêtre de la littérature. Rien ne devait briser l'estime que j'avais pour lui depuis si longtemps. Mais on m'avait dit de me méfier de lui parce qu'il plaisait aux femmes. Allait-il me sauter dessus tout d'un coup ou bien m'entraîner en douce dans une situation inextricable ? Refaire face à un séducteur m'épuisait d'avance. Se refuser, sentir l'insistance, croiser un regard affamé de votre corps, le lui refuser et s'en justifier comme une coupable. La plupart des hommes ont cette sale manie de demander à une femme qui se refuse « Pourquoi ? » comme s'il y avait une liste de raisons valables et une autre qui ne le serait pas. Et la femme qui se refuse est obligée à toute vitesse de prendre dans une liste — et pourvu que ce soit la bonne — quelques arguments plausibles, sinon il y a discussion comme à un marché arabe. Dire à un homme « je n'ai pas envie » ou « je ne veux pas » n'est presque jamais suffisant. Et quand on s'est mal justifiée, on se croit coupable. Et quelquefois, à force d'insister comme un gosse qui tanne sa mère pour avoir une sucrerie, l'homme finit par vous avoir. Et il vous a doublement quand vous vous mettez à croire que vous vous trouvez devant celui qui va vous arracher à votre solitude. Ils sont presque tous comme ça. Ils font partie de ceux qui disent à qui veut les entendre qu'ils aiment les femmes, alors qu'ils prouvent justement par ce comportement qu'ils ne les aiment pas puisqu'ils ne les écoutent pas. Ils obtiennent ce qu'ils veulent, c'est tout.

C'est d'avoir été tellement en confiance qui faisait sournoisement monter en moi une espèce de peur non seulement pour la midinette qui était en moi, mais pour l'auteur aussi qui allait peut-être perdre un nouveau Maître à penser. Et celui-là était tellement plus intéressant que le premier ! Heureusement, il n'avait pas encore eu un seul geste équivoque.

Je n'ai pas posté mes *Mémoires,* mais des pages arrachées à mon journal. Je gardais ma *Jeune fille dérangée* pour plus tard.

59

CETTE journée-là est à marquer d'une croix dans mon calendrier. J'avais rendez-vous avec le Monsieur

« Chez Francis », place de l'Alma, après les huit heures de travail. C'était une journée interminable. Je n'arrivais pas à me concentrer sur le rapport que je devais taper rapidement. Je n'entendais pas ce qu'on me disait, j'étais perdue dans le ciel presque estival du mont Valérien vers lequel il me semblait toujours que nous volions. Une équipe médicale aurait pu me faire passer pour morte, je n'avais plus de pouls, je ne respirais plus, mon regard était vide, je n'étais plus là. Dans le néant bleu pâle sur lequel se profilaient les premiers contreforts de la banlieue ouest, j'étais déjà parmi les anges, morte pour avoir parlé. Car à mes yeux j'avais déjà parlé, tant j'avais passé et repassé le film de ma confession sur l'écran de ma fenêtre sombre, la nuit précédente. Je m'étais vue exténuée arriver à grand-peine au lieu de rendez-vous et m'affaisser sur le pas de la porte du restaurant. Tout le monde se précipitait, et quand j'apercevais le Monsieur, je murmurais faiblement qu'avant de mourir, c'était à lui que je voulais parler. On m'allongeait sur la banquette en cuir et le Monsieur se penchait sur moi. Je n'avais que le temps de dire ma phrase accablante avant d'expirer. Je ne voulais surtout pas rester vivante, une fois libérée de mon secret. J'étais incapable d'imaginer l'attitude du Monsieur. J'avais autant peur qu'il me dise « Ce n'était que ça ? » que de le voir subitement changer de couleur ou bien bondir de dégoût pour s'éloigner de moi. Je n'avais aucune idée, au fond, de ce que représentait vraiment ma confession. Elle m'avait paru tour à tour monstrueuse et insignifiante au cours des années. C'est dans la censure des autres que j'avais imaginé la gravité de mes actes passés. C'était au confessionnal que j'avais appris que j'étais en état de péché mortel depuis mon enfance.

Les heures de cette journée se sont effilochées

jusqu'à ce qu'enfin la dernière s'achève dans une précipitation inattendue. Sortir une minute après, c'était peut-être arriver en retard et constater que le Monsieur était déjà parti. C'est une folle qui s'est engouffrée dans le métro, la veste sous le bras et les *Mémoires d'une jeune fille dérangée* serrés dans les deux mains. Ce n'était plus la même qui émergea de ces galeries souterraines. J'étais à ce point au bord d'un instant terrifiant que, pour avancer, je fis appel aux forces qui me tiennent debout dans les moments importants. Il me semble alors que le plus grand ouragan peu bien secouer le monde, moi, je resterai debout. Pour avoir vécu toutes mes faiblesses par anticipation, il ne me reste plus que des forces. Après tout, le Monsieur ne me dévorera pas, et s'il recule d'un seul centimètre, je ne le reverrai plus et puis voilà.

C'est une jeune femme émue, mais calme, soucieuse de garder l'équilibre, qui a poussé la porte vitrée du restaurant. Penché sur un journal, le Monsieur était là. Quel que soit l'être qui ferme son journal parce que j'arrive, j'en ressens toujours un immense plaisir, et c'est ce qu'il a fait.

J'ai montré le mince classeur que je serrais encore dans mes mains et j'ai dit : « Voilà quelque chose que j'ai écrit sur mon enfance, mais ce n'est qu'un vaste mensonge. » Alors il m'a répondu : « Dans ce cas, ça se verra... » C'était incroyablement rassurant. Sous son regard, je ne pouvais plus me perdre car il le verrait. Mon apparente franchise ne le tromperait pas. J'ai continué sur le même ton : « ... Dans ces pages, parce que j'avais du dégoût pour l'un de mes frères, je n'ai mentionné que lui et pourtant, sur cinq frères, il n'y en a qu'un avec qui je n'ai pas couché quand j'étais petite... Sans oublier un bon nombre de mes cousins. »

Toujours pour voir sans être vue, j'ai pris l'air de

n'être pas concernée par cette question, ou si peu. Toutes mes antennes pourtant captaient les moindres de ses réactions. On aurait parlé des pronostics de la météo pour le lendemain, je n'aurais pas eu un autre ton. C'est mon habitude, dès que je frôle de près ou de loin cette zone très sensible de mon être. Sinon, je m'effondre dans des sanglots. J'ai ajouté enfin : « Vous êtes le premier à qui j'en parle. Jamais cet aveu n'a franchi ma bouche hors des confessionnaux de mon enfance. Même en presque dix ans de psychothérapie, je n'ai pas pu parler de ça. C'était mon secret. »

Il n'a pas bronché. Il n'a pas reculé d'un centimètre ni montré un quelconque étonnement : il restait comme avant. Il m'a un peu questionnée. Quand avais-je commencé ? L'été de mes sept ans, alors que ma mère attendait son neuvième enfant. La suite de notre entretien n'est plus qu'un bourdonnement dans mes oreilles. Je sais que nous avons parlé plus d'une heure et j'ai oublié de quoi. Je me suis retrouvée dans l'état d'étourdissement d'un automobiliste qui vient de justesse d'éviter un accident fatal. Il continue à conduire un moment, puis s'arrête sur la chaussée pour reprendre sa respiration et attendre que les battements de son cœur redeviennent réguliers. Il peut tenir une conversation, mais plus tard, quand il essayera de s'en souvenir, il aura oublié, un voile noir s'étant abattu sur sa mémoire. Je ne revois que la place de l'Alma quand nous sommes sortis et que le Monsieur a cherché du regard où était l'arrêt de son autobus. Nous nous sommes séparés.

60

UN étrange vertige m'a prise. Je venais de parler. C'était à peine croyable. Je ne savais pas si j'étais terrifiée ou si j'étais heureuse. J'étais seulement étonnée que tout fût ordonné comme avant dans la ville. Les feux rouges passaient au vert, les voitures démarraient et traversaient le pont sous lequel l'eau coulait d'un même débit. Je ne sais pourquoi, j'aurais voulu que les choses changent. J'aurais voulu voir les immeubles fleuris pour je ne sais quelle fête, et les badauds s'agglutiner sur les rives du fleuve pour admirer un somptueux bateau doré glissant vers l'aval. Je n'aurais été qu'à peine surprise si les gens s'étaient enfuis en me voyant ou au contraire, s'ils s'étaient approchés avec une inquiétante curiosité, comme devant ces stands de fête foraine où l'on exhibait autrefois des êtres hideux et difformes.

J'avais besoin de marcher. De m'interroger. C'était bien joli, la fête, mais que venais-je de faire là, folle que j'étais ! C'était bien la peine d'avoir su garder plus de vingt ans un secret que je n'avais qu'à continuer à porter jusqu'à la fin de mes jours ! Je venais de remettre une énorme partie silencieuse de mon être à un homme qui m'était presque inconnu. J'avais beau me dire et me redire que c'était avec détermination que j'avais parlé, j'avais beau me répéter que depuis l'âge de vingt ans je souhaitais au plus profond de moi parler justement à cet homme comme des catholiques souhaitent parler à leur évêque ou même au pape, j'avais beau me rappeler comment il avait pris la défense d'Albertine Sarrazin, rien ne m'apaisait. Je voulais reprendre mes paroles.

C'est ainsi que je faisais jadis, quand, brûlant d'envie de me confier et d'être prise en charge un moment par ma grand-mère maternelle, j'inventais des histoires où affleuraient mes obsessions, mais que, prise de panique à l'idée qu'on perce mon secret, je disais bien vite que tout cela était faux, que c'était une amie qui me l'avait raconté.

J'ai voulu reprendre mon secret presque aussitôt après avoir parlé. Ah ! si seulement il y avait des téléphones dans les rames de métro et dans les autobus ! Le Monsieur qui était monté dans le 63 aurait été appelé par le machiniste : « On vous demande, monsieur, de la ligne Vincennes-Neuilly. » Et j'en aurais oublié de prendre ma correspondance à Châtelet. « Allô ! Vous savez, tout ce que je vous ai dit est complètement inventé. J'avais juste envie de voir comment vous réagissiez quand on vous racontait des choses scandaleuses. Bravo ! Vous êtes parfait et je recommencerai ! Je tâcherai pour la prochaine fois de trouver plus gros que ça. Au revoir ! »

Je me serais reprise. Le monstre aurait réintégré ses pénates, son petit coin bien à lui que j'aérais rarement par peur de le voir s'échapper. Mon petit monstre était parfois si bien endormi que je l'oubliais tout à fait. Mais à des moments inattendus, au vu de quelque image équivoque, ou bien au contraire, au plein cœur de ces conversations par lesquelles ma famille se donnait une image flatteuse, à la fois chrétienne, altruiste, ouverte, convenable, heureuse et libérée, quelque chose le réveillait, ce monstre tapi au fond de moi. J'étais alors dévastée. Le souffle me manquait. Mes forces se démultipliaient pour le dompter ou bien le faire fuir. Ses ruades me ravageaient. Je devenais redoutable pour l'entourage et pour moi-même. Je tremblais à l'idée qu'on l'identifiât, mais je retenais mal des cris qui montaient de mes profondeurs. J'entrais dans la discussion armes en avant, mais je les baissais tout d'un coup au moment où, pour aller jusqu'au bout de mes arguments, j'aurais dû exhiber mon monstre. Mes cris intérieurs se transformaient alors en une suite d'attitudes choquantes, de phrases agressives et blessantes, mais sans rapport avec mes angoisses profondes. Ou bien je me tenais très mal, ou bien j'exposais brutalement les théories les plus propres à scandaliser mes proches, faute de pouvoir faire éclater ce qui était pour moi le vrai scandale. Vers dix-huit ans, j'ai demandé à table à mes parents s'ils avaient déjà fait l'amour dans la baignoire. Vers vingt ans, je prenais plaisir à m'habiller et me maquiller comme les putains de cinéma. J'essayais de provoquer ma famille puisque je considérais qu'elle m'avait provoquée. Ils voulaient se montrer heureux, unis, convenables, et en même temps tolérants et libérés. Moi, j'aurais voulu faire tomber les masques et les façades qui m'étouffaient et m'écrasaient. Mais avant la fin de la conversation, je m'anéantissais dans des sanglots. Et puis, une fois seule, je m'inventais parfois des berceuses pour endormir mon monstre. J'essayais de composer à la fois avec lui et avec mon entourage dans lequel je m'efforçais éperdument de me fondre, de m'incorporer sans rien laisser dépasser qui puisse déranger cette harmonie si ostensiblement affichée. Je ne supportais pas d'être en désunion avec mes proches. Dans ces moments-là, les éternelles discussions menées avec idéalisme par mon père, au cours desquelles toute la famille tombait d'accord pour mener le grand combat de la dignité de la femme, de l'assistance à personne en danger, du socialisme, de la liberté d'expression ou de l'abnégation chrétienne, me trouvaient d'accord sur tout, petit soldat prêt à s'enrôler sous ces belles bannières, brave petite fille bien élevée, coulée comme les autres dans le moule du clan. Pendant quelques minutes mon monstre, muselé, se tenait coi. Mais l'effort était trop grand, la tension que je m'imposais finissait par éclater en phrases acerbes ou en pleurs que l'on ne s'expliquait pas. C'est alors qu'on m'appelait la « bogue de châtaigne ». Tout était à refaire.

C'est sûrement de ces tentatives de conciliation désespérées que sont nés mes premiers textes : *L'Été d'avant,* et même ces *Mémoires d'une jeune fille dérangée* dans lesquels mes audaces et mes demi-aveux visaient surtout à transformer la fille que je savais ignoble à l'intérieur, en une aimable insolente un peu dévergondée.

Dès que j'ai eu quitté le Monsieur, j'ai donc désiré reprendre mes paroles et rendre à ma famille, au moins à ses yeux, l'harmonieuse apparence que mes parents s'efforçaient de lui donner. Trop tard. Mon secret était allé s'installer quelque part dans un autre être. En étais-je allégée ? Ça faisait une dizaine d'années que je murmurais au Monsieur le soir, dans mes monologues interminables, le contenu de ce secret, avec une immense jalousie pour ses auteurs qui avaient osé être ceux par qui le scandale arrive, et qu'il avait aidés à l'être. Tout au fond de moi, il commençait à m'apparaître que peut-être je n'avais pas parlé pour qu'il se contente de regarder ma plaie. Nous devions en faire quelque chose, même si je ne savais pas encore bien quoi. Il pouvait m'aider à me libérer, mais comment ? Tout d'un coup, la réalité avait rejoint mon rêve. Le fantôme sans visage à qui je parlais à vingt ans était devenu un homme bien réel, assis devant moi, et qui m'écoutait. Et pas n'importe quel homme, un éditeur.

Et pas n'importe lequel, celui qui savait défendre publiquement ses auteurs et leurs vérités.

Je venais de parler, alors que je n'avais jamais osé ni voulu parler à un psychiatre. J'en avais pourtant fréquenté deux sur dix années, mais je n'avais rien dit sur mon secret ni à l'un ni à l'autre. Probablement l'avais-je effleuré. Que se serait-il passé si j'avais parlé ? Mon secret déposé dans leur mémoire n'aurait servi à rien, comme l'eau s'enfonce dans le sable du désert sans rien donner. Tandis que, parler à ce Monsieur, il me semblait, à force d'y penser — et je ne comprenais pas pourquoi —, que c'était encore garder mon secret, que c'était m'appartenir encore, que c'était peut-être arroser sur une terre dans laquelle une graine ne demandait qu'à pousser. Mais laquelle ? Et comment ? Je n'en savais rien. Avais-je raison de lui faire confiance, à ce mythe qui n'était incarné à mes yeux que depuis quelques semaines ? Irait-il jusqu'au bout avec moi ? Et d'ailleurs, qu'est-ce que cela signifiait, aller jusqu'au bout ? Je n'en savais rien, mais je me sentais comme au bord d'une falaise, en bas de laquelle je me trouverais bientôt sans savoir comment. Par un immense toboggan ? Par un parachute ? Par une lente descente prudente comme en font les montagnards chevronnés ? Pourvu seulement que je n'y tombe pas tête en avant ! Plus qu'à n'importe quel autre, je crois que c'est à ce moment précis que j'ai souhaité faire demi-tour.

Dans le couloir du métro, mon déséquilibre était tel qu'à Châtelet, je suis sortie prendre l'air et marcher le long des quais. Quand je vais mal, quand ce genre de vertige me prend, je marche dans Paris. Les vieux murs de la capitale me tiennent debout. Puis, je me suis accoudée au parapet, plongeant mon regard dans chaque éclat de lumière que me renvoyait la surface jaunâtre de la Seine.

61

MAINTENANT, j'étais dans une banque aux Champs-Élysées, et j'avais en tête des idées aussi grandioses que la plus belle avenue du monde. Je la remontais à pied, la tête haute, un sourire flottant sur mes lèvres. Mon livre avait été publié, on le voyait dans toutes les librairies avec ma photo. C'était la gloire pour Brigitte Mauduy.

En même temps, inexplicablement, venait se mêler à ce rêve de gloire le pressentiment que j'étais en route vers quelque chose d'inéluctable qui indignerait, qui ébranlerait, qui dévasterait ma famille. Un scandale qui me faisait horriblement peur et vers lequel j'étais pourtant attirée depuis si longtemps ! Quelque chose qui n'avait pas de nom ni de contour, une sorte d'ombre qui marcherait devant moi dans le brouillard et que je suivrais partout, sachant qu'à l'arrivée, cette ombre me mettrait quand même devant un panorama soudain éclairé, lumineux, avec des beautés et des laideurs, et qui serait ma vérité.

Dans cette banque, il n'y avait pas moyen de téléphoner. Nous étions une dizaine dans une vaste pièce, sous le regard d'un chef. Je devais taper des colonnes de chiffres dans des cases déjà imprimées. L'angoisse me serrait la gorge du matin jusqu'au soir.

Heureusement que je n'y étais que pour une semaine, du lundi au vendredi, sinon je me serais fait porter pâle. A l'heure du déjeuner, je rôdais dans le drugstore, sans regarder les vitrines parce que je ne regarde jamais les vitrines. Je souffre moins ainsi de ne pas avoir les jolies choses qui coûtent si cher. Quant aux librairies, depuis longtemps je les évitais pour ne pas constater que de jeunes auteurs perçaient et que je n'étais pas parmi eux. De toute façon, je n'étais pas tentée de regarder les vitrines parce que je pensais sans cesse au Monsieur. Il m'arrivait quelque chose d'étrange et de nouveau : depuis que j'avais montré ma plaie, des milliers de mots qui me faisaient rougir coulaient malgré moi de mes profondeurs comme le pus d'une plaie infectée. Heureusement qu'il ne m'entendait pas ! D'ailleurs, ces mots, je n'osais même pas les imaginer écrits. Alors, comme par le passé, c'est dans le silence de mon âme que je les laissais couler. Ils s'envolaient vers l'Arc de Triomphe et je les dédiais au Monsieur sans bien savoir pourquoi.

Je n'avais plus envie de donner suite à mes contacts avec la Grande Maison d'Édition. On me disait toujours la même chose depuis un mois : « Votre manuscrit est sur le bureau du patron, il veut réfléchir encore, mais tout va bien, rappelez la semaine prochaine... » C'était vexant, c'était ennuyeux, et en même temps excitant. S'ils savaient que je travaille avec le Monsieur pendant ce temps-là, me disais-je, peut-être prendraient-ils leur décision un peu plus vite ! L'heure du déjeuner passée comme dans un rêve à déambuler du drugstore au rond-point des Champs-Élysées, je redevenais oppressée devant mes colonnes de chiffres. J'avais peur de me mettre à crier soudain au milieu des sages fonctionnaires. Je comptais les jours. Je n'en passerais que cinq parmi eux, il ne fallait pas me laisser aller. Et si je téléphonais au Monsieur ? Avait-il lu mes *Mémoires d'une jeune fille dérangée ?* Dès le mardi, l'impatience me faisait piaffer. Non, je n'allais pas le déranger et l'indisposer. Surtout, ne pas le braquer contre moi ! Ne jamais risquer de le perdre ! Apprendre à attendre... à rester calme.

Le jeudi, j'avais le souffle trop court pour continuer à vivre cette attente, il me semblait que j'allais m'éteindre comme ça, en plein Champs-Élysées. J'ai appelé le Monsieur d'une cabine, pendant l'heure du repas, et j'ai bien fait. Il ne savait pas où me joindre et il voulait me voir. On parlerait. Il avait lu mes *Mémoires*...

62

DANS un restaurant intime de la montagne Sainte-Geneviève, nous sommes face à face, le Monsieur et moi. De nouveau installés dans le confort de sa présence, je me détends. Il picore dans mon assiette et moi dans la sienne. Nous rions. Nous n'avons pas encore abordé la question qui m'obsède. Je préfère retarder ce grave moment. Retrouver d'abord le contact avec lui. Me sentir bien. Peut-être qu'il en est de même pour lui. Nos deux timidités différentes s'apprivoisent. Et puis, brusquement, comme un pêcheur tire sur sa ligne parce qu'il a senti que le poisson touchait, le Monsieur m'attrape par le fond de mon âme qui touchait je ne sais quel appât.

— Alors, parlons de vos *Mémoires*...

Il immobilise net toute l'écorce de mon être. A l'intérieur, mon cœur bat à tout rompre. Je pose ma tête contre une grosse poutre verticale qui soutient la charpente. Il me faut un support. J'ai déjà appris en quelques rencontres qu'il n'est pas à craindre d'être ridicule à ses yeux si l'on est bouleversée au point d'en devenir muette. Le beau respect qu'il montre et la pudeur qui le caractérise me sont en ces moments où je me vois agoniser de précieux soutiens. Même difficilement, même mal, je sais que je peux essayer de dire les choses. Il me questionne encore, et je réponds. Oui, j'ai eu des amants en dehors de mes frères. J'ai même vécu un an avec un homme qui se disait sans cesse sur le point de divorcer et qui n'allait jamais chez un avocat. Un an de bagarre et d'angoisse qu'il n'apaisait qu'en me faisant l'amour. Au fond, il ne ressemblait pas assez à mes deux frères Ischelaz et Francis, contrairement à ce que j'avais cru. C'est vrai que j'ai du mal à créer des relations affectives en dehors de ma famille. Du moins, si je les rêve, je suis incapable de les vivre. Oui, je me sens comme oblitérée dans l'âme par un passé ignoble qui me salit de nouveau dès qu'un homme m'approche. Pourquoi j'écris ? Pour exister. Pour être reconnue, et respectée.

Toute son attitude, son port de tête attentif, sa voix calme et confiante dans laquelle il n'y a pas d'hésitation, me rassurent et me bouleversent à la fois.

— Vous pourriez sans doute écrire les belles histoires bleues que vous avez rêvées. Vous en avez les moyens. Tous les écrivains ne sont pas faits pour « explorer les abîmes du cœur humain », comme on disait il y a cent ans. Et on peut très bien vivre, et même écrire, en gardant enfermé au fond de soi quelque horrible partie de sa vie. Pourtant...

Il me regarde, songeur. Comme l'autre jour, il ramasse les miettes de pain et les entasse près de son verre tout en cherchant des mots. Mon cœur s'est arrêté.

— ... Pourtant, dans votre cas, quelque chose me gêne un peu. Je n'ai pas très bien su quoi, au début, mais il me semble que j'ai trouvé...

Maintenant il en est à chercher des miettes qui n'existent pas et continue à ratisser la nappe de ses doigts vides.

— Êtes-vous bien sûre d'avoir vécu ce que vous avez vécu ?

Je dois avoir l'air complètement stupide. Il laisse les miettes de pain, immobilise ses mains et plante son regard dans le mien qui le dévore.

— Je ne mets pas une seconde en doute ce que vous m'avez raconté. Je veux simplement dire ceci : avant d'enfouir une vérité au fond de soi, il faut avoir réglé son compte avec elle, en avoir fait le tour. Autrement dit, être sûr qu'elle soit la vérité. Ce qu'on en fait après, c'est le problème de chacun.

Comme une malentendante, en tout cas une mal comprenante, je suis ses paroles sur le mouvement de ses lèvres sans que leur sens me parvienne vraiment.

— Je vais vous dire l'impression que vous me faites : celle de quelqu'un qui écrit des rêves bleus pour échapper à des rêves noirs. Mais les uns ne sont pas plus vrais que les autres.

Cette fois, j'ai bien compris. Mais avant que j'aie eu le temps de protester, il continue.

— Je vais essayer de mieux m'expliquer en vous posant des questions précises. Vous avez couché avec vos frères quand vous étiez petite. Bien. Qu'est-ce que ça veut dire exactement ? Physiquement ? Étiez-vous encore vierge pour votre premier amant ? Et surtout dans ce qui s'est passé, quelle était exactement la part de l'horreur, de la contrainte, et celle du plaisir ? Est-ce que vous avez déjà essayé de le savoir ?

Elles arrivent probablement jusqu'à mon entendement, ses paroles, puisque je me les rappelle, et pourtant, je me rappelle aussi une volonté farouche en moi de les repousser. Et même le refus de les comprendre. Une confusion immense me fait monter le sang à la tête. C'est comme s'il me dépouillait, me volait mon bien, mon os. Comme une pouilleuse dans ses haillons, je serre mes bras sur mon sac d'immondices. J'en ai besoin. Je me suis fabriquée avec lui si on me l'enlève, plus rien n'est solide dans l'univers. Des images se succèdent dans mon esprit comme des diapositives. Les clichés se suivent avec précipitation. Ischelaz superbe qui m'invite dans notre Arizona par un regard, et peut-être un sourire. J'y accours. Je l'adore, mais au moment suprême du désir, nos regards s'évitent pendant que nos mains précises se cherchent. Je me brûle sous le soleil de l'Arizona, jusqu'à ce que subitement un brouillard épais et glacial s'abatte sur mon cœur. Ischelaz vient de couler sur moi et se détourne. Toute son attitude reflète le remords, la honte, et le mépris. Je sais qu'il ne va plus me parler pendant des heures, et même des jours. Je suis maintenant dans le pôle Nord sur une banquise balayée par un vent glacé. Dès cet instant, je ferai toutes les bassesses pour obtenir un regard de mon frère, un mot, et, si possible, oh ! oui, un sourire. Je quête sans cesse les attentions qu'il donne avec parcimonie. Je n'ai qu'une hâte, voir briller dans ses yeux comme les premières lueurs du lever du soleil sur notre territoire imaginaire, là-bas dans un désert à l'ouest de l'Amérique. Et il y en a des diapositives qui passent devant moi, il y en a ! Le grand bonheur d'être acceptée, pourvu que je reste silencieuse, dans la pièce où ce frère-dieu sculpte des ceintures de cuir ou des pièces de bois. Sa voix qui fredonne des airs mélancoliques et qui me blesse, mais je ne sais pas de quelle douleur. Il est là, j'ai le droit de le regarder et de l'écouter, c'est plus qu'une joie, même si j'ai mal au fond de moi.

Marcel, que je n'aime pas, me fait l'effet d'avoir au fond des yeux la tragédie du Radeau de la Méduse, tant il y a de violence et de tourments gravés dans les traits de son visage ascétique. Marcel est maigre comme un affamé, mais musclé et nerveux, ce qui lui donne une force terrible. Il l'emploie parfois quand on lui résiste. Marcel, lui aussi, pose son sexe chaud contre le mien qu'il caresse de son gland humide. Ça me fait du bien et je me déteste autant que lui. Il pleure en même temps qu'il m'inonde les cuisses ou le ventre de sa coulée tiède. J'ai envie de vomir.

Francis s'amuse en me chatouillant entre les cuisses. Il est le seul à me demander si cela me fait plaisir. Il rit gentiment pendant que nous inventons des acrobaties excitantes. Sa peau est agréable au toucher. Nous sommes plus détendus qu'avec les deux aînés. Il ne détourne pas les yeux de moi quand tout est fini et j'en éprouve une profonde gratitude.

Tout cela est pêle-mêle sur les diapositives enfouies dans mon sac bien fermé que je ne quitte pas. Un sac que je ne peux ouvrir encore complètement devant le Monsieur. Il continue :

— Je vais vous donner un avis, qui n'est que mon avis et pas celui d'un expert. Dans notre métier, heureusement, il n'y a pas d'experts. Chaque cas est un cas. Vous, vous n'arriverez à rien, en tout cas dans l'écriture, tant que vous ne connaîtrez pas votre vraie vérité, que vous n'aurez pas donné son véritable visage à votre monstre, comme vous dites. C'est comme un bouchon qu'il faut faire sauter. Et vous n'y arriverez qu'en l'écrivant. Il faut tout reprendre du départ.

Ma tête bourdonne. Reprendre du départ... Tout recommencer... Les visions de *l'Été d'avant* en pile dans les librairies s'éloignent vertigineusement. En même temps, j'entrevois vaguement des perspectives nouvelles, exaltantes, affolantes.

— Soyons concrets, me dit le Monsieur. Je vous mets devant un choix. Mais c'est encore un choix. A peine modifié, *L'Été d'avant* est publiable et sera sans doute publié si vous le souhaitez. Vous pouvez aussi pousser jusqu'au bout ce choix-là, et vous lancer carrément dans la Bibliothèque rose. Il y a quarante ans, quand j'étais tout jeune vendeur dans une librairie, je me souviens d'une série qui avait beaucoup de succès, par une certaine Berthe Bernage, je crois. L'héroïne portait votre prénom : Brigitte. Il y avait *Brigitte écolière, Brigitte jeune fille, Brigitte mariée,* etc. Vous pourriez prendre la suite : *Brigitte et sa belle famille nombreuse.*

Est-ce qu'il se moque de moi ? Il sourit gentiment.

— Je parle tout à fait sérieusement. Ce serait l'occasion de faire exister quelque part cette belle famille chrétienne qui semble ne pas avoir beaucoup existé dans la réalité. Et ni la *Bibliothèque rose,* ni *Confidences* ne sont au fond méprisables. Cela aide beaucoup de gens à vivre, lecteurs et auteurs. Seulement là, je ne serai pas votre éditeur. Retournez voir vos amis, ou d'autres. Chacun sa partie. Moi, je m'en tiens à une formule que je trouve assez belle, de quelqu'un que j'ai bien connu, Georges Bataille : « Comment s'attarder à des livres auxquels l'auteur n'a pas été contraint... » J'en ai une autre, depuis peu de temps, que j'ai découverte en faisant un petit travail personnel : « Si le diable vous dit qu'une chose est trop effroyable à regarder, regardez-la. S'il vous dit qu'une chose est trop terrible à entendre, écoutez-la. Si vous trouvez qu'une vérité est insupportable, apprenez à la supporter. » C'est de Chesterton, qui d'ailleurs ne nous a pas mis en face de bien des vérités insupportables. Mais quoi...

Je ne connais ni Bataille ni Chesterton, pas plus que les auteurs dont il m'a parlé depuis que je le connais, mais je l'écoute à la fois angoissée et grisée. C'est comme si des brouillards très anciens se déchiraient. Comme si des chaînes qui m'emprisonnaient se cassaient maillon par maillon. Pourtant, je ne suis pas tout à fait sûre de bien comprendre encore ce qu'il vient de dire. Il continue.

— Pour sortir définitivement du rêve, voilà ce que je vous propose : un contrat. C'est le début d'une existence d'auteur. Ça vous engage en tout cas à aller chercher votre vérité. Nos droits et nos devoirs sont écrits là. Je ne vous propose pas une voie facile, j'en ai tout à fait conscience, et il n'est pas sûr que vous y arriviez. Moi, je m'engage à vous aider. Mais je ne peux pas écrire à votre place. Je prends mes responsabilités, prenez les vôtres.

Jamais on ne s'était ainsi adressé à moi. Une grande personne me parlait comme à une grande personne. Je n'arrivais pas à dire oui. Je ne sais plus combien de temps je l'ai regardé, ce Monsieur, sans dire un mot, avec autant envie de rire que de pleurer. Moi, signer un contrat avec un éditeur, enfin ? C'était tout ce que j'avais rêvé, mais tout allait trop vite. J'avais peur. Il a sûrement tout compris.

— Je vais vous le remplir au crayon. Vous allez le lire et le relire jusqu'à ce que vous soyez sûre d'avoir envie qu'il soit écrit à l'encre et signé par vous. Moi, il m'engage, vous pas encore. Quand vous me le direz, nous le signerons. Jamais, peut-être. C'est votre affaire.

Cet entretien était un choc. Un de ces chocs dont on sort grandi, un de ces chocs qui vous font passer de l'autre côté de quelque chose et sans retour possible. A partir du moment où j'avais entendu « Je prends mes responsabilités, prenez les vôtres », j'avais admis de m'engager dans la voie vers laquelle je marchais inconsciemment en titubant depuis si longtemps, la tête pourtant bien souvent tournée en arrière. J'entrevoyais confusément des conséquences difficiles à vivre, peut-être douloureuses, voire déchirantes, mais ce soir-là, je les acceptais sans les connaître vraiment. Le Monsieur serait là, je ne doutais plus de lui. Et pourtant, je préférais m'habituer au contrat au crayon avant de le signer et de m'engager pour le tournant décisif de ma vie. Le Monsieur avait bien compris, c'était à pleurer. Dieux du ciel, comme j'avais bien fait de l'attendre et de savoir le reconnaître ! Il se mettait à ressembler à l'homme sans visage auquel je parlais dix ans plus tôt. Je vivais peut-être le plus grand moment de ma vie.

— J'ai très peur, lui dis-je, d'écrire, de formuler ce qui est aujourd'hui pour moi comme un cauchemar. J'ai peur de sombrer de nouveau dans ma honte, dans ma médiocrité, dans le mépris de moi et des autres. J'ai peur de ne plus savoir vivre.

Il a sorti des feuilles de papier d'une sacoche, et comme un élève appliqué, a rempli un imprimé au crayon noir.

Toute ma jeunesse, j'ai vomi quand les situations me bouleversaient, me rendaient méchante, me rejetaient à ma solitude, me restituaient ma haine. Je n'avais pas le souvenir d'avoir vomi soulevée par un bonheur trop lourd à porter. En arrivant chez moi, ce soir-là, avec mon contrat rempli au crayon, j'ai gaspillé un excellent dîner dans la cuvette des W.-C.

63

C'ETAIT l'été depuis deux jours, c'était le départ, une sorte de transhumance de millions de vacanciers. Le Monsieur en serait bientôt. J'avais hâte de le voir partir maintenant. Il fallait que je digère tout ce qu'il m'avait appris ou transmis en quelques semaines. Je voyais ses vacances comme une libération. Dans la première semaine d'août il serait de retour et c'était parfait pour moi.

J'étais de retour dans la tour Mirabeau pour deux mois ou trois, on ne savait pas encore, il y avait du mouvement dans le personnel de ce service. Je m'y plaisais. J'étais la secrétaire d'une équipe de dix ou douze gaillards qui travaillaient sur des projets à réaliser en Abu Dhabi ou en Algérie. Ils faisaient de fréquentes navettes au pays du soleil et du pétrole, ils allaient faire des stages en Angleterre, ils écrivaient leurs rapports, ils devaient passer des visites médicales, ils avaient besoin de visa pour tel ou tel pays, de billets d'avion, de réservation de chambre d'hôtel, ils devaient se faire accueillir à leur arrivée, et tous ces petits soucis, je devais m'en occuper. A ma grande surprise, j'y prenais du plaisir. J'aurais voulu que Monsieur Marais et Sophie me voient me débrouiller, me voient de bonne humeur au travail. Il y avait un va-et-vient constant dans mon secrétariat. L'un m'apportait son rapport à taper et à faire reproduire en plusieurs exemplaires pour le distribuer à ses supérieurs et aux responsables du travail en question dans le pays concerné, l'autre m'annonçait son départ et me demandait de faire toutes les formalités nécessaires avant telle date, un troisième préparait ses vacances et me demandait combien il lui restait de jours à prendre, outre les journées de récupération auxquelles il avait droit grâce à son déplacement d'un mois et demi au printemps dernier... Il m'aurait fallu parfois trois têtes, six bras et je ne sais combien de bouches pour répondre au téléphone en même temps qu'à mes gaillards. Je découvrais que j'aimais ça. En peu de temps, j'ai su les combines pour obtenir du service de reprographie la copie des documents le plus rapidement possible. Au lieu de le leur demander par téléphone, ainsi qu'on me l'avait dit à mon arrivée, et de faire parvenir les pièces par un coursier, je m'étais rendue moi-même sur place les premières fois pour connaître ceux qui faisaient le travail. Nous avions parlé, je m'étais intéressée au matériel technique dont ils disposaient. Ensuite, je n'avais plus eu besoin de descendre dans les sous-sols où ils se tenaient. Mes appels téléphoniques étaient enjoués et aimablement reçus. On me rendait le travail demandé rapidement. Je n'ai pas fait la même chose pour les billets d'avion ou les réservations de chambres, parce que le bureau des voyages était à Auteuil, mais par téléphone, j'ai appris à m'entendre plus particulièrement avec une certaine Madame Cerf. J'aimais sa voix. Une voix rieuse et ferme. Je me représentais cette femme. Elle avait sûrement des cheveux abondants, souples et bouclés. Sa bouche devait être gourmande, largement fendue et bordée de lèvres bien ourlées et sensuelles comme Mélina Mercouri. J'étais sûre qu'elle portait des lunettes finement cerclées d'or. C'était toujours à elle que je demandais à parler quand j'appelais le bureau des voyages. C'était souvent plusieurs fois par jour. Je l'amusais, cette Madame Cerf, manifestement. Je l'appelais souvent pour qu'elle me donne des renseignements pour remplir une demande de visa, ou un bordereau de voyage avec changement à Beyrouth ou ailleurs, ou la demande de réservation de chambre. « Alors, Mauduy, me disait-elle, on est perdue dans la paperasse ? Bon, alors, mon petit, recommençons du début. Avez-vous les photos d'identité de votre gars ? Il en faut quatre. Avez-vous rempli le formulaire en quatre exemplaires avec sa signature en bas ? Avez-vous fait signer le tout par la direction ? Vous savez que je ne délivre aucun billet d'avion sans la signature d'un chef ! Bon, alors maintenant, vous mettez le tout sous enveloppe après avoir gardé un double pour vos dossiers et un autre pour la compta, et vous vous dépêchez de donner ça à un coursier parce que c'est bientôt l'heure de la navette. Je l'aurai à la fin de la journée et dès demain matin, je fais partir la demande de visa. Pour le billet, je le retiens tout de suite... Allez, à bientôt, Mauduy ! » Elle raccrochait en riant. C'était étonnant pour moi de me sentir si bien dans mon rôle de secrétaire. C'était la première fois.

Déjà, lors de mon premier séjour à la C.F.P., j'avais dû faire ce genre de travail et, bien vite, je me suis remise dans le coup. On accomplissait le travail dans la presse, parfois même dans l'urgence, et pourtant, j'étais assez détendue. Ils étaient généralement agréables, ces gars du pétrole qui circulaient de par le monde. Ils apportaient à la vie sédentaire du bureau comme un souffle de vent du large. Ils aimaient montrer des photographies prises en plein désert, ou sur les plates-formes dites « offshore » parce que plantées en pleine mer, ou encore des vues d'avion. Ils racontaient des aventures souvent dangereuses arrivées lors d'une installation de matériel, ou au cours d'un déplacement inconfortable dans le désert. J'aimais les écouter. La plupart rédigeaient des rapports en anglais. Un anglais pas très orthodoxe que j'essayais de corriger avec mes petites connaissances. Ensemble, nous décidions de ma version ou de la leur, celle qui restait dans le rapport. Quelquefois, c'était la mienne. J'étais contente.

64

JE me plaisais à la C.F.P., mais cela ne m'empêchait pas de penser presque en permanence à mon livre. Il existait en moi comme une chanson obsédante dont on n'arrive pas à se défaire, et qui pourtant ne vous dérange pas dans vos obligations.

En sortant de la tour Mirabeau, je marchais le plus longtemps possible. J'ai beaucoup marché dans Paris au cours de ce mois de juillet. Ça m'aidait à réfléchir. Tout en marchant, je parlais au fantôme du Monsieur. Je me bagarrais aussi dans ma tête contre un nombre incalculable d'ennemis que je n'identifiais pas toujours, mais qui traversaient mon esprit en y semant la panique, la révolte, la détresse, et même l'instinct de meurtre. Qui étaient-ils ? Leurs voix se surimpressionnaient dans ma tête et cela faisait un épouvantable vacarme rythmé par les battements de mon cœur. Je triais mes pensées, ou du moins j'essayais, en déambulant dans les rues qui longent la Seine jusqu'au cœur de la rive gauche. Je marchais sans rien voir, guidée par je ne savais quoi.

Une idée se précisa peu à peu, tandis que je marchais. Il fallait que je parle à mon père. Lui, le champion de la liberté d'expression, lui l'amoureux des livres, lui pour qui toute vérité était bonne à dire, il fallait qu'il me donne sa bénédiction pour que j'entreprenne ma mise à nu. Il fallait que je m'en fasse un allié pour faire face, non seulement à mes frères qui avaient enterré nos souvenirs comme ils avaient pu, mais à ma mère surtout. Parler de cela avec elle, c'était provoquer à coup sûr une de ses crises d'hystérie. Or, publier un livre là-dessus, sans lui en souffler mot, me semblait la pire des lâchetés. C'était lui faire prendre une douche glacée sans préparation. Comment faire ? Je cherchais dans les formes des nuages, dans les murmures du fleuve contre les quais de pierre chaude, dans les chuintements légers des branches des platanes sous le moindre souffle de l'air, je cherchais des conseils. Je cherchais des réponses à mes questions. Je cherchais le courage de profiter d'une grande fête de famille prévue pour le Quatorze juillet prochain à l'occasion des quatre-vingt-dix ans de ma grand-mère maternelle, pour parler à un moment ou à un autre à mon père. Selon son attitude, prendre des décisions pour préparer ma mère. J'avais besoin qu'il m'aide à faire face à cette mère à la fois aimée et crainte, à la fois attendrissante et exaspérante, patiente et impatiente, solide et fragile, soumise et révoltée. Seule je me sentais incapable d'une confidence pareille.

A la terrasse d'un bistrot près de Saint-Julien-le-Pauvre, brusquement, les choses se présentèrent sous un éclairage plein de promesses. Après tout, ouvrir une porte devant mon père sur la part intime et douloureuse de ses fils pour lesquels il avait toujours montré si peu de fierté, c'était peut-être lui permettre de les comprendre enfin, et alors soulager l'ensemble des enfants du poids de son opprobre. Lui dire les étapes de ma détresse depuis l'enfance, c'était peut-être conquérir la part de son estime que mes mauvais bulletins m'avaient ôtée, me semblait-il, à tout jamais. En tout cas, c'était excuser les égarements que je vivais depuis si longtemps et qui prolongeaient la médiocrité de ces sacrés bulletins. C'était endosser au grand jour un passé qui me justifiait. Oui, il fallait que je parle à mon père pendant le pont du Quatorze juillet.

65

Au volant de ma petite voiture en direction du Haut-Jura, j'exultais. J'allais enfin parler à mon père sans me plaindre, mais en lui montrant l'issue heureuse que serait la naissance de mon livre. Il ne pourrait que s'en réjouir avec moi.

Je dévorais des yeux la grasse campagne de l'Yonne, puis les collines de la Bourgogne. Un voyage mémorable fait avec mon père une demi-douzaine d'années plus tôt me revenait en mémoire. Il était venu d'urgence me chercher, apprenant que j'avais une forte angine et que j'étais seule à Paris au mois d'août. Cet élan m'avait infiniment touchée, et j'avais profité de nos heures de route comme une avare. Jamais encore je n'avais été enfermée pour des kilomètres et des kilomètres seule à côté de lui. Je me doutais bien que cela ne se renouvellerait pas de sitôt, et j'étreignais ma joie passionnément. Personne n'aurait pu croire, en m'entendant parler sans reprendre mon souffle pendant presque tout le voyage, que j'avais de la fièvre et des glandes en feu au fond de la gorge. Je parlais, je triturais la mémoire de mon père pour le mieux connaître, je le questionnais sur sa vie sentimentale sans aucune pudeur, et j'étais déçue qu'elle fût réduite à ses attaches avec sa femme... Je cherchais encore et toujours à trouver la source, le jaillissement d'une émotivité sans doute cachée, mais qui existait sûrement. Non, il n'avait jamais voulu être un enfant. D'ailleurs, il se sentait comme mutilé en présence de n'importe quel enfant, il ne savait que lui dire, ni que faire. Non, il n'avait jamais rien partagé d'intime avec ses parents. Il avait seulement cohabité avec eux jusqu'à son mariage. Et même pis, il avait toujours considéré sa mère comme quantité négligeable... « Mais l'amour ? demandais-je atterrée, as-tu connu l'amour ? » Platement, il me répondait qu'il n'avait eu qu'une femme dans sa vie. Il n'y avait pas de raison qu'on exige d'une femme d'être vierge à son mariage si de son côté l'homme se permettait des fredaines. De même après le mariage. Puisque la femme adultère semblait aux yeux de la société plus répréhensible que l'homme adultère, mon père s'était tenu sage dans les rigueurs d'un code qu'il s'était tracé. Cela me paraissait suffoquant de sécheresse. Il aurait pu épouser une femme qui n'était pas vierge et lui reconnaître tout de même de la valeur. Elle eût été aussi digne de son amour que n'importe quelle vierge calculatrice qui ne se donne que contre la sécurité d'un beau mariage. La fidélité pour la fidélité ne me semblait pas estimable ; c'est plus à la parole qu'on est fidèle qu'à l'être. Cela ne paraissait pas épanouissant quand on voyait l'aigreur de ma mère. Je pensais depuis longtemps qu'elle n'aurait probablement pas porté autant d'enfants si son mari avait eu une ou deux liaisons. Je ne savais pas formuler le pourquoi de cette impression, mais elle était fortement ancrée en moi. Mon Dieu ! comme j'avais envie de refaire leur histoire et d'arrêter les naissances à mon frère Francis, leur cinquième enfant et troisième fils. Celui qui me précédait...

Mon père gardait le silence. La Bourgogne nous offrait le panorama de ses vallons richement boisés et de ses villages aux maisons lourdes et nobles, avec parfois des toits décorés de motifs géométriques de couleur. J'aimais la vieille France, j'aimais rouler ainsi près de mon père que je prenais plaisir à épingler.

Il parla de ma sœur aînée. Elle avait ouvert en lui une blessure fort douloureuse depuis un an, car elle avait froidement décidé d'être mère célibataire. Mon père en était resté comme étourdi la première semaine qu'il avait appris la nouvelle. Il ne trouvait plus ses mots quand il faisait ses cours d'économie à la faculté et avait dû rester chez lui dix jours. Il ne s'en remettait qu'à peine et refusait de rencontrer le père de l'enfant.

— On n'a pas le droit de priver un enfant de son père ! disait-il soulevé par l'indignation. On n'a pas le droit de le priver d'un nom ! C'est grave, ça ! Non, on n'a pas le droit... On n'a pas le droit !

Il me faisait presque rire. L'occasion était trop belle.

— Mais toi ! tu as eu dix enfants que tu as privés de leur père tout en habitant sous leur toit et en leur donnant ton nom, que je sache ! Je ne vois pas ce qu'elle a fait de pire... Au moins, j'ai vu une future mère rire et être heureuse en portant son enfant tandis que j'ai encore le souvenir des larmes de ma propre mère attendant ses deux derniers. J'ai encore dans l'oreille son refrain nous répétant sans cesse qu'elle ne nous avait pas désirés, sauf peut-être les deux filles aînées. Et puis je te rappelle que le père de ta petite-fille bâtarde est prêt à s'en occuper. Elle aura probablement plus de souvenirs d'enfance partagés avec son père que tes enfants.

Je ne sentais plus ma gorge ni ma fièvre. Je tenais mon père dans mes pinces, il n'allait pas en sortir indemne. Il serrait sa mâchoire, le visage blanc. J'aurais voulu éclater sa cervelle pour y voir ce qu'il pensait à ce moment-là, ce qu'il ressentait. Après un silence, il soupira, lâcha le volant de sa main droite et, oiseau lourd qui déploie une aile, il abattit sa main sur ma nuque et croassa deux ou trois fois, puis acheva de se vider les poumons en me disant : « Sacrée gamine, tu me feras tourner en bourrique... On ne dirait pas que tu as mal à la gorge ! » et je regardais le compteur kilométrique pour évaluer le temps qu'il nous restait à parler. Que dis-je, à traquer je ne sais quoi avec des mots...

Six ans plus tard, au volant de ma petite voiture, le cœur gonflé d'espoir, j'abordais les contreforts du Jura avec une émotion qui avait grandi d'année en année. Les forêts épaisses de sapins qu'éclaircissait un couchant à peine rosé sur les cimes des crêts se profilaient, et je savais déjà qu'avant deux heures, je serais dans la ferme ventrue que mes parents avaient transformée en maison de vacances.

Mon père qui avait tant rejeté tout ce qui lui venait de sa mère, originaire du Jura, lui qui avait tant critiqué l'accession à la propriété, lui qui nous avait dit et redit que nous n'étions sur terre qu'en passant et qu'il ne fallait pas s'attacher à la pierre ni à la terre, il a signé, à la cinquantaine, l'achat d'une vieille bâtisse de pierre, à quelques kilomètres du village de sa mère. Et c'est là-haut, sur le sommet d'une des vagues géantes qui semblent déferler depuis l'éternité sur la vallée du lac de Genève, blanches et lumineuses l'hiver, sombres et lourdes de trop de sapins l'été, que mon père s'est peu à peu incarné à mes yeux depuis une dizaine d'années.

Là-haut, il est le grillon du foyer. C'est lui qui fait presque toutes les courses au village, c'est lui qui remplit le poêle le plus souvent, c'est lui qui jette un œil soucieux sur la toiture et sur le circuit d'eau après les grands froids, lui qui dans nos autres habitations avait l'air d'un étranger. Là-haut, on dirait que les murs lui collent au dos comme à un escargot et j'ai l'impression d'être avant tout chez lui, tandis que dans nos autres maisons, je me suis toujours sentie chez ma mère. Il faut le voir arriver en voiture après deux ou trois mois d'absence ! J'ai eu la chance de faire partie de quelques-uns de ces voyages avec deux ou trois de ses enfants. Il revient au pays avec une joie presque juvénile. Il le sent par sa peau et ses narines, le pays de sa jeunesse. Il lâche le volant d'une main et baisse sa vitre. Il respire à pleins poumons et reconnaît les effluves des forêts de sapins humides dans leur profondeur. L'air picote un peu car il fait presque toujours frais, là-haut, et mon père sourit. « Ça sent bon, hein, les enfants ! » Enfin le partage d'une joie instinctivement offerte ! Enfin je le vois montrer des émotions que je comprends ! J'écoute sa voix qui a des tonalités de gosse heureux de retrouver son coin inchangé. Le bruit des scieries est le même que jadis paraît-il, quand nous n'étions pas encore de ce monde, des fermiers vont encore comme autrefois à la laiterie ou la fromagerie, un bidon sur le dos, porter le lait à travers bois d'un pas lent de montagnard (il y en a de moins en moins) et nous en voyons parfois déboucher d'un petit chemin. Et de tous les horizons de ce pays, tinte la musique légère et apaisante des cloches des troupeaux de vaches égaillées dans les vallées et sur les monts. Je sens mon père se détendre, et il nous communique sans le savoir quelque chose de précieux sur lequel nous n'avons jamais essayé de mettre de nom. Nous sommes joyeux avec lui. Moment exceptionnel que nous avons été quelques-uns à partager, moment exceptionnel à étreindre pour la vie. Une fraîcheur surgit de lui et c'est beau à voir. Où est l'homme austère que nous craignions enfants et même plus grands ? Pas dans cette voiture à ce moment et c'est un grand bonheur. Je l'aime. Il semble réendosser ses origines francomtoises et il vibre. Ce pays où il nous avait dit avoir passé de mortelles vacances pendant sa jeunesse lui parle maintenant comme le golfe du Morbihan à ma famille maternelle. Devant nous, pour un moment, il a cessé d'être un intellectuel intimidant. Il faut le voir parcourir les derniers kilomètres avant la maison ! Je ne sais pas si mon cœur bat fort à cause des émotions de mon père, ou bien si c'est à cause de ma propre joie d'appartenir par lui à ce pays dont j'ai fini par apprendre les charmes, aimer les bruits d'eau qui coule dans chacun de ses replis, les odeurs de lichen humide, de résine, de foin.

La fois où j'ai fait le voyage seule près de mon père, quand nous avons commencé à emprunter les lacets qui montent jusqu'à chez nous et que la joie lui a fait appuyer sur l'accélérateur, en illuminant son visage, j'ai eu le sentiment de recevoir un héritage impalpable qui m'attacherait pour toujours au pays maternel de mon père. Je n'oublierai jamais ce jour-là.

66

DEPUIS que je lui avais offert un cendrier quand j'avais douze ans, je n'avais pas cessé de chercher à découvrir mon père, à l'aimer et m'en faire aimer. J'ai commencé par des mots doux qui sortaient difficilement de ma bouche et qui sonnaient faux, mais que je voulais prononcer quand même en espérant ressentir réellement un jour l'émotion qu'ils étaient censés traduire ; puis je l'ai écouté plus attentivement à table vers mes quinze ans, et j'ai essayé de partager certaines de ses lectures.

Vers dix-huit ans, j'écoute mon père s'enthousiasmer pour Émile Zola dont il relit toute l'œuvre. Je prends ceux des titres qu'il a évoqués et qui sont les plus attirants pour moi : *la Joie de vivre, le Rêve, Une page d'amour*. Ce n'est pas tant Zola que je découvre ou que j'essaye de découvrir, mais mon père qui l'a aimé. « Voilà un homme réaliste qui sait appeler un chat un chat ! Quelle admirable description de l'accouchement, dans *la Joie de vivre !* Quant aux mines, en tant qu'ingénieur, je peux vous dire qu'il les a parfaitement décrites, ainsi que la vie des mineurs ! » Moi je ne veux lire que ce qui traite des sentiments vus par Zola.

C'est une période où la maison est pleine à craquer, bruyante et, dirait-on, électrisée. L'atmosphère y est tendue. Les grands n'arrivent pas à entrer dans la vie active, les moyens tâtonnent l'existence avec l'appétit et la frayeur des adolescents ; quant aux petites, tout le monde leur tombe dessus pour un oui ou pour un non, comme si le malaise général venait d'elles. C'est la période où mon père a changé brusquement ses habitudes. Avant, il prenait son petit déjeuner au moment où ses enfants se levaient. Maintenant, il a décidé de se lever une heure plus tôt et de boire son café dans le silence d'une maison encore endormie. En tournant sa cuillère lentement, méthodiquement, dans le bol plein, il lit Zola. « Pourquoi te lèves-tu si tôt ? — Pour avoir la paix », me dit-il. Il a eu tort. J'ai décidé de ne plus lui laisser la paix. Il nous a mis au monde, qu'il nous supporte ! J'ai un père, que je le connaisse avant de quitter son toit ! Et comme je suis d'un naturel câlin, c'est comme une chatte que je viens me mettre près de lui maintenant chaque matin, une heure avant le lever des autres. Moi aussi, je viens de lire quelques Zola, j'ai envie d'en parler, et j'en parle avec mon père. L'habitude est vite prise, c'est avec lui désormais que j'avale ma demi-baguette de pain beurrée et mon bol de café au lait. Le terrain d'entente, je crois l'avoir trouvé ! Ce sont les mots. Mon père est séduit par les mots, par les phrases, pas par les choses ni les gens. Les mots et les belles idées. Eh bien, il va en avoir ! Son heure de paix, je la remplirai de mots. Je transforme la vie courante de sa famille qu'il semble ne pas voir en un fleuve de mots. Des mots, des mots, des mots. Des mots entre le beurrier et lui, entre le sucrier et lui, entre Zola et lui. Il ne peut plus lire, il ne peut plus déjeuner tranquillement, mais je me fais câline et pose ma tête sur son épaule entre deux tirades enfiévrées, entre des espoirs et des déceptions avoués par des mots. Je lui passe le bras autour du cou et, en souriant, il abat sa large main de paysan bien propre et bien rose sur mon bras ou mon épaule en me disant que je suis une foutue bourrique, mais bien sympathique quand même. Il m'embrasse et se lève en disant avec humour que ce matin encore il n'a pas pu lire plus de quelques lignes.

C'est comme s'il me disait que j'avais gagné à un concours bizarre dont je ne connais que quelques données. En tout cas, je me sens triomphante. Il a l'air d'avoir perdu et d'accepter cette défaite avec bonhomie. Je me dis que ma cour lui plaît. Nous sommes donc complices. Il me semble avoir conquis quelque chose de précieux parce que les aînés m'envient et le montrent.

Un jour, j'avais vingt-cinq ans, nous étions dans le Jura. Il était de très bonne heure et il surveillait le lait de notre petit déjeuner en me tournant le dos. Nous parlions de ses enfants qui lui donnaient tant de soucis avec leur inexplicable handicap pour entrer dans la vie active. Encore une fois, je lui dis que c'était dans leur enfance qu'il aurait fallu se pencher sur eux, sur leur solitude, sur leurs besoins, leurs joies, leurs jeux, leur univers, quoi ! Alors, mon père sans se retourner, d'une voix qui me bouleversa et me fit l'effet d'une pierre lancée à toute force sur ma poitrine, me dit : « As-tu quelquefois songé que moi aussi j'étais seul ? » C'est le lendemain que je lui ai donné à lire mes *Mémoires d'une jeune fille dérangée.*

67

Ce Quatorze juillet, la maison était pleine. Elle débordait même. On avait loué un appartement au village, tendu deux ou trois grandes tentes dans la combe de derrière la maison et organisé un dortoir pour les enfants dans la grange. Il y avait plus de quinze ans que les dix enfants de mes parents ne s'étaient pas trouvés réunis, il en manquait toujours un ou deux aux fêtes de famille. Cette fois, tout le monde était là, plus quelques pièces rapportées et des cousins. Ça riait beaucoup, ça s'interpellait, ça évoquait des souvenirs, ça s'agitait autour du fourneau, ça se bousculait dans les escaliers, ça houspillait des enfants excités, ça allait au village en groupe pour faire les courses de dernière heure, ça sortait des appareils-photos ou des caméras, ça présentait des nouveau-nés entre deux siestes... Les trois portes du rez-de-chaussée, celle de l'entrée, celle de la grange, celle de derrière, avaient l'air de vomir un nombre impressionnant de bipèdes, puis de les ravaler à longueur de temps. Ça donnait un peu le vertige.

Revoir certains de mes neveux me donna une réelle joie. Nous fîmes une grande promenade à travers bois à la recherche de petites fraises dans des clairières que je connaissais. Avec eux, je retrouvais un peu de mon naturel. Je n'en avais presque plus avec leurs parents, mes frères et mes sœurs, et avec ma mère. Je mentirais pourtant si je disais que je n'ai pas adoré les réunions de famille jusqu'à une certaine époque qui n'était pas si reculée. J'avais besoin de rire avec ceux et celles qui avaient grandi avec moi, j'avais besoin de partager une certaine angoisse qui nous était commune et que l'on pouvait ne pas percevoir de l'extérieur à certains moments heureux, mais qui existait tout de même et que je traquais dans le fond des regards ou dans certaines modulations de la voix. Signe supplémentaire de notre appartenance à un même clan. Angoisse qui me faisait carrément peur quand elle était mise en évidence par une crise quelconque, une discussion enfiévrée, ou le profond abattement de l'un d'entre nous. Cette angoisse m'était familière comme la pluie aux Bretons. J'y retrouvais ma jeunesse. Je me demandais ce que je ferais de moi si j'en étais vidée un jour et pourtant, j'essayais de l'extraire de moi depuis des années !

A Paris, j'allais en chercher l'odeur, le goût, chez ma sœur Bivon qui habitait dans la vallée de Chevreuse une petite maison ouverte à tous les canards boiteux de la région venant s'y faire prendre en charge. Maison sans intimité menée au rythme des fantaisies de mon beau-frère, de ses humeurs heureuses ou malheureuses. Ses états d'âme enveloppaient l'ensemble de la maisonnée composée des deux parents, de leurs quatre enfants et de quelques nécessiteux plus ou moins connus. Quand il n'y avait pas de nécessiteux, on appelait les amis car dans cette famille on ne supportait pas de rester entre soi. J'y venais comme happée par quelque chose qui pourtant me heurtait. J'étais très attachée à deux de leurs enfants que j'avais plus particulièrement suivis : Aude et Antoine.

C'était plus doux de passer une soirée ou un week-end chez Pierre et sa femme près de Versailles. Ils avaient un naturel pantouflard qui faisait sourire avec condescendance le reste de la famille, mais avec envie aussi. Ils me faisaient beaucoup de bien. J'ai eu peur que l'arrivée d'un bébé ne perturbe l'entente de notre trio, mais j'ai compris peu à peu qu'il n'en était rien. Mes visites se sont multipliées à partir du printemps qui a suivi mon retour d'Amérique. Une affection toujours plus forte m'attachait à ma belle-sœur et je sentais que c'était réciproque.

Le reste de ma famille habitait en province ou carrément à l'étranger. Je ne les voyais en général que dans cette grande maison jurassienne, en vacances. Je n'écrivais qu'à mes sœurs et à Pierre qui me donnaient régulièrement des nouvelles de mes autres frères. Même de loin, leurs problèmes me pesaient. La dépression de plusieurs années de Marcel. Le divorce d'Ischelaz qui l'a conduit en hôpital psychiatrique pour un mois ou deux, et ses trois filles à l'Assistance publique jusqu'aux vacances suivantes. Les inextricables problèmes de Francis, fils-père d'un petit garçon élevé jusqu'à trois ans par qui voulait bien s'en occuper, puis par Mireille et Christian, couple d'étudiants en médecine qui avait déjà un enfant, et enfin, à partir de cinq ans, par l'Assistance publique pendant que son père refaisait le monde dans une communauté du Midi. Longtemps, nous n'avons pas su où était l'enfant. Quant à sa mère, elle était sous surveillance dans un hôpital psychiatrique qui ne la relâchera que des années plus tard. Qui sait où elle est aujourd'hui. Mon frère Fabien est tombé à vingt ans dans une crise mystique si forte qu'il n'en est toujours pas sorti six ans après... Il nous prêche la bonne parole dès qu'il nous rencontre et cela nous donne envie de le fuir à tire-d'aile. J'ai cessé de répondre à ses lettres pleines de messages divins.

Si mes deux sœurs aînées étaient dans l'Administration, gagnant correctement leur vie, les trois frères qui suivaient avaient bien du mal. Marcel gagnait péniblement à peine plus du S.M.I.C. pour nourrir sa femme et ses trois fils, dans une branche paramédicale. Ni Ischelaz ni Francis n'avaient de métier. Après avoir touché tous deux un peu de leur passion artistique, Ischelaz dans la peinture et la sculpture, Francis dans le cinéma, ils n'ont pas continué. De job en job, de chômage en petits travaux d'appoint, ils ont traversé les années. On parlait d'eux à mi-voix comme s'ils avaient une maladie honteuse, ou bien, au contraire, on vitupérait soudain bien haut leur irresponsabilité. Mes parents en étaient accablés.

Heureusement, Pierre et Fabien avaient de vrais métiers. L'un faisait la promotion d'un grand hôtel parisien, l'autre était acheteur pour un grand magasin. Ce n'était pas ce que nos parents avaient ambitionné pour eux, mais ils n'en étaient plus à ambitionner quoi que ce fût pour leurs enfants. Ils avaient connu des déceptions bien pires.

J'ai beau avoir fini d'appartenir physiquement à mes frères depuis mes quatorze ans environ, je ne peux les voir sans penser à notre passé. La souffrance que je lis dans leurs yeux m'en parle sans cesse, sauf Pierre qui a le regard paisible.

68

J'AI trouvé un moment pour parler à mon père. Après un rappel à Simone de Beauvoir, qui avait sûrement fait un grand mal à sa propre famille (à quoi mon père opina de la tête), j'ai parlé, parlé, parlé. Raconté tout depuis l'origine de ma blessure jusqu'à ma passion pour Françoise, en passant par celle que j'avais eue pour Ischelaz. J'ai avoué ma répulsion pour Marcel. J'ai dit combien la nervosité de ma mère m'avait tendu les nerfs, et surtout, comment l'impudeur de ses aveux sur sa frigidité, les terribles refrains sur ses maternités non désirées (« je ne voulais pas d'enfants en me mariant ! » « J'aurais mieux fait d'aller acheter un pain de six livres le jour où je t'ai eu ! » « La maison est trop pleine ; les enfants, grondez votre père ! ») m'avaient engloutie au moment précis où j'avais besoin que ma mère me sauve. Quand autrefois elle jetait dans la conversation avec un mépris mitigé d'une sorte d'excitation troublante : « Là où il y a de l'homme, il y a de l'hommerie », « les hommes sont des obsédés sexuels », ou encore « l'austère devoir », je ressentais une douleur écrasante sans savoir encore à quoi elle correspondait. J'aurais tant voulu apprendre de ma mère qu'il est doux d'être dans les bras d'un homme qui vous fait l'amour en vous rendant heureuse ! Peut-être que je n'aurais jamais connu mes écœurements ? Peut-être que je ne me serais jamais sentie aussi profondément salie ?

Je disais à mon père que son silence, que jamais il n'avait rompu pour défendre son sexe, son rôle de mari, son rôle de père, m'avait peu à peu paru donner raison à ma mère. Que par-dessus le marché, son regard hebdomadaire, non pas sur ses enfants, mais sur les mauvais bulletins qui lui donnaient de leurs nouvelles, avait été l'humiliation finale qui m'avait empêchée d'imaginer une autre forme de salut par lui. Maintenant, me relevant grâce à la confiance toute nouvelle qu'on me montrait, j'envisageais d'en faire un livre. Il n'y avait pas pour moi d'autre alternative que ce livre ou le suicide.

Après m'avoir écoutée gravement, il m'a dit en soulevant ses mains de son bureau et en soupirant profondément sa phrase habituelle : « Faut ce qu'il faut... Fais-le, ma fille. »

Je voulais ses encouragements, mais pas seulement ça. Qu'il m'aide à préparer sa femme. Il choisirait le moment qu'il voudrait, il pourrait attendre la fin des vacances, puisque aussitôt, il se retrouverait seul devant elle dans leur maison pour la première année de leur retraite. Mais surtout, qu'il m'aide !

En lâchant de nouveau un profond soupir, il me dit : « C'est qu'elle est difficile à aborder, un rien la met dans un tel état ! » et j'ai répondu : « C'est justement pour ça que j'ai besoin de toi. »

69

On a soufflé une bougie symbolique après avoir lu un compliment à notre grand-mère. Elle nous a redit qu'elle nous laissait sa foi chrétienne pour héritage, et son désir de nous voir toujours profondément unis. Sa voix, devenue fluette depuis deux ou trois ans, couvrait tout juste les crépitements d'un feu de camp qu'avaient fait les garçons dans le champ d'à côté, et qui illuminait les visages à la nuit tombée. Et puis Pierre prit sa guitare et l'on recommença à chanter. Il y eut des chants folkloriques, de superbes negro-spirituals, des canons dirigés par Marcel qui avait tout l'air d'un chef d'orchestre. Ma grand-mère de temps en temps demandait telle ou telle chanson et ses enfants et petits-enfants la lui donnaient avec beaucoup de souffle. Sous la voûte céleste, les chants allaient se perdre à l'infini.

Moi qui aime chanter, moi qui ai toujours voulu plaire à ma grand-mère, je n'avais pas d'air dans les poumons ce soir-là. C'était bien la première fois. Je me sentais affreusement mal depuis que j'avais parlé à mon père. Parmi eux, je me savais traître. J'allais faire exploser une bombe exactement au milieu de ces gens-là. Mes parents, ma grand-mère, mes cousins, leurs parents, mes frères et mes sœurs. Je n'arrivais pas à chanter ni à faire la folle comme par le passé. En moi, un compte à rebours était commencé et il y aurait de la souffrance quand on en arriverait à 4... 3... 2... 1... zéro ! je redoutais le moment où ma mère allait me demander de faire mon numéro de soliste. Elle aimait tant que je chante *Dis, quand reviendras-tu...*

Notre réunion me faisait penser à la photo qu'on avait prise à Houat. Celle où les trois sœurs étaient à califourchon sur les trois frères pour faire plaisir à la maman. C'est ma mère que je hais quand je revois cette photo. Ma mère à qui j'avais reparlé peu de temps auparavant, et qui m'avait seulement suppliée « pardonne à ton grand frère, ma chérie, je t'en prie, pardonne-lui et embrassons-nous. Comme tu as dû souffrir ! Mais jure-moi que tu ne reparleras jamais de ce que tu as vécu à quiconque, pas même à ton mari plus tard. » J'avais juré en désirant que le néant m'avale d'un seul coup. Et depuis, si elle a été vigilante, ça a été seulement pour vérifier que jamais je ne laissais paraître ma répulsion. Au moment de faire la photo, les trois filles ont enfourché leurs frères presque en même temps. Famille harmonieuse. Mais le contact du dos de Marcel à l'intérieur de mes cuisses m'était insupportable. Je me sentais mal pendant que tout le monde riait. J'aurais dû me lever et refuser, quoi qu'il arrive, cette mascarade. Je me méprisais de n'en rien faire, et je détestais mon frère qui ne faisait rien pour m'aider.

Quand Marcel s'est fiancé, vers vingt-sept ans, j'ai demandé à ma mère d'accepter que je n'y aille pas et elle s'est indignée. « Il ne manquerait plus que ça ! Tout le monde se demanderait pourquoi. Il n'en est pas question ! Tu y viendras, ma fille ! » J'avais bientôt vingt ans et j'avais écouté avec écœurement les grandes tirades de Marcel qui vantait la beauté et la valeur d'un mariage entre deux époux vierges. Moi qui ne savais pas encore si lui et les autres m'avaient laissée intacte pour un mari aussi exigeant que lui, moi qui avais servi à tous leurs besoins jadis, je m'étais sentie si salie par cette rigueur, que je ne voulais pas assister aux fiançailles ni au mariage. Puisque j'ai échoué en ce qui concernait les fiançailles, je me suis débrouillée pour être monitrice de colonie de vacances l'été du mariage de mon frère. « Il ne manquait que toi » m'a dit ma mère en colère. J'étais contente de lui avoir échappé.

Pendant notre feu de camp, je la surveillais de loin. Tôt ou tard, quand ma grand-mère aurait fini de demander ses chansons favorites, ma mère allait demander les siennes à Pierre, aux trois aînés qui avaient gardé en mémoire quelques chants à plusieurs voix du temps où ils avaient été à la chorale du Lycée français de Londres, et puis viendrait mon tour. Je n'y couperais pas. Je me sentais déjà coupable depuis le début de la soirée, mais l'idée de refuser un chant alors que c'était la fête de notre grand-mère me mettait au comble d'une tristesse. J'adressais des sourires vides à mes cousins heureux. Je n'étais qu'une carcasse vide. Seuls certains de mes neveux qui me passaient plus près du cœur et qui le savaient accrochaient mon regard et recevaient un signe authentique de sympathie. J'aurais voulu profiter de la nuit pour m'éclipser, disparaître dans la montagne sombre. Mais je restais là, avec ma trahison dans le cœur.

Et puis ma mère est venue me poser la main sur l'épaule. « Veux-tu nous chanter quelque chose, ma chérie, mère en serait contente... Elle aime tant que tu chantes *Dis, quand reviendras-tu...* » J'avais tellement envie de lui hurler dans les oreilles que bientôt ce serait fini mon cinéma, que je ne voulais plus chanter pour faire plaisir à ma maman, à ma grand-maman, à ma tata, à mon tonton, j'avais tellement envie de lui hurler un NON ! magistral qui aurait été porté par l'écho de vallée en vallée jusqu'à Genève, que je n'en fis rien, et que je me levai. Moi qui ai un coffre à crier au feu, je n'ai jamais si mal chanté. Ma voix vacillait, je n'avais pas de salive, et j'ai même laissé échapper des fausses notes. Mes mains tremblaient. Je me disais que s'il avait eu de l'oreille, mon père seul aurait pu comprendre ce qu'il arrivait. Lui seul savait que j'étais en flagrant délit de trahison.

J'avais hâte que cesse la fête, j'avais hâte de rentrer dans ma solitude.

70

ET je suis revenue dans la tour Mirabeau. Je n'avais plus qu'à écrire, oui, mais les jours passaient et je n'arrivais pas à tracer la première ligne. Chaque soir, je me mettais devant mon bloc avec un peu plus de frayeur que la veille. Mon Dieu, par où commencer ? Comment formuler ce qui me hantait depuis des années ? Je m'asseyais devant ce bloc qui m'appelait, et une douleur dans la poitrine se réveillait. Mes souvenirs me brûlaient à mesure que je respirais. Je pensais qu'on trouverait un tas recroquevillé, carbonisé, sur ma chaise, si on entrait le lendemain pour voir pourquoi je n'étais pas au travail. C'était bien la peine d'avoir le feu vert de mon père ! C'était bien la peine d'avoir accaparé l'attention du Monsieur, et d'avoir la promesse d'un contrat !

J'étais maintenant coupable de ne pas écrire. Une angoisse montait en moi. Il me semblait que le Monsieur m'avait abandonnée. Encore deux semaines avant de le revoir ! C'était interminable, je serais morte avant. Et si je l'appelais ? Là-bas, au bord de la

Méditerranée, il avait le téléphone ! O, chère C.F.P., merci de me permettre d'entendre sa voix qui me redonnera confiance !

Pour être tout à fait tranquille, je m'installai dans le bureau de Legrand qui était à Londres, et je composai le numéro. Assise sur un fauteuil orientable, je me mis comme en une chaise longue, posant mes pieds sur la large baie vitrée à peine teintée pour filtrer les rayons du soleil. Entre mes chaussures, j'encadrais les tours de Saint-Sulpice. D'abord distraite, je ne regardais pas vraiment ce que je faisais, il m'importait seulement de m'occuper pendant que la sonnerie retentissait. Mes pieds agrandissaient ou rapetissaient le cadre dans lequel j'enfermais Saint-Sulpice. Enfin le Monsieur répondit. J'avais interrompu son travail de maçonnerie. Le Monsieur, qui avait une maison sur une colline, avait entrepris de mettre des pierres du pays pour soutenir son terrain, en le découpant en terrasses. Il me raconta qu'il aimait faire ce genre de travaux à la fois de force et de précision ; ça l'aidait à réfléchir. Cette manière de faire me séduisit fort. Et pendant qu'il me parlait, mon regard ajusta mieux les tours de Saint-Sulpice. Elles n'étaient plus dans le flou, c'étaient mes pieds qui l'étaient. Je fus intriguée. Il me semblait qu'on pouvait voir à travers une des tours et pas l'autre. Comme si cette tour-là était faite en arche ! Comment n'avais-je pas mieux regardé les tours de Saint-Sulpice, moi qui hantais souvent le quartier ? En réponse à ses histoires de pierrailles, je parlai des tours de Saint-Sulpice au Monsieur. Je lui posai la colle : « Est-ce que vous saviez qu'elles sont dissymétriques ? Est-ce que vous savez comment ? » J'ai oublié la réponse parce que j'ai entendu derrière moi le bruit de la porte qu'on ouvrait doucement. Le temps de me retourner, on la refermait déjà. J'ai pu reconnaître la manche du patron. Il était trop tard, mais par pudeur, j'ai mis bien vite mes pieds par terre. Il était temps de retourner à mon bureau. Le Monsieur m'encouragea simplement : « Écrivez une lettre, un journal intime, un roman, un article sur l'enfance tourmentée, mais écrivez... »

Comme si de rien n'était, je demandai au patron que je rencontrai dans le couloir s'il avait eu besoin de quelque chose et l'informai à tout hasard que Legrand était à Londres, ce qu'il savait déjà.

71

ET puis un jour, c'était un week-end, je trouvai le début de mon livre, je trouvai mon titre : *Et si j'avais crié !* C'est-à-dire que je me représentai un repas de mes dix ans. Pendant le ronron des belles phrases sur le socialisme, sur la dignité de la femme, sur la liberté d'expression, la petite fille que j'avais été s'imaginait poussant soudain un hurlement qui interrompait la conversation, qui indignait ses parents et d'abord sa mère, qui laissait frères et sœurs interdits de stupeur et même d'inquiétude. Un cri strident ininterrompu, malgré les menaces qui commençaient, malgré la poigne ferme de ma mère au bord de me briser le poignet, malgré le ton sec de mon père qui élevait la voix. Et j'écrivis cette scène dans laquelle je voulais montrer la fillette aux abois, terrifiée par tout ce qu'elle vivait en cachette et si près de parents dont les belles idées l'écorchaient. Comme elle savait qu'elle ne pouvait pas hurler ce qui se passait, je la faisais seulement penser très fort qu'elle criait d'un cri sans fin, culbutant sa famille sens dessus dessous, faisant monter la colère maternelle jusqu'à la crise de nerfs, mettant le grand calme habituel du père en échec, et demeurant elle-même indifférente aux conséquences du chaos qu'elle avait voulu provoquer. En écrivant, j'étais moi-même possédée de ce besoin de hurler par-dessus les toits de Paris, par-dessus la banlieue et les collines d'Ile-de-France. Mon cri, je voulais qu'il aille assourdir mes parents sur leur montagne paisible, je voulais qu'il ébranle les gens bien-pensants qui m'avaient élevée : ma famille proche, mes oncles et tantes du côté maternel, les bonnes sœurs de toutes les écoles où j'avais été, et les amis de mes parents si admiratifs de notre esprit et de notre belle unité familiale.

J'ai écrit la clairière. J'ai écrit la petite fille de sept ans à qui son frère Marcel donne une leçon de lecture un matin d'été. J'ai écrit comment cette leçon s'est terminée culotte basse, cuisses frôlées par une main du grand frère. J'ai écrit qu'il l'a entraînée au fond du jardin, dans la clairière des pins. J'ai écrit la petite fille qui s'allonge docilement sous son frère. J'ai écrit les autres frères, les cousins, qui se joignaient à eux presque chaque jour. J'ai écrit les exigences devant lesquelles elle se cabrait quelquefois avant de se soumettre à une loi qu'elle apprenait pour toujours : la loi du plus fort.

Ils étaient trois, ce jour-là de septembre. Nous allions ramasser des mûres. J'étais trop petite pour attraper les mûres noires si tentantes. Deux de mes cousins et mon frère aîné en avaient leurs mains pleines et l'un d'eux m'en tendit une poignée. J'avançai ma main, mais d'un geste prompt, il les enleva de ma portée. « Si tu en veux, me dit-il, il faut d'abord que tu me suces. » Je le vis alors ouvrir son pantalon. Comme nous n'avions pas l'eau courante, une odeur aigre et tiède m'a saisie. Je me rappelle encore la collerette blanche qui se cachait dans les plis de son sexe et mon recul. Les deux autres se sont associés à lui pour me convaincre, puis me tenir la tête avec des encouragements tout en montrant la belle ration de mûres qui devait être ma récompense. Je me revois faisant l'effort de ne pas poser ma langue sur cette intruse qui envahissait ma bouche. Les yeux fermés, pour ne pas voir la touffe de poils humides de sueur, la respiration presque arrêtée, j'étais inquiète de recevoir dans ma gorge ce liquide poisseux qui achevait toujours leurs excitations. Et si c'était du poison ? J'avais infiniment peur. Que cesse vite cette nouvelle expérience ! Et brusquement, mon cousin s'est écarté de moi, giclant dans les ronces en levant la tête vers le ciel. J'étais profondément écœurée, mais incapable de le quitter du regard, fascinée, monstrueusement troublée, l'esprit et les sens en tumulte. J'étais devant un mystère, un mystère qui semblait nous dépasser tous, même le plus grand d'entre nous qui avait environ seize ans. Je ne sais plus si j'ai ouvert la bouche pour les deux autres, je ne me rappelle que le premier. Ils ont tenu parole. J'ai eu ma pleine poignée de mûres. Et puis après, entre nous, la honte. La honte comme une grosse patte enduite de glu qui nous serre dans sa poigne et nous laisse la sensation d'être poisseux des heures et des heures, parfois même des jours durant.

Et je continuais d'écrire... J'écrivais la petite fille de neuf ans à qui son confesseur fâché d'entendre le même refrain chaque samedi, et menaçant de ne plus donner l'absolution, avait ordonné de parler à sa mère. J'écrivais la terreur que cela avait déclenché, l'enfant se rappelant peut-être pour le reste de ses jours qu'une sainte avait dit à son fils : « Je préférerais te savoir mort que coupable d'un seul péché mortel. » Et elle ne doutait plus d'avoir commis régulièrement depuis l'âge de sept ans un grave péché mortel. J'écrivais que pour ne pas être engloutie par des foudres dont elle imaginait le pire, elle avait menti à sa mère en ne dénonçant que Marcel, parce qu'elle ne l'aimait pas, et en minimisant ce qu'ils faisaient. « Il veut que je retire ma culotte et que je lui montre mes fesses... — Et que te fait-il ? — Il me tripote un peu avec ses doigts... — C'est tout ? Tu es bien sûre ? — Oui. — Tu as bien fait de me parler, ma petite fille. S'il recommence, viens me le dire. Maintenant, mets-toi à genoux à côté de moi et prions ensemble pour demander pardon à Dieu. » Et j'écrivais qu'en sortant de la chambre où venait d'avoir lieu cette confidence, la fillette soulagée de n'avoir pas péri commençait à se ronger d'avoir menti. Elle était horrifiée de souhaiter la mort de son grand frère. J'écrivais que le jour où elle a menacé Marcel de dire à sa mère qu'il recommençait, il a répondu : « Si tu le fais, je dirai, moi, que je ne suis pas le seul... » et qu'elle s'était tue, puis soumise.

Je ne saurai jamais écrire assez justement la honte et le mépris de soi qui nous accablaient après. Les larmes de repentir de Marcel me mouillaient la joue et les épaules. Sa voix demandant pardon entre deux sanglots était insupportable à entendre. Je le haïssais et en même temps, j'étais envahie de pitié. J'aurais voulu pouvoir le bercer doucement comme un enfant, et je me demande quelquefois si je ne l'ai pas fait. J'écrivais aussi le grenier et la maison abandonnée. Dans le grenier, sur un matelas rongé par l'humidité et auréolé de cernes brunâtres, je m'étendais entièrement nue. Nous jouions au docteur. J'avais mal là, disais-je en montrant du doigt mon bas-ventre. Pendant qu'Ischelaz, à califourchon sur mon torse, se branlait, Marcel me faisait jouir avec son doigt.

Nous allions souvent aussi dans une maison abandonnée qui jouxtait le mur de notre garage. Dans toutes les pièces de cette maison, nous prenions plaisir à répandre nos besoins naturels. Toujours riant grassement, mes frères passaient d'une pièce à l'autre tout en urinant. Notre grande joie était de laisser dans ce qui aurait pu être le salon ou le bureau du père une merde ou deux. Ces jeux se terminaient par des orgasmes individuels ou collectifs, suivis du pesant silence qui trahit la honte.

Enfin, j'écrivais comment j'ai imaginé avant mes dix ans, que mon index serait rempli d'encre de Chine indélébile et que je l'aurais percé avec une toute petite aiguille de sorte qu'un mince filet noir s'échapperait de ce doigt jusqu'à la fin de mes jours. J'avais tracé sur le papier peint de ma chambre avant de m'endormir un gigantesque « M », initiale de mon nom de famille. C'était ma vie qui devait à partir de là écrire la suite de ce mot, de cette phrase, de ce paragraphe, de ce premier tome d'un ensemble de volumes imaginaires au nombre indéterminé. C'était encore un secret extraordinaire avec moi-même. A différentes étapes de ma vie, songeant à cette fuite incessante au bout de mon doigt, il m'est arrivé de dessiner dans l'air des arabesques avec la joie d'imprimer sur l'espace des fioritures supplémentaires à mon interminable « M ». C'était peut-être mes fins de chapitre. Partout où je suis allée, j'ai pensé à mon « M ». Dans les autocars américains, de temps en temps, je me disais « Mon " M " passera par Atlanta... Il va même écouler son encre dans une vague du Pacifique... » Comme une enfant, je longe encore les murs en laissant traîner mon doigt sur les pierres ou le ciment et je me dis que je n'ai pas besoin de craie pour laisser la trace de mon passage, j'ai de l'encre de Chine qui coule, qui coule, qui coule, mais que personne ne voit.

72

POUR le retour du Monsieur, j'avais écrit une cinquantaine de pages. Je les lui remis en tremblant. Nous étions dans une belle cave voûtée du plus vieux quartier de la rive gauche, transformée en bar. Un pilier de pierre au milieu de la salle lui donnait de la majesté. J'aurais voulu qu'en un clin d'œil des crochets invisibles prolongent mes mains et mes pieds pour qu'à la manière du lierre je m'attache à ces lieux pour une éternité. Je le fis avec mon regard. Cela m'était nécessaire pour avoir un minimum de sérénité en présence de celui auprès de qui ma vie était suspendue. Il était en train de feuilleter mes pages. Il pouvait m'abattre d'un mot. Le souffle me manquait. « Je vais les lire, me dit-il, continuez, videz-vous, on fera le tri après. » J'avais besoin qu'il me rassure. « Mais est-ce que vous croyez en moi ? » Et je ne sais pas pourquoi, c'est au moment où j'ai posé cette question que l'odeur un peu âcre de la pierre blanchâtre tirant sur le jaune clair est venue, comme soufflée dans ma direction. Je devenais pierre séculaire en mourant d'angoisse. J'ai senti alors sur ma manche la main du Monsieur qui se posait quelques secondes pendant qu'il me répondait : « Bien sûr, sinon je ne serais pas là. » Je me rappelle que j'avais une veste et pourtant j'ai eu la sensation du contact de sa peau sur la mienne. J'en fus presque étourdie. Lui qui n'était à mes yeux qu'un bon ange attentionné, presque désincarné, depuis que je le connaissais, il prenait corps brusquement et mon cœur se mit à battre à coups redoublés. Je ne m'y attendais pas. C'était la première familiarité qu'il se permettait. Une familiarité de deux ou trois secondes, mais qui me troubla. Quand nous nous sommes séparés, il était neuf heures du soir. Nous avions prolongé l'apéritif pour trinquer au contrat signé enfin à l'encre noire. J'en avais oublié que j'étais invitée à dîner. Je n'avais qu'une hâte, rentrer chez moi pour apaiser un oiseau magique qui battait des ailes au fond de moi.

Dans la tour Mirabeau, à chaque fois que je regardais par la fenêtre orientée vers le couchant, cet oiseau faisait ses bruits d'ailes et demandait à s'envoler. Le temps se suspendait pendant que mon regard se perdait dans les nues. C'est la sonnerie du téléphone qui me rendait à mon devoir.

J'aimais décidément le travail à la C.F.P., j'aimais l'ambiance et je pouvais être fière depuis peu car on m'avait proposé de m'embaucher. Ça se fait souvent, le recrutement par l'intérim. C'est bien. Au bout de quelques semaines de travail temporaire dans telle société, on sait si on s'apprécie mutuellement ou pas. Et moi, à force de travailler joyeusement et efficacement, ce qui ne m'était jamais arrivé, je m'étais attiré la question : « Est-ce que ça vous intéresserait de rester parmi nous ? » J'avais regardé l'homme avec gratitude, en souriant, et j'avais répondu : « Monsieur, vous feriez mon malheur et le vôtre... Je ne m'attache nulle part. Gardez-moi autant que vous voudrez avec le statut d'intérimaire, car je me plais beaucoup ici. Mais surtout, ne me ficelez pas. » Et comme il avait l'air de se demander si je me moquais de lui, je lui avais expliqué que j'écrivais un livre, que je venais de signer un contrat avec un éditeur, que c'était là le seul engagement auquel je me sentais capable d'être fidèle. Avec un certain regret, il m'avait dit que l'on ne pouvait pas alors me garder au-delà de la fin août. Je m'étais inclinée non sans mélancolie.

73

DANS les premiers jours de septembre, je remis une centaine de pages au Monsieur. Suite et fin de *Et si j'avais crié !* C'était comme si je laissais mon enfant à l'hôpital dans l'attente du résultat d'analyses qui me diraient si oui ou non il avait la leucémie. L'attente me mettait dans un état tel que pour ne pas périr, je songeai à un petit aller et retour au bord d'un ria breton où Françoise habitait dans une longère de granit. La maison typique du Morbihan. Je lui téléphonai et tout s'arrangea pour le mieux puisqu'elle était seule après l'invasion de ses enfants en juillet et août. Invasion qu'elle aimait tant et qui la laissait trop seule maintenant qu'il n'y avait plus qu'à trier, plier, ranger, empaqueter jusqu'aux prochaines vacances. Probablement Noël. Son mari l'avait quittée l'année précédente.

Tout arrivait trop tard. J'étais seule avec Françoise pour la première fois, et dans sa maison, mais dix ans après. A l'époque de ma passion, c'est dans mes rêves les plus fous que j'avais espéré séjourner ainsi seule avec elle. Combien de fois, alors, m'étais-je imaginée ouvrir la porte de sa chambre, puis m'agenouiller près de son lit pour la contempler dormir ? Je m'étais vue envahie d'une tendresse dont je ne savais que faire, ne voulant pas la réveiller tout en le souhaitant fort. Je l'imaginais dormant un bras le long du corps, l'autre replié sous son oreiller, le visage presque entièrement enfoui dans cet oreiller. A se demander comment elle pouvait respirer. Elle m'intimidait plus encore endormie qu'éveillée. Dans cette exquise vision, ma main lentement allait à la rencontre de la sienne, mais je redoutais qu'une explosion ou un court-circuit ne se produise au contact de nos deux peaux ; je savais que je volais l'émotion que je me procurais. Les fées qui m'accompagnaient sans cesse n'aimaient pas que je prenne un plaisir de quelqu'un qui ne me le donnait pas, ou qui ne le partageait pas. Et ça, je le savais. C'est pourquoi je m'attendais à un châtiment instantané. Rien cependant n'arrêtait ma main qui avançait en tremblant vers celle que j'aimais. C'était comme si ma main tirait un fil ténu qui était relié à l'extrémité de mon cœur. Le fil était un peu plus court que la distance qui me séparait de Françoise. Et ma vie s'arrêterait quand le fil se briserait. Tout se faisait malgré moi, j'étais dans le domaine de l'interdit, et je tremblais d'une peur sacrée. La main aimée était belle et tiède. Plus je la savais proche, plus je la savais ronde et plus je voulais la saisir et la poser sur mes épaules, dans mon cou qu'elle dégagerait pour mieux sentir ma peau, et peut-être même que je l'aurais laissée suivre par mégarde le contour de mon sein ? Mais là, je savais que le fil ténu comme un cheveu casserait net, m'ôtant toute vie. En rêvant ainsi, je côtoyais des dangers terrifiants comme un cascadeur qui risque sa vie pour une sensation forte. J'arrêtais donc ma main et je murmurais tout bas : « Françoise… » Le silence me répondait. Elle aurait dû m'étreindre ! Je voulais l'enlever, l'entraîner loin… loin… où personne ne pouvait me la ravir.

Était-ce le fil que j'avais trop tendu ? Était-ce l'idée

seulement d'un geste interdit? L'explosion redoutée arrivait au moment où je ne m'y attendais pas. Aucune étincelle, pas de bruit spectaculaire, la chambre restait calme comme celle de la Belle au Bois Dormant. C'était en moi qu'avait eu lieu l'explosion, qu'avait éclaté un orage terrifiant. Dans mon rêve, des sanglots me secouaient toujours quand j'en arrivais là. La panique m'égarait tout à fait car je savais qu'outre les crimes de mes pensées je venais de faire le crime de la réveiller. J'avais peur comme si on allait me battre. Je me croyais sacrilège au point que la plus sévère des peines pouvait paraître trop douce. Dans mes sanglots, j'implorais son pardon, j'arrivais à lui dire que j'étais venue là pour lui livrer un terrible secret qui allait m'étouffer sinon. J'étais pitoyable comme ces femmes à demi pâmées au pied des calvaires dans les représentations de la Passion qui abondent dans nos églises. J'étais l'une de ces misérables repentantes qui croyait nécessaire de supplier qu'on lui donne encore un jour à vivre. Quel délice alors de me représenter Françoise généreuse comme une sainte me relever de sa carpette, me jeter un châle sur les épaules, me proposer un bon chocolat chaud, et se mettre à mon écoute. Je ne disais rien. Je savourais le bien-être près d'elle... Et là, mon rêve s'évanouissait...

Il n'était plus question à présent de tomber dans mes langueurs passées, dans mes délires. J'avais deux jours pour goûter les prémices de l'automne auprès d'elle qui savait en apprécier les multiples charmes. J'ai toujours aimé l'époque des grandes marées. Le temps ne nous empêcha donc pas de sortir. Nous marchâmes bien couvertes le long des plages en nous tenant le bras. Les étendues de sable étaient froides et presque désertes, le vent couchait les tamaris, les fougères commençaient à roussir au bord des chemins creux, les pins maritimes soupiraient sous l'effort des bourrasques et l'on croyait entendre, de dessous leurs futaies, comme la houle d'un océan invisible en furie qui prenait ses rouleaux dans la cime des arbres. Les châtaigniers offraient leurs fruits hérissés. La terre sentait la pluie et le sel, et nos pas n'avaient pas le même écho qu'en plein été ou au printemps. Au large, la mer offrait le spectacle dramatique et grandiose de ses vagues mauves en furie. La fraîcheur nous faisait soudain hâter le pas vers une boisson chaude près de notre feu de bois.

74

DEPUIS le printemps, on me sous-louait un appartement rue Saint-Lazare. Deux pièces, une petite entrée, une petite cuisine, une petite salle de bains. C'était spacieux pour moi toute seule. Je ne savais pas pour combien de temps j'étais là. Peut-être un an, peut-être plus.

Je n'avais pas voulu faire de frais pour m'installer, et pourtant les murs étaient plutôt lépreux dans la chambre, un peu crasseux dans la salle de séjour et carrément poisseux dans la cuisine. Un bon coup d'éponge sur certaines surfaces avait remplacé le coup de pinceau qui s'imposait. Mais dans la chambre, les dégâts étaient plus graves. La peinture s'écaillait, sur les murs et au plafond. Que faire pour l'arranger à peu de frais ? Devant tant de travail et de dépenses, je m'étais découragée. Quand donc emménagerai-je avec un homme qui aura autant que moi le désir d'installer un « chez-nous » ? Cet appartement qui ressemblait à un logement normal me soulignait sans cesse que j'y étais seule, et que si je le laissais dans sa saleté personne ne prendrait les choses en main. Si j'achetais des fleurs, ça ne faisait plaisir qu'à moi. Il y avait quelque chose de douloureux dans le petit confort auquel j'accédais. Moi qui aimais les travaux d'installation de maisons, moi qui en avais fait avec joie chez Pierre et sa femme, chez Bivon, dans la maison de mes parents, au Jura, et dans la plupart de mes logements même provisoires, je ne me sentais aucun goût cette fois pour m'y mettre. C'est en pleurant que j'ai posé le papier peint dans ma minuscule entrée et que j'ai donné quelques coups de pinceau, au début de l'été.

On arrivait maintenant à la mi-octobre, saison creuse, s'il en fut, dans l'intérim. Depuis deux semaines, je téléphonais régulièrement chez Minerve et, à part un remplacement dans une banque, on n'avait rien à me proposer. N'écoutant que ma paresse, j'ai décliné l'offre et me suis laissé bercer par le temps en faisant une broderie pour une des mes nièces, Aude.

C'est en tirant l'aiguille que j'ai imaginé d'accentuer l'impression de précarité et de campement dans ma chambre en en faisant une vaste tente. Diviser le plafond en son milieu par une ligne le long de laquelle j'agraferais une toile qui descendrait souplement jusqu'à une ligne horizontalc sur les murs, à un mètre cinquante du plancher. De là, la toile tomberait tout droit jusqu'à la plinthe. Je ferais une sorte d'antre oriental.

Je me dis qu'il fallait concrétiser ça avant peu, car mes parents allaient bientôt venir pour une semaine à Paris. Il n'était pas question qu'ils voient l'appartement dans l'état où il était.

75

PERCHÉE sur mon escabeau, les bras levés pour tenir d'une main l'agrafeuse et de l'autre la toile à matelas bleu marine achetée la veille au marché Saint-Pierre, je me sentais comme dédoublée. J'étais à la fois concentrée sur mon travail manuel et complètement absente. Mes mains agissaient, mes yeux les surveillaient, et pourtant j'étais ailleurs.

Les questions et les réflexions du Monsieur lors de mon retour de Bretagne me faisaient réfléchir. Il m'avait d'abord donné son point de vue de lecteur et ensuite son point de vue d'éditeur. Le lecteur éprouvait un manque comme pour *l'Été d'avant.* C'était des souvenirs, des impressions, l'univers d'une petite fille et de ses frères, mais encore une fois, elle ne venait de nulle part, n'avait pas de parents... Alors l'éditeur avait demandé à l'auteur ce que faisaient les parents pendant ce temps-là. Je m'étais indignée : « Comment, qu'est-ce qu'ils faisaient ? En plus des soins élémentaires à mes petites sœurs, ma mère faisait la lessive, le lundi, en compagnie de la bonne, le raccommodage et le repassage le mardi et le mercredi, elle allait chaque jour faire les courses à pied où à bicyclette, elle confectionnait la plupart de nos vêtements, elle nous faisait faire nos devoirs et réciter nos leçons en nous talochant autant qu'elle pouvait, elle nous préparait le repas avec la bonne, elle s'occupait du jardin, recevait la famille, recevait les amis de mon père, jouait de temps en temps avec nous aux jeux de société qu'elle aimait particulièrement, elle écoutait aussi des disques avec nous et ne répugnait pas à se joindre à Pierre, Fabien et moi, certains jeudis pluvieux, autour de notre boîte de couleurs pour illustrer une histoire, ou reproduire ce qu'on voyait de la fenêtre, par exemple. Elle mettait elle-même le papier peint au mur quand on refaisait une pièce. Est-ce que vous comprenez qu'elle était partout, cette sacrée mère ? — Partout, avait dit le Monsieur, sauf où il fallait. Et votre père ? » Cette question m'avait ramenée à l'âge de douze ans, quand une petite orpheline qui jouait avec moi m'avait demandé de lui parler de ma famille et qu'après avoir parlé, parlé, parlé longtemps, je l'entendis m'interrompre : « Mais tu ne me dis rien sur ton père ! » Tout bonnement, je l'avais oublié. « Quoi, mon père ? avais-je dit comme si j'avais oublié une strophe à ma récitation et que je ne voulais pas l'admettre, eh bien, il travaille, mon père ! qu'est-ce que tu veux qu'il fasse ? » Mais devant cette orpheline, un pincement aigu, une folle envie de pleurer m'avaient fait perdre la tête. J'aurais voulu à cette minute-là qu'il fût mort, ce père, et j'aurais alors porté un chagrin légitime. Tandis que là, j'avais la chance d'avoir un père et je n'avais même pas le sentiment d'avoir plus que cette orpheline. Par le plus grand des hasards, nous étions à deux ou trois jours de la fête de mon père et, pour commencer à créer des liens avec lui, je suis allée acheter un cendrier dans le plus proche bazar. Cendrier bigarré, bien verni... Le plus beau, quoi ! Et puis je le lui ai envoyé par la poste car je me trouvais en Bretagne chez ma grand-mère maternelle. J'étais sûre que quelque chose allait changer entre nous grâce à ce geste. Et peut-être que j'ai eu raison, mais l'effet ne s'est fait sentir que quelques années après. Au Monsieur, j'avais simplement répondu : « Mon père ? ben, il était dans son bureau. »

Tout d'un coup je sentis ma fatigue dans les bras. La toile était lourde à porter, l'agrafeuse me glissait des mains, j'étais dans une position peu confortable. Je faisais le plus dur. Mais j'étais si contente de mon idée. Je me savais prête à supporter bien des fatigues pour arriver à monter cette tente. Quel dommage que Pierre et sa femme aient quitté la France pour deux ans, juste quelques semaines plus tôt, pensais-je... On aurait eu tous les trois du plaisir à faire ce travail ensemble. Je me serais sentie moins seule, et puis on aurait partagé un souvenir de plus... Quand ma mère verrait cette invention, elle n'apprécierait pas, j'en étais sûre. La peur du ridicule la retient dans ses élans, alors que c'est une femme qui fourmille d'idées. Elle tombe dans le banal quand elle installe une pièce, quand elle choisit du papier peint, des rideaux, des toiles cirées pour recouvrir les tables et surfaces de travail sans souci de l'harmonie des couleurs ou des motifs. Bientôt elle me téléphonerait pour annoncer sa visite avec mon père et cela me remplissait d'appréhension.

Je ne savais pas ce qui allait en sortir, mais je savais une chose : notre prochaine rencontre allait être l'occasion d'une formidable explication. Il y avait des choses que j'avais besoin de savoir, il y en avait d'autres que j'avais besoin de dire. Tout pouvait arriver. La qualité de l'entretien dépendait de la manière dont mon père avait préparé sa femme. Je ne pouvais pas ne pas avoir peur.

76

ILS étaient venus, ils étaient repartis.

J'ai souvent eu le désir fou d'éclater mes colères en hurlant et en jetant des piles et des piles d'assiettes contre un mur. Les entendre se fracasser et éparpiller leurs morceaux par terre avec des tintements dissonnants. Gueuler le plus fort possible dès que le silence aurait repris possession de l'espace. M'épuiser un bon coup et contempler les débris avec satisfaction en retrouvant mon calme.

Ce n'est pas après le départ de mes parents que cette obsession m'a reprise, ni même le lendemain, mais la semaine suivante.

Non seulement mon père n'avait rien dit à sa femme, non seulement il ne m'a pas soutenue pendant que je parlais, mais il a laissé ma mère me traiter de « putain de tout le monde », sans souffler mot. D'ailleurs, c'est bien simple, il n'a pas ouvert la bouche de toute la soirée. Pendant ce temps je faisais face à une furie hideuse qui me criait : « Tais-toi ! Je ne veux plus t'entendre ! » en se défigurant par les grimaces des pleurs et des insultes. J'ai eu droit au chantage « Si je meurs avant l'heure, tu sauras pourquoi ! » qui ne m'atteignit pas. C'était fini, je ne voulais plus souffrir par elle, je ne la laisserais plus me soumettre. Je ne répondis pas sur le même ton qu'elle ; je la laissai mijoter seule dans sa grossièreté. Il me semblait que des glaçons se formaient autour de mon cœur, en même temps qu'il se mettait à bouillir. Par vagues irrégulières, mes sentiments se heurtaient, se surimpressionnaient, se contrariaient, s'enflaient mutuellement. Pendant qu'elle se débattait dans ses larmes qui avaient l'air de dire « vois dans quel état tu me mets, méchante fille ! » je m'imaginais la prenant par le collet et la jetant dans les escaliers avec tout : ses crises de nerfs, son snobisme étriqué, ses avortements ratés, ses obsessions sexuelles, son regard qui vous cloue net, et toutes les taloches perdues qui cinglent encore mes joues... Tout, comme dans les films comiques où les objets appartenant au congédié le rejoignent en débaroulant les escaliers pour s'entasser près de lui pêle-mêle. Je lui aurais jeté aussi son mari en même temps que son sac à main et que son manteau. Et je ne bronchais pas, la regardant avec autant de pitié que de colère rentrée. Je restais de marbre, parlant de mes frères, de mes cousins, et même de certaines cousines, parlant de la solitude qu'avait ressentie la fillette devant son lourd problème. Je lui coupais froidement la parole quand elle me répétait son « Tais-toi ! Tais-toi ! » « Non, je ne me tairai pas, je me suis tue trop longtemps, on m'a trop longtemps accusée de paresse, de légèreté, d'inconséquence, quand je luttais intérieurement contre des problèmes que vous ne vouliez pas voir et qui m'écrasaient. J'ai besoin d'être réhabilitée, d'être lavée, d'être aimée avec ou malgré mon passé ! » Elle était au bord de l'étranglement quand elle m'a dit qu'au moins j'avais eu la chance, moi, d'avoir un père, tandis qu'elle, elle avait perdu le sien à quatorze ans, et j'ai répondu toujours aussi froidement que moi, j'aurais perdu le mien à quatorze ans, je n'aurais perdu personne. Mon père statufié à ma droite n'a pas bronché. Il était blanc, mâchonnant l'intérieur de sa joue. Lui qui me dira plus tard que si le dîner a tourné ainsi c'est à cause de moi et de moi seule, lui qui me dira que vu l'état dans lequel s'est mise ma mère, il se rangeait de son côté, ne réalisant toujours pas que je n'étais pas venue lui parler au Quatorze juillet pour satisfaire simplement son éventuelle inclination au voyeurisme ou pour lui demander d'être l'arbitre d'un combat, mais pour qu'il m'aide à éviter précisément ce qui s'est passé ; lui qui s'étonnera que je refuse de les revoir tant que l'insulte n'aura pas été enlevée, cet homme-là serait mon père. Cet homme me reprochera par un coup de fil une semaine après le dîner fatidique d'avoir parlé de cette manière à ma mère, quand il n'a pas été capable, lui, de lui souffler mot pendant plus de trois mois !

La nuit qui a suivi leur départ, j'ai été comme anesthésiée. Une anesthésie euphorisante. Immobile dans mon lit, je souriais d'avoir franchi le pire des pas que je pensais devoir franchir vers la Révolte. La vraie. Celle qui ne s'arrête pas à un chapelet de mots qui montrent une insatisfaction, mais la révolte qui passe aux actes. Je sentais une étrange sensation de libération. C'était plus grisant encore que de donner ma démission après trois ou six mois d'étouffement dans des bureaux. Pour la première fois de ma vie, les larmes de ma mère ne m'avaient pas chavirée, ne m'avaient pas jetée repentante dans ses bras, mêlant mes larmes aux siennes. Pour la première fois de ma vie, je me disais que l'état dans lequel se mettait ma mère était son œuvre à elle. C'était regrettable, mais je n'y pouvais rien. Moi, maintenant, je voulais me sauver coûte que coûte. J'avais raté trente ans de ma vie, je ne raterais pas un jour de plus. Sous ma tente je souriais dans la nuit de ma chambre à l'avenir, à ma propre construction. Je n'avais qu'un regret : d'avoir attendu si longtemps pour en arriver là. Quel gâchis !

77

JE me suis crue possédée de la rage en raccrochant après l'appel de mon père le samedi suivant. Réveil brutal de l'anesthésie. Ah ! je n'aurais pas dû parler comme ça à ma mère ? Ah, il se mettait du côté de ma mère ? Et par-dessus le marché, il voulait renouer avec moi les relations « comme avant » ! Non, mais qu'est-ce qu'il croyait ? Que j'étais une chiffe molle pour l'éternité et dont on faisait ce qu'on voulait après l'avoir humiliée, bafouée, roulée dans sa fange d'autrefois ? Ma mère m'aurait craché dessus devant lui, je n'aurais pas été moins offensée. Et il voulait, ce lâche, que je dîne avec lui comme si de rien n'était ? Il voulait retrouver dans le regard de sa fille un miroir où on quêtait son affection en lui en donnant autant comme autant, et il croyait qu'il suffisait de prendre ce ton paternaliste et doctoral à la fois pour que tout rentre dans l'ordre passé ? Non, mais ça ne va pas ? C'est à Simone de Beauvoir que j'aurais dû m'adresser le Quatorze juillet ! Je lui aurais demandé de faire un article à paraître juste le jour où j'aurais reçu mes parents. J'aurais entendu les commentaires de mon père pendant tout le dîner. Indigné, mon père, par ce qu'il apprendrait ! indigné de voir que dans une famille instruite, évoluée, chrétienne et socialiste, dont sainte Simone aurait tu le nom, une petite fille aurait traversé, entre sept et quinze ans, une période à jamais traumatisante, sans recevoir l'assistance de ses parents. Plus qu'indigné, mon père ! scandalisé ! Les gens sont si impardonnablement irresponsables ! Il en aurait dit sur la dignité de la femme, il en aurait dit ! Il aurait encore une fois tressé des couronnes de fleurs à sa sainte Simone qui aurait fait éclater le scandale, et il aurait redit que toute vérité était bonne à dire, qu'il fallait mettre à jour tout ce qui était dans l'ombre. Et si Madame Simone avait fini son article en demandant des sous pour monter un comité de protection de cette jeune femme qui n'arrivait pas à entrer dans la société, conséquence directe de son traumatisme, mon père avant le dessert aurait signé son chèque. Il a toujours signé quand il s'agissait d'assister ceux dont on parlait dans les journaux et qui bravaient l'autorité pour défendre leurs opinions : Louis Lecoin pendant sa grève de la faim en faveur des objecteurs de conscience, Simone de Beauvoir pour l'affaire Djamila Boupacha, les 321, ou 121, j'ai oublié, et tant d'autres auxquels je n'ai pas voulu m'intéresser ! Il lui faut la vie imprimée noir sur blanc pour qu'il comprenne ce qui s'y passe, mon père ? Eh bien il va l'avoir, ma vie, et en noir sur blanc en attendant de la lui donner en couleur un beau jour sur son petit écran pour qu'il comprenne mieux ! Ah oui, il va me trouver un jour dans son journal ! Tout d'un coup, il comprendra que j'ai mis en application ce qu'on me disait autrefois devant mes mauvais bulletins : « N'oublie pas, ma fille, qu'il te sera demandé plus tard selon ce que tu auras reçu. » On me soulignait ainsi qu'on dépensait beaucoup d'argent pour mon instruction, qu'on se donnait du mal pour mon éducation et que je serais redevable de tout cela. Et déjà, à dix ans, j'écoutais en me disant que je donnerais selon ce que je recevais et qui n'était pas ce qu'on croyait. Je ne savais pas exactement comment, mais je savais que je restituais d'une manière ou d'une autre ce que je n'arrivais pas à digérer. Là ! ce serait là ! imprimé noir sur blanc sous les yeux de mon père qui n'avait jamais voulu rien voir !

Et il croyait arranger les choses, en me disant au téléphone d'une voix presque humble au fond de laquelle je percevais un espoir : « Tu sais, on a parlé, ta mère et moi depuis ce dîner, et elle m'a dit qu'elle avait été au courant de tout. Même de tes autres frères. Elle a su toutes tes souffrances » (me dit-il comme pour me faire savoir la chance que j'avais d'être si bien comprise). Quand il ajouta : « Moi je ne savais que ce que tu avais dit de Marcel à ta mère, et rien de plus », je me sentis devenir assassine. Il était temps qu'il raccroche, lui qui ne se montrait ni choqué d'avoir été tenu à l'écart de ce qui se passait chez lui, ni choqué de savoir que sa fille avait été si peu protégée par une mère « au courant de ses souffrances », mais insultée le jour où, les choses lui pesant moins, la fille ose enfin parler avec ses géniteurs (il n'est plus question que je dise d'eux « ses éducateurs » ni même « ses parents »). Alors que se passe-t-il donc dans le cœur et dans la tête de cet homme ? Est-ce qu'il croit que du moment qu'il n'a rien su, il n'est pas responsable ? Attitude qu'il condamne si sévèrement en politique ! Et qu'est-ce qu'il aurait fait, s'il avait su quelque chose ? Me voilà bien curieuse ! Est-ce qu'il a fait quelque chose pour la dignité de sa dernière petite, Maud, qui, jusqu'à l'âge de dix ans environ, a mouillé bien souvent sa culotte et se retrouvait coiffée de ladite culotte pendant des heures, après une colère que ma mère n'hésitait pas à éclater sur les cuisses de l'enfant ? Est-ce que mon père n'aurait rien su là-dessus ? Aurait-il été le seul à n'avoir pas croisé cette enfant dans la maison, humiliée, ne levant le regard sur personne, cherchant un coin où se cacher ? C'est comme ça que mon père aime qu'on apprenne la dignité dès la plus tendre enfance ? Chez nous, on a appris la dignité et l'orgueil par leur contraire. Et s'il n'a pas vu ce genre de scène, il n'a pas pu ne pas voir la même fillette anorexique depuis l'âge de deux ans, se faire talocher à chaque repas par une mère excédée et inquiète qui croyait arranger ou probablement provoquer l'appétit de la petite en lui disant toutes sortes d'abaissantes insultes devant nous qui ne mouftions pas : « Vas-tu avaler cette bouchée que tu rumines comme un bovin depuis le début du repas ! Ça te rend laide au possible ! » ou bien « Avale, espèce de gargouille de Notre-Dame ! » Et l'enfant nouée, n'ayant plus que des gestes maladroits, voulant boire pour s'aider à avaler, renversait son verre à presque tous les repas, et faisait tomber ses couverts... Bonne occasion de recevoir une paire de gifles. Et cela avait lieu aussi les dimanches en présence de mon père qui ne pouvait pas ne pas voir puisque ma petite sœur était à la gauche de notre mère qui faisait face à son mari. Et peut-être qu'en ruminant sa bouchée sans pouvoir déglutir, Maud entendait-elle les beaux préceptes de son père sur le respect de la dignité à laquelle chaque individu a droit. Si cela se passait sous son nez, est-ce que mon père ne s'est pas demandé s'il n'y en avait pas de bien pires à son insu ? Elle ne lui a pas dit, ma sœur aînée, qu'en bas âge, se faisant surprendre culotte basse avec le plus jeune frère de maman, elle a reçu une fessée accompagnée de la terrifiante menace de se faire brûler le zizi ? Il se doute bien, mon père, que sa femme est capable de nous mener par la peur et le chantage, elle qui continue de craindre sa propre mère ! Il n'est responsable de rien, ce père de dix enfants qui s'est enfermé depuis son mariage dans un bureau du matin jusqu'au coucher de presque chaque jour ? Est-ce qu'il a su qu'Ischelaz avait été depuis l'âge de neuf ans l'objet de la convoitise amoureuse d'un homme de quinze ans son aîné qui fréquentait la maison ? Est-ce que mon père a su que cela a duré des années ? Est-ce que mon père ne s'est pas étonné de l'indifférence apparente qui cachait le soulagement d'Ischelaz quand cet homme est mort il n'y a que quelques années ? Mon frère m'a laissé comprendre qu'il n'avait toujours pas pardonné trente ans après. Qu'a donc vu mon père, qu'a-t-il entendu, lui qui répète à qui veut l'entendre qu'il faut garder le dialogue ouvert et qu'il faut laisser la place aux jeunes, quand tous ses enfants ont tremblé dans leur jeunesse à l'idée de l'affronter dans son bureau, sa tour d'ivoire, sa cachette ?

Qu'est-ce que j'ai eu de plus que mes frères et sœurs, moi qui suis la seule à avoir osé forcer sa porte pour parler de lui, de moi, de nous ? Qu'est-ce que j'ai eu de plus que les autres, moi qui étais si triste de la solitude dans laquelle je le voyais vivre et qui suis allée la briser ? Qu'ai-je aujourd'hui de plus qu'eux ? Rien. J'ai seulement perdu les illusions que sa distinction, sa pudeur, son silence, son élégance, son charme, son exactitude militaire, son honnêteté, son joli sourire, ses belles phrases avaient fait fleurir dans nos cœurs et nos esprits. Nous le voyions supérieur devant nous qui étions si petits, si inachevés, si décevants, si inaptes... Il avait de la grandeur à nos yeux, avec ses belles croyances, avec ses rendez-vous en haut lieu, avec ses convictions politiques qu'il allait peut-être concrétiser aux réunions du P.S.U. Mon Dieu, comme nous étions petits et misérables devant lui ! comme nos préoccupations étaient médiocres ! Quel drame de ne pouvoir l'égaler ! Il avait tout réussi, lui, nous rien ! Et il avait encore la grandeur de supporter nos échecs en se contentant maintenant de soupirer en ravalant son amertume. Et pour nous, c'était déjà suffisant pour souffrir aussi.

Je n'ai plus d'illusions sur lui, aujourd'hui, c'est ce que j'ai en plus des autres. La vapeur s'est renversée, je le vois petit, fuyant, démissionnaire, impuissant. Je lui avais dit « Aide-moi, et tu seras réellement mon père », et il n'a rien dit et rien fait, sauf de me rendre entièrement responsable de ce qui s'est passé, une fois la casse terminée. Bravo !

Et ma mère ? A peine la semaine écoulée, elle avait déjà raconté à toute sa famille que sa fille était cruelle de lui assener des vérités comme ça, un jour de visite, alors qu'elle étrennait des petites chaussures vernies ! Sa fille sans pitié l'avait mise dans tous ses états. Et sa fille allait publier tout ça ! et sous son nom.

Un peu que je vais le publier sous mon nom ! Est-ce que pour lui éviter de la peine, on lui changeait son nom à cette petite fille quand elle se faisait publiquement humilier dans son école ? Elle à qui on rappelait sans cesse que ses parents étaient des gens si bien ! Est-ce que ce n'est pas sous son nom qu'elle a vécu tout ce qu'elle a vécu ? C'est elle que je veux réhabiliter, puisque mes parents ne le font pas, c'est elle que je veux faire aimer, ce qui la lavera j'espère et lui fera redresser la tête. La honte, elle ne veut plus la connaître ! La honte, elle ne veut plus la porter, c'est trop lourd.

Ma mère, à qui je demande par téléphone d'enlever son insulte qui fait trop mal, ne trouve rien de mieux à faire que de me la confirmer, tout en me donnant presque l'ordre de venir lui rendre visite ! On me prend pour un bouchon dans les courants, dans cette famille, ou quoi ? Je ne fréquenterai plus quiconque me salira d'une manière ou d'une autre. Je vais maintenant vers mon salut, à n'importe quel prix. Même celui de ne plus revoir mes parents. Jamais. Je fais mon choix comme ils ont fait le leur.

Avec une vertigineuse fureur, je me remis à ma machine à écrire. Déchaînée, rajoutant des chapitres aux précédents, je sentais une douleur croissante à mesure que j'exhumais des souvenirs. J'en avais occulté tant et tant où mon père brillait par sa démission et ma mère par une présence étouffante, et castratrice, que je ne m'arrêtais plus. Elle s'en allait en lambeaux la belle image de ma famille... En charpie.

78

LA rage ne passait pas en écrivant, elle augmentait en même temps que se multipliaient les souvenirs. De fulgurantes douleurs me poussaient au-dehors de chez moi, comme pour fuir un incendie galopant. Je marchais sans but dans les rues, mais toujours en direction de la rive gauche. Des larmes jaillissaient de moi brusquement. Je me sentais victime d'une formidable injustice. J'étais prête à mourir pour rétablir la vérité que ma mère déformait dans toute la famille sans que mon père ne rectifie quoi que ce fût. Pas une fois il n'a dit que j'avais fait la démarche de lui parler pour préparer sa femme. J'apparaissais comme une fille sans pitié qu'une mouche diabolique avait piquée un soir, pendant qu'elle recevait ses parents. Et bien sûr, on tut l'insulte qui m'avait salie. Ma blessure s'aggravait à mesure que passaient les jours. Je marchais comme si cela dût atténuer la souffrance.

L'automne était magnifique. Un véritable été. Sur le bleu pâle du ciel teinté de touches roses par endroits, et presque décoloré du côté du soleil, se détachaient l'or et le roux des arbres de la ville. Les peupliers des bords de Seine étaient d'un jaune si vif, si scintillant, qu'on eût dit qu'un magicien les avait trempés, tels des pinceaux géants, dans des pots de paillettes d'or. Il me semblait que c'était la beauté de Paris qui me faisait si mal. Je la laissais entrer en moi pourtant comme une consolation. Je ne m'attardais que devant elle, ne regardant rien d'autre. J'avais besoin d'elle, ne sachant pas si elle me brûlait davantage ou si, au contraire, elle adoucissait une peine incurable. Et puis, brusquement, comme appelée de toute urgence auprès de ma machine à écrire, je faisais demi-tour. Mes décisions étaient subites et imprévues. C'est aussi sans transition que je passai un jour du besoin de flâner au besoin d'aller travailler.

Mais à Minerve, on n'avait rien à me proposer. Je n'avais pas la patience d'attendre chez moi qu'on m'appelle pour m'envoyer ici ou là. Je marchais maintenant avec un but : celui de trouver un travail temporaire, par Minerve ou sans Minerve. On était maintenant en novembre et les beaux jours se faisaient plus rares. Mes ressources aussi. Et si je proposais mes services dans les librairies pour la période des fêtes ? J'entrai dans une, puis deux, puis trois librairies. On n'avait pas besoin de moi. Et enfin, tout près des bureaux de Minerve dans le seizième arrondissement, une grande libraire recrutait du personnel pour le mois de décembre, en même temps que Minerve me proposait un poste intéressant du côté de la porte Maillot. Je choisis la librairie, bien que cela me fît perdre des jours et de l'argent, puisque par Minerve j'aurais touché plus du double par heure et que j'aurais commencé tout de suite. Mais ça m'intéressait de voir comment circulaient les livres au bout de la chaîne qui commençait sur la machine à écrire de l'auteur pour aller ensuite chez l'éditeur, puis l'imprimeur, puis le distributeur, etc. La vie du livre se mettait à m'intéresser. Mais pas au point de lire. Pas au point de me pencher sur l'actualité littéraire. Toucher des livres, observer les acheteurs, mais surtout pas constater que pendant que je ne publiais rien, d'autres de mon âge et même des plus jeunes en étaient à leur premier ou deuxième ou troisième roman.

Heureusement, on demandait trois vendeurs. Un pour la nouveauté, un pour le classique et un pour le rayon des enfants. Je choisis ce dernier avec empressement et on me prit, grâce à mon passé de jardinière d'enfants.

79

C'ÉTAIT une belle et grande librairie avec deux entrées. L'une donnant rue de la Pompe, l'autre rue de Longchamp. Près de chaque porte, une caisse. Heureusement pour moi qui aurais été incapable de rendre correctement la monnaie, si un comptoir avait été à chaque rayon ! On a vu ce que j'ai donné quand j'ai été caissière au cinéma « La Pagode ». Tantôt je volais le client, tantôt le cinéma. De temps en temps, coup de chance, je tombais juste. Mais quelle angoisse pour moi, cette caisse ! Je n'y suis pas restée longtemps.

Nous étions trois au rayon des enfants. On me montra toutes les ressources des étalages et de la réserve. C'était dans la cave. Une vraie caverne d'Ali Baba. Je m'y plaisais presque plus qu'au magasin. Des piles et des piles de *Malheurs de Sophie*. Des piles de *Croc Blanc*, de *Vingt Mille Lieues sous les mers*... Plein de titres que je connaissais et dont je n'avais pas ouvert le premier livre. Ils étaient là, chacun dans plusieurs collections et je devais en répertorier le maximum dans ma tête pour pouvoir mettre la main dessus aussitôt qu'un client me demanderait un titre qui ferait défaut dans le rayon. J'avais du mal à remonter, une fois que j'étais descendue, car je voulais me mettre à lire toute cette littérature à côté de laquelle j'étais passée. Je feuilletais ces livres avec curiosité. Le soir, on me permettait d'en emporter quelques-uns pourvu que je les rende assez rapidement.

Il y avait les enfants qui connaissaient très bien leurs désirs et les lieux. Ils mettaient la main sur le livre qu'ils voulaient, et s'en retournaient comme ils étaient venus. Il y avait les enfants qui hésitaient, qui regardaient la couverture, qui feuilletaient, remettaient le livre en place, en sortaient un autre, puis reprenaient le premier pour finir par le laisser sur le comptoir parce qu'ils allaient réfléchir. Il y avait ceux qui n'avaient aucune idée. En général, ils étaient accompagnés d'une mère qui voulait les faire lire à tout prix. Je lisais sur leur visage une indifférence devant les rayons, une sourde crainte de déplaire à la mère et même à la vendeuse et le désir de sortir au plus tôt. Je volais à leur secours. « Quel genre de livre aime-t-il ? » demandais-je à la mère ou la grand-mère qui l'accompagnait. « Le problème c'est qu'il n'aime pas lire et qu'il faut qu'il s'y mette pourtant », me répondait-on la plupart du temps.

« Alors, Madame, surtout ne le forcez pas ! vous allez arriver à le dégoûter de la lecture et puis c'est tout. En plus, qui vous dit que ce n'est pas une protection instinctive contre quelque chose qu'il redoute de rencontrer dans les livres ? Qui vous dit que l'imagination des autres ne lui fait pas peur ? » Il m'est arrivé de convaincre. Mais des mères m'ont regardée avec étonnement et m'ont demandé ce que je faisais dans une librairie si ce n'était pas pour vendre au maximum. « Le plaisir quel qu'il soit a trop de valeur à mes yeux pour qu'il soit vécu sous la contrainte, Madame, et celui de lire comme les autres », répondais-je.

Quand un livre m'avait séduite ou passionnée, j'avais tant de fougue pour en parler, j'étais si enthousiaste en montrant les illustrations comme s'il avait été question d'offrir ce présent à l'une de mes nièces ou à l'un de mes neveux préférés, qu'on l'achetait de confiance. Il partait comme des petits pains, chaque client renouvelant mon enthousiasme. Je pensais avec nostalgie au temps où Aude et Antoine, deux de mes chéris, nés chez ma sœur Bivon, s'installaient à côté de moi, quinze ans plus tôt, écoutant avidement, les yeux grands ouverts, les histoires que je leur racontais. Comme un gros nounours tout rond, Antoine suçait son pouce appuyé contre mon flanc sans dire un mot. Aude, qui avait un petit accent anglais et précieux, me posait des questions qui me ravissaient. Et chaque vente d'un livre qui me plaisait était pour moi comme un cadeau pour eux. Il me tardait maintenant de voir grandir le fils de Pierre, pour recommencer la découverte de ce merveilleux plaisir partagé. Je regardais les photos extraites du film de *Crin Blanc* avec l'envie de revoir un enfant qui m'est cher se pencher dessus fasciné, emporté, bouleversé. Quand il rentrerait de son lointain séjour, le fils de Pierre serait en âge d'apprécier. Mais est-ce qu'on le

score en leur faveur. Est-ce présence, sur le banc de touche de Pierre Garonnaure (l'ancien e nouveau recruteur de Saint Etienne, fraîchement revenu au affaires) qui fut la cause de cette crispation ? Allez savoir ! On pré férait se référer, pour explique cette relative retenue, aux propos d'après-match de Jean-François Vuillemin, l'entaîneur.

« Mes joueurs ont dû sous-esti mer l'adversaire et pourtant ils paraissaient, à mon avis, asse motivés ».

Et ce n'est pas l'ampleur du score qui le fera changer d'avis. « Je ne puis afficher une totale satisfac tion malgré notre bon résultat Donc pas d'excès de triomphalis me ».

Double pradoxe, mais on avouera que sa prudence trouve sa justifi cation dans la mesure où ...

En bref

Centre social de Cusset

Une nouvelle activité cet hiver session couture (apprentissage perfectionnement) en soirée le lundi de 18 à 20 heures... mais aussi : session bricolage, les ven dredis de 14 à 17 heures ; actuel lement au programme : « les encadrements ».

Il reste des places également : en ...

laissera fréquenter sa méchante tante qui fait du mal à toute sa famille ? Même l'activité au magasin me ramenait à ma blessure, à ma famille. La douleur lancinante ne me quittait pas.

Pour l'heure du déjeuner, j'allais chez Minerve juste à côté. Là, je m'installais près de Madame Gontrand, celle qui donne des avances sur salaire. Après avoir mangé mes œufs durs, je prenais mon tricot. J'étais bien. Une dame à l'accueil, dont je n'arrivais jamais à retenir le nom de famille, me séduisait par son élégance d'aristocrate. Je ne connaissais que son prénom, Mathilde. Elle bavardait avec Madame Gontrand et moi. Moment de détente chaleureuse, moment que j'aimais. Minerve devenait comme une attache familiale. Avant de les quitter, je descendais dans la cuisine et préparais un plateau de café pour tout le monde, y compris la standardiste qui était amusante et primesautière. Je les quittais jusqu'au lendemain.

80

NOËL était pourtant dans trois semaines seulement, mais on se bousculait dans la librairie comme si on était à la veille de la fête. Nous n'étions pas assez de trois dans notre rayon, et du côté de la librairie générale, on se pressait aussi comme dans une gare aux heures de pointe. C'était harassant, c'était décevant par rapport aux belles idées que je m'étais faites du plaisir de vendre les rêves qu'emprissonnaient les pages des livres. Nous n'avions plus le temps de nous attarder trop longtemps avec les clients. Il fallait avoir l'œil partout, à cause de la fauche, il fallait constamment chercher dans la cave des titres qu'on n'avait plus en rayon, il fallait faire des paquets-cadeau, il fallait inscrire le montant des achats sur un carnet à souches et donner la feuille au client pour la caisse, il fallait faire ce que fait tout vendeur de n'importe quoi et à la hâte. J'avais une envie formidable de m'asseoir pour reposer mes jambes. N'importe où, même par terre. Et de plus, il faisait chaud comme en pleine canicule sous les éclairages puissants. J'imaginais que je ne serais plus que l'ombre de moi-même dans trois semaines, quand prendrait fin cette première expérience de vendeuse. Une heure était sacrée, pour moi, dans la journée, celle que je passais chez Minerve. J'y reprenais des forces auprès de gens que j'aimais bien et qui me le rendaient.

Après ma pause, de nouveau la cohue dans la librairie. L'après-midi me semblait interminable si j'écoutais la fatigue de mes jambes, mais elle passait relativement vite si je donnais de temps en temps un coup d'œil sur la montre. Déjà le soir ? Il me tardait de me retrouver dans mon lit.

Un soir, au moment de la fermeture tandis que je redonnais bonne apparence aux piles et aux rayons que le public dérangeait à longueur de temps, j'ai vu, de l'autre côté de mes étalages, dans le secteur de la librairie générale, l'incomparable silhouette du Monsieur qui dépassait presque d'une tête, me semblait-il, l'ensemble de la clientèle. Il ressemblait à un oiseau sur son perchoir qui inspecte l'horizon avec ses yeux vifs. Je l'ai pourtant vu avant qu'il ne m'aperçoive. C'est normal, je l'attendais. Il venait me chercher pour aller au restaurant. J'avais donc un œil sur les deux portes de la librairie depuis un moment, et même quand je leur tournais le dos, il me semblait voir les entrées et les sorties.

— Évidemment, c'est au rayon des enfants qu'on vous trouve, me dit le Monsieur sur un ton pensif avant même d'échanger le « bonjour ». Un petit rire suivit, que j'imitai, me moquant ainsi de moi-même pour cacher une certaine honte. Ma peur du monde des grandes personnes.

— J'irai chez les adultes quand mon livre y sera, répondis-je.

Il s'inclina sur la table de présentation des nouveautés, les regardant probablement sans les voir car il resta perplexe et songeur en me répondant sans relever la tête :

— Oh ! Il y aura certainement un livre de vous un jour dans les rayons de littérature générale... Je ne pense pas que ce soit celui que vous croyez. En tout cas, il y a peu de chance pour que ce soit celui que vous venez d'écrire. A moins que vous ne changiez d'éditeur. Je suis toujours prêt à vous en présenter un autre.

S'il n'avait pas eu un ton de voix rassurant, bienveillant, j'aurais pu croire qu'il essayait de m'enfoncer pour une raison inconnue de moi. J'aurais pu croire qu'il était carrément méchant, me faisant mal pour le plaisir. Là, il aurait visé juste. Moi je l'écoutais à la fois avide de comprendre et soucieuse de me protéger contre une douleur qui ne demandait qu'à s'emparer de moi, pour m'anéantir comme foudroyée. Je ne disais pas un mot, dévorant des yeux le Monsieur qui feuilletait des volumes et les reposait sur leur pile. Pendant ce temps-là, j'entendais le remue-ménage du personnel qui rangeait, qui inventoriait les stocks derrière nous, qui présentait encore un livre ou deux aux derniers clients. Je me sentais un peu coupable de ne pas les aider, mais j'éloignai cette pensée bien vite parce que tout ce qui touchait à mon livre avait priorité depuis beau temps et que ça n'allait pas changer ce soir-là.

— En attendant, me dit-il, puisque nous sommes là, je vais vous présenter quelques-uns de ces auteurs pour grandes personnes. Je sais que vous en avez peur, mais je suis là...

Il me prit par la main pour me conduire vers les rayons de littérature générale. Ce geste fut si inattendu pour moi, que je sentis un rêve lointain se concrétiser, me faisant rétrécir une fois encore, mais voluptueusement. Comme si c'était la dernière et que je voulais en profiter au maximum. J'étais de nouveau une toute petite fille de dix ans qui se laissait conduire, confiante, par un homme grand, fort, doux et attentif, ma main dans la sienne, au vu et au su de tout le monde. Jamais je n'avais connu ça. C'était un plaisir étourdissant, une émotion que j'étreignais pour la première fois sans honte. Comme c'était bon de me sentir toute petite et protégée par un géant ! Arrêté devant une muraille de livres, et cherchant manifestement un titre précis tout en me parlant, il me dit :

— Vous savez, j'ai lu tout ce que vous m'avez donné l'autre jour... A mon avis, vous êtes en train de faire plusieurs énormes erreurs, très courantes, d'ailleurs...

Je ne disais toujours rien, suspendue à sa voix, à ses mots, terrifiée par ce qu'il pouvait détruire en moi ou solidifier avec cette façon tranquille de dire des choses épouvantables. C'était comme une partie de roulette russe.

— ... La première, c'est de penser que ce que vous avez vécu présente de l'intérêt.

Mon cœur ne battait plus, ma volonté voulait bien suivre le reste, mais je me demandais si mes oreilles entendraient. Déjà, elles semblaient ne plus percevoir ce qui se passait dans le magasin.

— Tout le monde pense avoir vécu une vie passionnante, unique, et c'est souvent vrai. Des milliers de manuscrits nous arrivent qui essayent de les raconter. Ces milliers de vies passionnantes ont en tout cas un point commun, c'est qu'au départ tout le monde s'en fiche. Ainsi moi, je me fiche éperdument de votre enfance dramatique et incestueuse.

Au moment où j'allais défaillir, il se retourne et me précise avec beaucoup de chaleur dans le regard :

— Je veux dire : moi, lecteur, bien entendu !... Il y a une autre erreur que vous ne devez pas faire : me prendre pour un expert. Je vous l'ai dit, dans notre métier, il n'y en a pas, je ne suis qu'un lecteur. Ce que je ne suis pas non plus, au fait, c'est celui qui peut faire le livre à votre place, ou même vous dire comment le faire.

Vite je détournai les yeux. C'est peut-être parce que j'ai senti monter le rouge à mes joues, que j'ai compris à ce moment-là que j'avais espéré un peu qu'il m'aide à faire ce livre dont je n'arrivais pas à attraper le bon bout. J'attendais peut-être même que, tel un magicien, le Monsieur me donne mon livre tout fait.

— C'est la vieille histoire chinoise de ce qu'il faut donner à l'affamé : le poisson, ou la canne à pêche en lui apprenant à pêcher. Je ne peux pas vous donner de poisson. Je ne peux même pas vous dire comment pêcher, chacun ici doit avoir sa méthode. Je peux tout juste vous dire si le poisson que vous ramenez est comestible ou non. Et encore...

— Alors, qu'est-ce qu'il me reste ? Qu'est-ce qu'on attend de moi ?

— Qui, *on* ? Votre famille ? Je n'en sais rien, et je m'en fiche. C'est une des erreurs que vous faites : vous écrivez pour eux, les frères, les sœurs, le père, la mère... Même pas *pour* eux. *A* eux. Une interminable lettre aux quatre-vingt-quinze Mauduy. Conclusion : l'avenir de *Et si j'avais crié!* est d'être tiré à quatre-vingt-quinze exemplaires. Je ne suis pas preneur. Vous n'avez pas bien compris ce que je vous disais l'autre jour à propos du règlement de comptes. Un vrai écrivain ne règle jamais de comptes avec les autres. Toujours avec lui-même.

Il se tait. Souvent il laisse ainsi ses discours en suspens et ma curiosité, mon appétit de comprendre avec.

— Alors, le public... reprit-il. Qu'est-ce qu'il attend de vous, le public? Eh bien! un livre, tout simplement. Un de ces bizarres objets de papier que vous voyez là en pile, et qui se vendent à l'heure actuelle aux environs de cinquante francs. Pour le prix, le public attend un bon livre. Et même, dans votre cas (et là, je vais sans doute vous traumatiser un peu plus), un roman.

— Mais je ne veux pas écrire un roman, je veux écrire la vérité.

Là, il s'est retourné, et il a eu l'air réellement surpris. De nouveau il lâcha son petit rire.

— Quelle vérité? Il y en a des millions. Moi, je ne connais que celle des livres. Celle des écrivains, des romanciers, des romans. La vérité de *Madame Bovary*, pas celle de Delphine Delamare, cette dame qui, comme vous le savez, a, paraît-il, servi de modèle à Flaubert... Je sais ce que vous allez me dire...

Un livre dans la main gauche, il me regarde, mais je ne sais pas très bien s'il me voit. Moi, je ne suis que deux yeux et deux oreilles. Il hoche la tête en levant la main droite pour prévenir les objections que je ne lui fais pas.

— Et la vérité de Madame Delamare? Bonne question. Très bonne question. Et à laquelle j'ai une réponse en béton : Madame Delamare n'a pas de vérité puisqu'elle n'a pas écrit de livre. En aurait-elle une tout de même, qu'elle m'intéresserait fort peu. La seule vérité qui m'intéresse en dehors de celle de Madame Bovary, c'est celle de Monsieur Flaubert. Ou d'ailleurs celle de n'importe quel bon écrivain qui pourrait utiliser d'une manière ou d'une autre la petite vérité de Madame Delamare pour en faire un bon livre, donc une *vraie* vérité. La vérité...

— Mais tout ce que j'ai écrit, c'est la vérité...

— Oh ! non. Des reproches, des invectives, des souvenirs, surtout. Horribles souvenirs. Rien de plus traître à la vérité que des souvenirs. Ainsi, ceux qui vous hantent... Sur les mêmes événements, aucun de vos frères n'a les mêmes que vous. Ils n'ont même pas les mêmes entre eux ! Et d'ailleurs...

Il me regarde, et cette fois, il me voit. Son regard est plein d'un intérêt qui paraît sincère.

— Il faut que je vous dise quelque chose. Quelque chose qui m'est apparu seulement ces derniers temps et qui ne va probablement pas vous faire plaisir. Votre famille n'a pas l'air d'avoir de vérité. La vérité d'une vie, surtout une vérité forte, n'existe que si elle se reflète dans une âme puissante. Les Mauduy, semble-t-il, n'ont pas d'âme du tout. Voyez les Brontë. Trois sœurs, un frère. Qu'est-ce qu'ils ont vécu ? Une enfance triste dans une maison sombre, au milieu d'une lande sinistre. C'est tout...

J'écoute interdite, peut-être admirative du sacrilège qu'il commet en assassinant froidement les miens devant moi, mais aussi un peu effrayée. Il continue de parler en fouillant de nouveau les rayons.

— Même s'il leur est arrivé d'en rêver, c'est sûr, ils n'ont pas fait entre eux dans leur jeunesse le centième de ce qu'ont fait les Mauduy à leur âge. Pourtant il y a une vérité des Brontë qui est, entre autres, une vérité de l'inceste qui existe bougrement, même s'ils n'en parlent pas beaucoup, parce que les petits Brontë avaient une âme. Les petits Mauduy, à part vous, je les vois surtout comme de jeunes lapins lubriques qui ne pensent qu'à se frotter là où ça les démange. Ah ! voilà, ajoute-t-il d'un air triomphant en saisissant un livre qu'il brandit.

— *Les Hauts de Hurlevent,* dis-je, heureuse de reconnaître le titre.

— *Les Hauts de Hurlevent,* entre autres. Ils avaient tous une âme. Même Branwell, le petit frère. On connaît des poèmes de lui. Rappelez-vous ce que je vous ai dit...

Il a levé un doigt, comme il fait souvent. La boutique est vide maintenant, et à demi éclairée. Il n'y a plus que les patrons qui restent à distance respectueuse de ce Monsieur qu'ils ont sans doute reconnu, et qui a l'air de tenir un discours inspiré, très à l'aise, qui les cloue sur place et qui me fascine comme un redoutable numéro d'équilibriste.

— Ce qui est intéressant n'est pas ce qui a été vécu, mais *qui* l'a vécu. Vous êtes seule à avoir vécu les petits Hauts de Hurlevent des Mauduy. Les autres Mauduy j'en ai bien peur, n'ont rien vécu. Des âmes de diplômés, de fonctionnaires, comme votre père, ou des ratés. Dans leur jeunesse, des lapins lubriques. Cessez de les tourmenter, vous n'en tirerez rien. Pas de roman possible avec ces gens-là. Ou alors plus tard. Beaucoup plus tard, quand vous serez très forte, peut-être. C'est très difficile de faire un roman avec des gens sans existence. Voyez *Bouvard et Pécuchet.* En attendant, occupez-vous de vous.

J'essaie faiblement une boutade.

— Je ne suis même pas sûre que je suis intéressante.

— Oh ! moi non plus...

De nouveau il parcourt du regard les tables et les rayons. Il a l'air de chercher encore, mais de loin, sans toucher les choses, comme un ramasseur de champignons.

— ... Mais c'est ce que nous saurons bientôt. Tout repose sur vos frêles épaules, enfin, plutôt robustes. Si vous tenez vraiment à avoir une vérité, il n'y a plus que vous pour lui donner vie. Vous êtes toute seule avec. Et en plus, vous voilà responsable devant le lecteur non seulement de votre vérité, mais de celle de tous les Mauduy ! Excellente position pour écrire un roman... Ah ! j'ai trouvé !

Il ouvre un livre que je reconnais pour l'avoir vu en vitrine. Il vient de paraître. *Les Manuscrits de Gonzaga.* Saül Bellow ? Je ne le connais pas. Le Monsieur lit, un doigt en l'air, comme un prophète :

... « *Un roman est partagé entre quelques impressions vraies et la multitude des impressions fausses qui forment la plus grosse part de ce que nous appelons la vie. Il nous dit que pour chaque vie humaine il existe toute une diversité d'existences, que l'existence individuelle elle-même est en partie illusion, que toutes ces existences signifient quelque chose, accomplissent quelque chose ; il nous promet une raison d'être, une harmonie et une justice...* »

— Vous voyez, me dit le Monsieur, la justice ! c'est bien ce que vous cherchez, non ? Eh bien ! c'est dans le roman que vous la trouverez. Vous et personne d'autre à votre place. Des citations du genre, je vous en fournirai des dizaines. Maupassant (la préface de *Pierre et Jean*), Thibaudet, Gide, Conrad... Ah ! Dernière erreur que vous avez commise, et la plus grosse probablement. Avant, vous laissiez complètement les personnages secondaires dans le vague. Maintenant, vous ne donnez plus aucune idée du personnage principal, c'est-à-dire vous. On ne sait pas qui vous êtes.

Je tente un sourire que je sens incertain.

— Vous savez bien que je ne sais pas qui je suis.

— Monsieur Sartre vous dirait qu'on est d'abord ce qu'on fait. Dites-nous déjà ce que vous faites.

— Moi ? dis-je, rien. Je suis intérimaire.

Il me regarde avec intérêt.

— Intérimaire, dit-il, ce n'est pas rien. On avance... Allons dîner.

81

TROIS mois après, j'avais déménagé. Du deux-pièces-cuisine-salle-de-bains, j'étais passée à une chambre de bonne à Montmartre. Un peu moins de dix mètres carrés au septième étage sans ascenseur. J'avais vendu ma 4 L pour avoir de l'argent devant moi et moins de dépenses. Je vivais avec mille francs par mois, je pouvais donc voir venir. J'avais jeté ma provision de somnifères. J'avais besoin de laisser parler des voix nouvelles qui montaient de mes profondeurs, de faire le silence autour de moi pour mieux les entendre, de faire taire les voix anciennes que je ne comprenais plus. Pour cela, j'avais rompu avec ma famille à qui je n'avais pas donné ma nouvelle adresse. J'avais aussi demandé au Monsieur que cessent nos rencontres jusqu'à ce que j'aie vraiment commencé mon livre. Il me restait Minerve qui, de temps en temps, m'envoyait à droite et à gauche dans Paris. Ne pas me fixer, c'était garder intacte ma solitude, c'était encore voir sans être vue. Aussi, maintenant que j'avais de quoi écrire sans souci du lendemain, c'est en espérant qu'une fée me dicte mon livre que je m'asseyais à ma table de travail. Je ne savais plus rien.

Moi qui avais eu tant de certitudes en écrivant *Et si j'avais crié !* je ne savais même plus qui j'étais. Est-ce que je l'avais jamais su ? J'avais tout à apprendre, semblait-il, sur moi et sur ma vie. Il fallait que je remonte le temps, mais alors, sur mon chemin, je ne voyais que du brouillard. Les silhouettes des garçons qui avaient été mes frères et mes cousins devenaient vagues. Il me semblait que je ne pouvais plus les identifier, que je ne les voyais plus que de la ceinture jusqu'aux pieds. Parfois des voix se faisaient plus distinctes et j'en reconnaissais. Mais à quel pantalon appartenaient-elles ? Dans le brouillard, je voyais comme un film défiler devant moi. Un film flou dont la pellicule était par endroits si abîmée qu'il y en avait des mètres et des mètres brouillés et qu'il en manquait de grands bouts.

Une petite rouquine en uniforme de pension regarde intensément les corps des garçons qui l'entourent. Je sais qu'elle a peur de sa curiosité, qu'elle tremble parfois devant la force des grands, mais je la vois aussi se mettre sur le chemin de son frère Marcel, lui adresser un sourire qui veut en dire long, l'entraîner dans un coin sombre de la cave ou de la cabane du marronnier ou encore sous la terrasse, et se mettre nue, évitant le regard de son frère, se détestant elle-même d'avoir besoin de lui, le détestant d'être presque toujours indispensable quand les deux autres sont occupés ou absents.

Et puis le flou de la pellicule voilée revenait. Je ne savais plus l'âge qu'elle avait quand Marcel et Ischelaz ont été envoyés en pension. Le brouillard se déchire pour la mettre en présence de cet Ischelaz qui la séduit tant. Ischelaz qui pourtant lui montre son mépris et sa honte après l'avoir utilisée. Ischelaz qui ne lui adresse plus la parole jusqu'au prochain désir, et qui se laisse adorer avec condescendance. Ischelaz qui obtient d'elle toutes les bassesses. Je sais qu'ainsi se maintient au cœur de l'enfant l'espoir de le conquérir et de mériter son estime.

Les cousins ont disparu. Il reste trois grands frères et une petite sœur. Des morceaux de film les montrent nus et cachés dans différentes maisons de location pendant les étés de leur jeunesse. Ensemble ou séparément. De temps en temps l'un d'eux disparaît. Est-il en vacances ailleurs, cette année-là ?

Dans le brouillard, je la vois rire avec Francis qui la déshabille. Elle riait beaucoup avec Francis, je le vois maintenant.

Un autre bout de film m'étonne. Elle a treize ans et son petit frère, Pierre, douze. Elle voulait l'initier, seule à seul, à ces cérémonies qui ont été impressionnantes mais dont je vois bien aujourd'hui que le plaisir n'était pas exclu. Soudain, elle prend peur : ce qu'éprouve Pierre n'est pas du plaisir. Il la supplie d'arrêter car il a mal. A-t-elle cassé quelque chose dans la mécanique de son petit frère ? Un an plus tard, au retour de vacances d'été, ils se parlent dans la salle de bains. Elle lui dit qu'ils doivent cesser les rapports (ils avaient donc recommencé ?) car désormais elle a ses règles. Entre les deux, le film est cassé. Pas de Pierre dans les marronniers du jardin ou sous la terrasse, ou encore dans le grenier. Que s'est-il passé ?

Il y avait les camps de concentration. Quel âge a-t-elle quand je la vois tourner autour de sa tante Mythé pour lui poser une question qui la hante depuis longtemps ? Elle voudrait la formuler de sorte qu'elle paraisse innocente. Elle voudrait être sûre qu'on y répondra franchement. Mais dès qu'il s'agit du sexe et de tout ce qui le concerne, elle sait bien que dans sa famille maternelle on répond par des métaphores incompréhensibles ou carrément par « On ne parle pas de ces choses-là, voyons ! » ou encore « Tu apprendras ça quand tu seras grande ! » Or elle a deviné quelque chose de très important, la petite fille en uniforme. Ces camps de concentration dont elle a vu des photos, je ne sais plus où, dans les journaux des salles d'attente de dentiste ou de coiffeur, et ces maisons closes dont elle a entendu parler entre haut et bas, elle a deviné que c'était la même chose. « Il paraît, ont dit devant elle des femmes de la famille, que l'armée entretient des filles pour les soldats. » Voilà, a-t-elle pensé. Dans les baraquements, on alignait des lits et des lits sales, on enfermait des femmes, et elles servaient aux soldats pendant la guerre. Derrière les barbelés, il y avait ainsi plein plein de maisons closes. C'est pourquoi on appelait ça des camps de concentration. Je vois la petite fille très nettement sur mon film. Elle s'approche de sa tante Mythé et se contente de dire : « C'était affreux, hein, les camps de concentration ? » En lisant l'horreur dans le regard de l'adulte qui lui répond « C'était épouvantable, à ton âge, il ne faut pas parler de ça... », la petite fille revoit l'expression de sa tante quand elle parle de l'arrivée imminente de son mari en vacances. L'horreur. Elle se rappelle aussi avoir entendu sa mère raconter qu'elle suppliait souvent son mari le soir de se coucher sagement, de ne pas la toucher, et qu'elle finissait par lui céder, accablée d'angoisse. Rien de pire que d'imaginer des femmes enfermées dans les fameux camps de concentration pour faire ça à longueur de temps, qu'elles le veuillent ou non, pour le plaisir de l'armée ou des maris. Convaincue maintenant qu'elle a deviné juste, la petite fille ne continue pas son enquête. Elle sait une chose de plus sur les grandes personnes. Pour combien d'années ?

Et le flou de nouveau sur les pellicules qui redevenaient intraduisibles. Que savais-je réellement de cette petite rouquine ? Je pouvais affirmer qu'elle avait eu mal dans son corps et dans son âme, mais je ne savais plus exactement de quoi.

En somme, j'avais cru qu'à force de parler au Monsieur comme à un médecin qui allait diagnostiquer le mal et donner des remèdes, il allait écrire le livre avec moi. Mais non. Après son étrange discours à la librairie, il m'avait emmenée dîner, et, chemin faisant, je lui avais demandé de m'aider à le faire. « Je ne le peux pas, avait-il répondu, je ne le peux vraiment pas. Il faut que ce soit vous. » L'angoisse avait accéléré mon pas et ma respiration. Le Monsieur était devenu subitement à mes yeux quelqu'un de dangereux. Il avait remué ma mémoire, mon cœur, et même ma famille sens dessus dessous pour me laisser en plan au moment où j'avais besoin de son aide. Je ne voulais plus dîner avec lui. J'avais envie de donner des coups de pied dans les porches des immeubles cossus que nous longions. J'avais envie de pleurer et de mordre. En entrant dans le restaurant, je ne prêtai pas attention au cadre, une colère qui montait m'aveuglait. Au lieu de choisir un plat, je dis avec fureur, tout en gardant les yeux fixés sur le menu sans le voir : « Alors, je ne ferai pas le livre ! » Calmement, il avait simplement répondu : « Ce serait probablement regrettable, mais après tout, ce n'est pas moi qui voulais faire un livre, mais vous. Vous ferez comme vous voudrez... » Comme sous une douche froide, j'étais restée hébétée. J'avais enfermé mon visage dans mes mains, j'avais respiré bien fort une première fois, puis une seconde, et une troisième, et peu à peu mon souffle avait repris son rythme normal. Ma voix avait baissé de ton et le feu qui m'avait brûlée dans la poitrine un peu plus tôt s'était doucement éteint comme sous une pluie fine. « S'il vous plaît, avais-je enfin pu dire d'une voix de convalescente, ne cédez jamais à mon chantage si vous voulez réellement m'aider. Je viens de réaliser à quel point je ressemblais à ma mère. J'ai employé ses méthodes toute ma vie sans le savoir. »

C'était la dernière image précise du film. Assise devant ma machine à écrire, les yeux levés vers le mur blanc comme de la brume, je cherchais je ne sais quoi. Mes doigts se tendaient vers l'alphabet désordonné du clavier. Je les retenais encore. Qu'est-ce qui me poussait ? L'orgueil, peut-être. L'orgueil de quoi ? Qu'est-ce que j'étais ? En tout cas, j'étais sûre d'être intérimaire. Et si l'on y pense, cela remontait loin. J'ai passé ma vie à refaire mes valises. En amour aussi, je n'ai fait que des remplacements. Et même dans ma famille. Quelle famille ? Celle où je suis née est-elle toujours la mienne ? Ils me sont devenus étrangers au point que j'ai besoin de changer mon nom, de me défaire de celui que portent mes frères et mes parents. Je n'ai plus rien à voir avec eux, je n'écris plus pour eux, mais pour moi.

Vers les lueurs du couchant qui baignent la butte Montmartre de rose et de violet, je tends la main, me rappelant qu'une encre invisible coule de l'un de mes doigts depuis tant et tant d'années… Elle ne sera plus invisible lorsque le livre que je vais écrire sera imprimé, et que mon « M » ne sera plus l'initiale de mon nom de famille, puisque je veux le changer. J'ai aimé un lieu-dit en Bretagne du nom de Lozerec'h où j'ai connu le bonheur d'exister. Pourquoi ne pas y coller mon prénom comme un fruit de mer s'accroche au granit ?

Le doigt pointé vers la vitre, je trace avec ferveur sur le ciel de Paris un L gigantesque. C'est mon baptême, ma cérémonie à moi. Puis je me remets à ma machine à écrire.

Sur une feuille blanche, en haut, j'écris en capitales : BRIGITTE LOZEREC'H. Un peu plus bas, toujours en capitales : L'INTÉRIMAIRE. Juste en dessous, entre parenthèses et en petits caractères : (*roman*). Je mets cette feuille dans une chemise. Au milieu de la page suivante et en haut, j'écris en capitales : CHAPITRE PREMIER. Et un peu plus bas, je commence :

Ce n'est pas l'amour qui me fait peur, ce sont les hommes…

Achevé d'imprimer en décembre 1985
sur les presses de l'Imprimerie Bussière
à Saint-Amand (Cher)

PRESSES POCKET - 8, rue Garancière - 75006 Paris.
Tél. : 634-12-80.

— N° d'édit. 1973. — N° d'imp. 3109. —
Dépôt légal : avril 1983.

Imprimé en France